法医密档

法医剑哥 著

不在现场的证人

台海出版社

图书在版编目（CIP）数据

法医密档. 不在现场的证人 / 法医剑哥著. -- 北京：
台海出版社, 2021.11（2025.5重印）
　　ISBN 978-7-5168-3125-0

　　Ⅰ. ①法… Ⅱ. ①法… Ⅲ. ①推理小说－中国－当代
Ⅳ. ①I247.5

中国版本图书馆CIP数据核字(2021)第183709号

法医密档. 不在现场的证人

著　　者：法医剑哥

责任编辑：赵旭雯　　　　　　　　　封面设计：末末美书

出版发行：台海出版社
地　　址：北京市东城区景山东街20号　　邮政编码：100009
电　　话：010-64041652（发行，邮购）
传　　真：010-84045799（总编室）
网　　址：www.taimeng.org.cn/thcbs/default.htm
E－m a i l：thcbs@126.com

经　　销：全国各地新华书店
印　　刷：三河市嘉科万达彩色印刷有限公司
本书如有破损、缺页、装订错误，请与本社联系调换

开　　本：710毫米×1000毫米　　1/16
字　　数：270千字　　　　　　　　印　　张：19.5
版　　次：2021年11月第1版　　　　印　　次：2025年5月第4次印刷
书　　号：ISBN 978-7-5168-3125-0

定　　价：49.80元

不在场的证人

一片柳叶刀，法医用它剖开死亡真相、雪冤锄恶。

做法医并不是我最初的梦想，父母的愿望是让我学医，将来能成为一名救死扶伤的白衣战士，最重要的是掌握医疗的技能，到哪里都有口饭吃，至少不会失业。于是，我在高考志愿表的专业选择栏里填上了"临床医学"。

可世事难料，等我拿到了大学录取通知书一看，专业栏里赫然写着"法医学系"。法医，这不就是天天和死人打交道吗？我只是觉得意外和刺激，既没有恐惧感，也没有兴奋感。在当时，如果不读这个专业，可能就只能去复读，那意味着我将与一所本科大学失之交臂。这样一来，又要浪费一年的光阴和父母的血汗钱，对于少不更事、厌学贪玩的我来说，能考上大学实属不易。好歹是个大学，将错就错吧。

就这样，我踏入了法医这个在常人看来既神秘又神圣的领域。经过四年高校的学习、一年的实习，再经过公务员考试，我才正式进入了公安系统的法医行业。

从2003年进入公安系统做一名法医开始算起，到现在，我从事这个职业已经十年了。十年法医生涯，我见过太多的血腥和暴力，见过太多的罪恶与悲伤。逝者已去，生者余哀，只留下那一幕幕撕心裂肺的人间悲剧和发人深省的故事。

血腥的现场、恶臭的尸体、颠倒的昼夜、极酷的寒暑，是每个法医都要亲身经历和触及的，而这些无时无刻不在侵害着法医的生理和心理。

没有丰厚的待遇，没有高升的仕途，只有默默地付出与忍受。是什么让法医坚守着这份执着和热情？我想只有两个字——职责。

逝者无言，让枉死的人们开口说话，为他们平冤昭雪，还他们一个公道，给生者一个交代，这是法医的职责，也是法医将之作为终身事业的一种信念。

闲暇之余，断断续续，拙笔码字，首先，我可以借写作锻炼自己的逻辑思维能力和语言组织能力；其次，在写作的过程中，我也可以重新温习平时不易接触、容易遗忘的法医学专业知识；最后，如果能让大家了解一个比较真实的法医世界，从而得到更多人对法医工作的理解和支持，甚是欣慰。

从事法医十年，我勘验了千式百样的现场，检验了形态各异的尸体，参加了为数众多的业务培训，也了解了鲜为人知的案例。总结每一次检案的得与失、成与败，将其中的某个细节、某处损伤、某场情景全部融合在一起，再经过绞尽脑汁的构思，于是就有了小说的每一个故事。近期再版已经过大幅度修改，其中滋味任人品味。

本人不好文学，造诣肤浅，文辞粗糙，敬请各位见谅。特此声明，本书中所涉及的人物、地点、情节均为虚构，请勿对号入座，如有雷同，实属巧合。但谁又能知道，小说中的故事和场景在现实生活里不会发生呢？看看那些电视、网络、新闻里的案件报道，就会有答案了。当罪案发生之后，法医能做的就是尽自己最大的努力协助公安机关找出真相，侦破案件，缉拿真凶，并为公正的判决提供合法的证据。

小说中的主人公不是代表某一个人，而是代表那些能力出众、工作出色的法医群体，当然现实中也有很多这样有如神断的法医，那是我这样平庸的法医所向往和追寻的标杆。在此特向他们致敬！

到处都有阳光下的罪恶，但阳光依然璀璨，面朝阳光，阴影永远在背后。

2013年8月　浙江湖州

目 录

01 青龙山坠尸案：隐秘处的血迹成了关键线索

7月，一个周末的清晨，天已大亮，勤劳的人们早已被窗外一缕朝阳唤醒。

7点15分，叶剑锋沉浸在美梦中，突然被电话铃声惊醒，迅速接听，电话里传来同事周权根的声音："锋哥，青龙山发现了一具女尸，主任让我叫上你。"

"什么情况？非得我去？"难得轮到一个周末休息，叶剑锋睡意正酣，实在不想被打扰。

"好像是个高坠，在景区，主任亲自带队。"

"那好，你把工具准备好，来我家小区南大门接我。"

在各类非正常死亡事件的检案中，高坠致死一直是公安机关尤为重视的一类；高坠致死也是质疑较多、勘验难度大、尸检较复杂的一类。叶剑锋作为江川市平江县公安局的法医骨干，就算是休息被打扰，有些怨言也没办法，职责所在。

挂了电话，叶剑锋早已睡意阑珊，清醒了许多。上车后，叶剑锋并没有躺在车里打盹，而是直接打通了青龙山辖区的青龙镇派出所刑侦副所长宋益达的电话："宋所，什么情况？"

"我们早上接到青龙山景区保安报警，在山下发现了一具女尸。"

"死者身份查清楚了吗？"

"正在查，应该是个女游客。"

"伤势情况如何？"

"头部有伤，我们怀疑是摔死的。"

"具体位置在哪？"

"你先去我们派出所，会有人给你们带路的，我在现场等你们。"

刚说完，宋益达就挂断了电话，叶剑锋听得出他语气有些急躁，这不奇怪，景区有游客摔死的确不是件小事，至少不是很容易就能摆平的事。政府、公安压力都不小，所以已经有两辆警车、一辆公务车先期到达了现场，算上叶剑锋所乘坐的刑事技术勘查车，这是第四辆了。看来今天很多人又没法休息了。

青龙山是平江县唯一的一座山脉，位于县城西侧的千年古镇青龙镇，平均海拔也就1000米，算不上奇山峻岭，但也算是一个青山绿水的天然氧吧。近年来因为平江县大力开展古镇旅游业，把青龙山列为旅游业规划之内，在海拔600多米的一个山顶，开发出近150亩的山坪之地，建造了吃喝住为一体的风景区，为旅客提供一个修身养性的好场所。尤其春夏初秋之际，这里真有点天上仙境的感觉。

下车后，叶剑锋一队人从入口往下走了48级青石台阶，来到第一个观景摄影平台。平台建于山石之间，以几块巨大山石为依托，在此之上又设立一个造型复古的凉亭，面积有十几平方米，凉亭的入口已被警戒线封锁。

警戒线顺着蜿蜒的台阶一直被拉到红色的凉亭下方的石板平台。站在凉亭旁边望下去，死者的尸体映入眼帘，一名女子静静地躺卧在这弹丸之地上。

看到此景，让人顿时觉得山林中的鸟叫也犹如哀鸣。

"死者大概就是从这里坠落下去的。"宋益达指了指凉亭说，"凉亭外沿的水泥平台上有些血迹"。

紧挨着宋益达站着的是平江县公安局刑事科学技术室主任陈卫国，他一边带上PE手套，一边问："亭子里早上有人去过吗？"

"应该没有，我们来之前就让景区工作人员封锁现场了。"

"有人动过尸体没有？"作为法医，叶剑锋此刻最关心的还是尸体情况。

"尸体那里只有我、保安、死者老公，还有120医生去过，也就翻了翻，没有大的动作，说人都已经僵硬了，肯定死了。"

"死者叫什么？"陈卫国听到宋益达提到了死者老公，便问道。

宋益达翻开随身记录本说："死者叫苏惠，33岁，她老公叫姜晟，31岁，都是我们南江省云峰市人。"

"具体什么情况？"

"根据目前的调查，这两人是前天下午自驾游来到这里的，住在景区宾馆211房间。昨天晚上，两人吵了一架，苏惠还将姜晟抓伤了，后来姜晟跑到一楼桑拿室，一直睡到早上7点多，醒来后才知道自己老婆死在了这里。"

"他俩为什么吵架？"

"据姜晟说，他老婆四年前得了产后抑郁症，看了好多医生，一直不见好转，而且脾气坏、疑心重，经常为了小事与姜晟吵架，还怀疑姜晟在外面有女人，他们昨天晚上就是为了这件事大吵一架。"

"具体吵架时间是几点？"

"姜晟说昨晚上10点左右，隔壁的住客也说晚上10点多钟听到吵闹声。"

"死者有抑郁症，赶紧想办法调取以前她去医院就诊的病历资料。"叶剑锋认为这些不能听死者老公的一面之词，需要查实。

"这个你放心，肯定会查清楚的。"

叶剑锋点点头，问道："发现尸体的时间是几点？"

"110接到报警是6点55分。保安发现尸体的时间是6点40分左右，他发现后跑下去看了一眼，吓得不轻，就立马报了警。"

叶剑锋了解了基本情况后，随即勘查现场去了。

高坠的死亡现场从空间上可以分为三大部分，坠落起点、坠落空间和坠落终点。现场自然要以尸体为中心进行立体式勘查。

死者的尸体左侧半俯卧在石板平台上，身体有些蜷缩，四肢关节已经僵硬，头东脚西，面朝南，齐肩长发凌乱地散落开，穿着米黄色短套裙和肉色丝袜，左脚穿着一只白色低跟单鞋，而右脚的鞋子脱落在距离尸体前两米的位置。

待技术员将现场和尸体概貌拍照固定后，叶剑锋撩开了散盖在死者面部的长发。

死者左面部因坠落时与地面碰撞和挤压而有些变形，头部的裂创、口鼻腔和两侧的外耳道流出很多血液，血液从惨白的脸庞流向低洼的地面，汇聚成一条形如长蛇的血泊，血泊里伴随大量的凝血块和脑脊液。

叶剑锋确定这是原始现场，未发现有移尸迹象。

"维维，这里先来个概貌，再来个细目照，多拍几张，拍清楚点。"叶剑锋特别指向尸体的口鼻部，对负责照相的技术员说。

听到这话，站在一旁的周权根好奇地问道："锋哥，这里有什么特别之处吗？"

"你好好看看，这就是吹溅样血迹。"

"那真得好好研究研究。"周权根立即蹲下身子，仔细察看。

"你慢慢研究，等维维拍好照，你把尸温量一下。"

周权根是三年前刚参加工作的年轻法医，对那些不常见的尸体现象了解不多，叶剑锋在这方面算得上是他的老师了。

"吹溅样血迹？有什么特别指向吗？"陈卫国主任也凑过来，看了看，很好奇，这位精通痕迹技术的专家，在法医方面就不那么专业了。

给专家解惑，叶剑锋心里有些成就感，他解释道："简单地说，就是颅脑损伤造成口鼻腔出血，在这个人还未死亡但有呼吸的情况下，因为口鼻腔呼出的气体将血液吹溅出来，在口鼻周围形成一种特殊形态的血迹。你看死者的口鼻部，有些地方的血迹呈密集的点状，这就是吹溅而形成的，它可以作为生前死亡的一个证据。"

"哦——"陈卫国点点头，"你的意思是可以排除死后抛尸的可能。"

"初步来看，是这样，很有可能是高坠致死。"

"那接下来就是要查明高坠原因了，恐怕在尸体上很难判断。"周权根说。

"尸体都没仔细看，也没解剖，就打退堂鼓？"

虽然小年轻法医说的情况有可能发生，但妄下结论，叶剑锋不得不敲打一下他。

从法医的角度来分析，几乎排除了抛尸的可能。但是否能认定为高坠致死，还须勘验最重要的一个地方，就是坠落起点，这是勘验高坠的一个关键环节。

"尸体就交给你们了，我去上面看看。"陈卫国指了指上方的凉亭。

站在尸体旁，仰头望去，正上方就是观景平台，但从这里只能看见凉亭外沿的水泥平台和琉璃瓦顶檐。

叶剑锋并没有急于返回凉亭，他站在树荫下喝了几口水，休息了片刻，然后就开始顺着石梯慢慢往上爬，每上一级台阶，他都紧盯着路边的一草一木，唯恐漏掉一丝线索。从尸体到凉亭上，这段并不长的路，叶剑锋用了20

多分钟，可是没发现什么有价值的痕迹，这倒也在他意料之中。

到了凉亭，叶剑锋问陈卫国："主任，哪里有血迹？"

"这里。"陈卫国指着凉亭外沿一处水泥平台说。

凉亭为五立柱支撑的圆顶木质亭子，直径约4.5米，四周是下设板条、上设靠栏的靠凳，高约1米多，宽约35厘米。而凉亭外围还有1米多宽的水泥平台。

在凉亭南侧，第二根与第三根立柱间的水泥平台上，有杯盖大小、殷红的可疑血迹。叶剑锋只能站在凉亭内侧，隔着靠凳，伸长脖子，瞪着那双眯眯小眼，才能看得更清楚点。

周权根近视，视力要差点，他边看边嘀咕道："是血迹吗？"

"是倒是，但不知道是不是死者的？"叶剑锋说。

"那你们看血液新不新鲜？"陈卫国也不能确定这一点。

"这真看不出，太远了。"叶剑锋皱了皱眉头，"看来还要想办法到外面平台上去，麻烦了！"

这点对于叶剑锋而言，太为难了，他有些恐高。

无论如何，这里应该就是唯一的坠落点，这个位置正位于尸体的正上方，依据不仅是这处可疑的血迹，此外，平台下沿一棵青松的几条树枝也有新鲜的折断，而周边的树枝都没有这种迹象。

从坠落起点到坠落终点，可算作坠落空间，这也是一个坠落物体所经过的空间，这空间内的其他固定物可称之为中间障碍物。苏惠高坠的空间，除了那几条折断的树枝，再也没有其他的障碍物。

根据现场的情况来看，苏惠身上的损伤只会在三个地方形成，凉亭、树枝和最下面的地面。树枝只有小指粗细，除了对人体造成些细小的划伤，不会造成太大的损伤。

苏惠为何在此坠落？又是如何坠落的？

叶剑锋望着远山的云雾，脑海浮现死亡的迷雾，他看了看表，9点半，来这里差不多一个半小时了。景区的游客越来越多，吵吵嚷嚷，乱哄哄的，虽然他们不知道发生了什么事，但这里发生的一切完全打乱了他们原定的旅游计划和路线，不满的声音此起彼伏。

景区领导希望将尸体尽快拉走，以免让游客们不小心看见，产生恐慌。

叶剑锋当然也想尽快将尸体拉到殡仪馆检验，见周权根已经将两次尸温和环境温度测量完毕，便对陈卫国说："主任，差不多了，尸体可以拉走了。"

"你拿主意吧。不过最好请示下崔局，他估计快到了。"

陈卫国提到的崔局，是平江县公安局分管大刑侦工作的副局长崔耀军。

崔耀军是上一任刑侦大队长，两年前荣升为局党委书记、副局长，他和现任的刑侦大队长宋志国正在从外地赶往平江县的路上。

听完叶剑锋在电话里的汇报，崔耀军坐在疾驰的车内指示到，立即把尸体拉到殡仪馆，并且尽快对尸表进行检验，切记要征得家属同意才能动刀。

叶剑锋本还想和陈卫国再勘验一下现场，但是检验尸体也是当务之急。

陈卫国不可能去殡仪馆，他要继续指挥现场勘查，等政府部门和局里的领导来时，他还要介绍现场情况。

本来像这样的高坠事件，领导是可以不必亲临现场的，但这事发生在平江县唯一的4A级风景区内，政府各级领导高度重视，他们需要实地了解情况和第一时间接待死者家属。

崔耀军这次来也是受到上级领导的指示，由他负责公安工作并协助政府部门做好善后、维稳工作。

民警将死者的双手、双脚保护好之后，放进了裹尸袋，然后绑在担架上，由几个身强力壮的民警和协辅警轮流将尸体慢慢地抬到停在天坪景区的殡葬车里。

叶剑锋带着周权根先回到了局里，叫上一个负责照相的技术员后，便火速赶往殡仪馆。

苏惠的尸体也刚刚好运到殡仪馆，按照叶剑锋的嘱咐，尸体必须由他们自己搬运到解剖台上，主要是担心人为破坏尸体。

多年以前，一个跳河自杀的男子在尸检时被发现后枕部头皮有一处可疑的挫裂创，差点误导了法医和侦查员，后来才搞清是家属在打捞和搬运死者时碰撞造成的。此后只要叶剑锋在场，他每次都要亲自指导或参与搬运尸体。

苏惠身上的衣物有多处擦破口和撕裂口，擦去血迹，脱去衣物，尸体全身皮肤的损伤主要分布在左侧。

尸体左额颞部头皮有一处开放性的挫裂创，皮肤已经完全裂开，形状类似"X"，法医学上叫作星芒状挫裂创。

轻轻翻开这处挫裂创的皮缘，可以看见很多块已经塌陷的碎骨片。右侧枕部头皮有一处瓶盖大小的擦挫伤，在擦挫伤的中间有一条1厘米的创口，创口不深，皮肤的全层还没有完全裂开。

尸体颈部、腰背部、四肢各个关节，还有双手、双脚，或多或少、或深或浅，都有些皮肤的损伤。

从颈椎到胸廓，从骨盆到四肢，用双手可以触及到那些有明显骨折的部位。

一遍尸表检验基本完毕，多数的痕迹和损伤都可以用高坠来解释，但还有些问题一时难以解释得通。

就目前来说，法医在没有拿到《解剖通知书》的情况下，还不可以立即解剖尸体，更重要的是，还没有得到死者家属的同意。

叶剑锋和周权根二人商讨之后，将初步尸表检验结果向崔耀军做了简短的汇报，崔耀军先让他们回到景区宾馆，再从长计议，死者家属今天下午就会到这里。

一般殡仪馆会建在郊区的山下，一是为了环保，二是迷信风水。

平江县殡仪馆离风景区其实不算太远，但是回山的公路弯道太多，一般人来回几趟会晕车的，尤其高温酷暑之际。

为了赶时间，车速比较快，叶剑锋就像在坐过山车，上山时间不长，却很痛苦。

再一次到了天坪宾馆，刚一下车，叶剑锋就忍不住呕了起来，但呕了半天也没吐出东西，他便直接到宾馆四楼的会议室。

会议室里除了有崔耀军、宋志国、宋益达等一些熟悉的面孔外，还有其他几张陌生面孔，从神态和衣着上看，可判断出这几个应该是政府部门和景区的领导。

"崔局！宋大！"叶剑锋向刚赶到这里的两位领导打了个招呼。

"来啦，饭还没吃吧？"崔耀军抬眼问道。

"没吃。"

"那你们赶紧去宾馆一楼餐厅吃点儿。"

崔耀军并没有急于让法医向大家汇报检验情况，非不得已，他是不会让下属饿肚子的。

叶剑锋带着弟兄们下到一楼餐厅，接着就径直走向102包厢，门外就一眼看见陈卫国坐在包厢里扒拉着碗里的饭菜。

"吃慢点主任，留点给我们。"

陈卫国抬头看见叶剑锋，连忙用纸巾擦了擦嘴角说："来来来，坐，赶紧吃点儿。"

虽然都是残羹冷饭，但饭菜的味道十分可口，十分钟不到，几个人就把饭菜一扫而光。

菜足饭饱，大家喝着凉茶，围坐在餐桌前小憩片刻。叶剑锋抿了一口茶水，问陈卫国："主任，坠落高度和距离是多少？"

"高度约11米，平移距离约5米。"

叶剑锋对平抛物体的计算公式烂熟于心，他用手机里的计算软件算过后说："这样算来，坠落时的初始速度应该为3.3米每秒。"

"嗯。"陈卫国应了一声，问道，"你看自杀的可能性大吗？"

"是不是自杀，我真不敢说，这种可能性当然是有。目前我们法医最有把握的分析，就是苏惠生前高坠致死的可能性极大，现在最关键的问题，是苏惠如何坠落下去的，无非就三种情况：自杀、意外、他杀。"

叶剑锋说的话没有一点儿新鲜感。

陈卫国倒说出了新的信息："宾馆内监控显示，苏惠是昨天晚上11点44分一个人从宾馆大门出来，然后走向西南面，也就是凉亭那个方向。"

"就她一个人？没人尾随吗？"叶剑锋有些惊讶。

"这个可以肯定，在她走出宾馆之后，几乎没有人进出宾馆，只有两对夫妻进出过，侦查上已经排除嫌疑了。"

"其他的出入口呢？"

"宾馆还有一个东侧门，那里也有监控，显示也没有人进出。"

"照这么说，苏惠基本上不是自杀就是意外喽？"

"领导目前主要是考虑这两种可能性，他们现在的意思是看看我们技术上能不能分析出是自杀，还是意外。"

"那也太武断了点儿，痕迹和法医都没给出意见，而且我们还没解剖，难道就这样下结论？"

陈卫国听出了叶剑锋的话外之意："怎么，看来你们法医对苏惠的死有不同意见了？"

叶剑锋的确有些疑惑，陈卫国又这么一问，他干脆说："照你刚才说的，是感觉不对劲。"

"哪里不对？"

"死亡时间。"

"哦？你们推算的死亡时间是几点？"

"根据尸温推算，苏惠应该在昨天晚上7点到9点左右死亡的。"

"误差这么多？"陈卫国有些惊讶。

"是啊，尸温推算死亡时间，应该是目前最好的方法，误差肯定是有的，但在固定的环境中并且尸体没有被翻动的情况下，在12个小时之内误差最多也就一两个小时。这次差这么多真是第一次见。"叶剑锋一时也不得其解。

"不会是你们搞错了吧？是不是尸温仪出了问题？"陈卫国更是产生了质疑。

"尸温仪？不好说，但这可是新的，没用过几次。"叶剑锋也不敢打包票说没问题，尸温仪也算电子产品，难免也会出问题。

周权根心里咯噔一下，怯怯地说道："不会是上次被雨淋过，坏了吧？"

"我去，之前没检查过吗？"叶剑锋听罢，差点没被茶水呛着，"待会儿赶紧拿出来看看。"

周权根不敢说话了。

陈卫国又问："那你们在尸体上还发现其他疑点没有？"

"说不上可疑，就是右枕部一处小的挫裂创，右颈部有些表皮剥脱和皮下出血，还有颈前套裙领也有撕破口，这些我们还要结合现场再仔细想想。"叶剑锋说，"至少要搞清楚这些符不符合意外或自杀。"

陈卫国将杯中茶水一口气喝完，说："走，再去看看。"

大家都起身跟了出去，叶剑锋故意慢了一步，拉住周权根，悄悄地叮嘱道："你去看看尸温仪，如果没毛病，我怀疑你小子不会把尸温仪插错了位置吧？"

"怎么可能啊，你以为我弱智啊！"

叶剑锋相信周权根不会犯这样低级的错误。

7月盛夏，下午2点，正是酷日当头。

这天坪之顶，竟然没有一丝凉风吹来，叶剑锋和陈卫国他们顾不上燥热酷暑，再次来到现场。

现场已经被陈卫国反复勘验过，但到现在，他也没表明自己的态度，这并不表示陈卫国对苏惠的死没有疑惑。

"对了，主任，那处血迹提取了吧？"叶剑锋看到平台上的血颜色明显淡了许多，他想应该被擦拭过了。

"已经取样了，等你们把尸检提取的检材交给周国安，让他一起送到市局。"

"锋哥，你们的检材在哪儿？我马上就去。"技术员周国安在一旁问道。

"你直接找权根就行了。"叶剑锋说完，又问，"主任，你们后来有什么发现？"

"问题就在这里，就是因为没什么发现，才可疑。"陈卫国指了指凉亭的靠凳说，"你看，连鞋印足迹都没有，不可疑吗？"

叶剑锋没有吱声，而是在凉亭内左瞅瞅，右瞧瞧，思来想去，他才说："假设，我说假设啊，死者是自杀，那么她也可以绕到凉亭外沿，走到这个平台上去，然后跳下来，这样一来，就没有脚印留在靠凳上。但是，我们测算出的死者坠落初速度有3.3米每秒，死者站在平台上跳下去，即使角度很小，也远不止这个速度。除非死者走到这里正好摔了一跤，右枕部磕碰到平台上，然后坠落到山下。"

"你说的这点，应该不会。"陈卫国听完，不假思索地说，"立柱和靠栏外侧都有不少灰迹，甚至还有些细蛛丝，如果从外沿走到坠落点，肯定会有擦痕，但是你看，蛛丝都没被破坏。你想想看，深更半夜，乌漆麻黑，死者从这里走，双手不扶着这些靠栏吗？或者身体多多少少也会有些擦蹭，就算一心求死，何必这么麻烦，她完全可以直接站在靠凳上跳下去或跨过去。"

"那基本排除这种可能。"叶剑锋凝望着亭下的石阶说。

"你再看这儿。"陈卫国走到第三根立柱边，用手指着柱面说，"仔细看，这里有很大一块擦痕。"

凉亭的五根立柱都是圆形木柱，外涂紫红色油漆，在第三根立柱的内面和侧面都有些擦痕，高度正好在靠凳之上，因为柱体的内侧面原本就有些浅层的灰迹，在侧光下看还是比较明显的。陈卫国所说的这处擦痕，就是被擦去灰尘的地方，而且范围还不小。

叶剑锋从包里拿出一张纸垫在靠凳面上，单膝跪在纸上，仔细看了看说："估计是衣服和头发擦蹭形成的，有些灰迹有乱丝状印痕或梳状拖痕。"

"如果是死者造成的，表明这可能是争斗迹象。"陈卫国说。

"但也不能排除是其他人造成的吧，或者是死者意外摔倒时造成的。"周权根也看了看说道。

叶剑锋摇摇头，说："意外应该是一过性的，而这处擦痕我个人认为是多次形成，而且既与身体衣物接触过又与头发接触过，所以意外的可能性不大。是否为其他人形成，的确不能排除，但至少这里也是个很大的疑点。"

"那是不是说，可以排除意外？"周权根低声问。

"凉亭四周整个靠凳的高度是91厘米，靠背高45厘米，凳面高46厘米，凳面宽35厘米。外沿还有1.2米的平台。"陈卫国已经把数据记在心里了，他一边比画一边说，"每个凉亭在设计上都会考虑到如何避免这样的意外发生，对于一个正常的成年人，这样的凉亭一般也不会有高坠的意外，除非人站在凳面上，因为重心不稳，不小心摔落下去，那又回到第一个问题上，没有鞋印。"

"照这么一说，疑点是越来越多了啊。"叶剑锋开始犯嘀咕了，"不过尸体没解剖，说啥都白扯，得抓紧了。"

作为法医，肯定是想第一时间解剖尸体的，但叶剑锋又担心，在性质不明、善后未果的情况下，悲愤的家属是否会阻碍对尸体进行解剖。

正在忧虑之际，陈卫国接到了崔耀军的电话，他看了看腕表，说："走，先去会议室。"

政府的领导都已经离开，会议室在座的只有刑侦副局长崔耀军、刑侦大队长宋志国、副大队长秦明月以及副所长宋益达。

一见陈卫国和叶剑锋，崔耀军便问："你们技术上还需要汇总下吗？"

陈卫国摇摇头："不用了。"

"那好，你们介绍下情况。"

"那我先说吧。"叶剑锋翻开先前的尸检记录，直言不讳，"我们现在只是检验了尸表，初步认为死因基本上符合生前高坠致死，无其他致命的打击伤和机械性窒息征象。根据测出的尸温，推测死亡时间在昨天晚上7点到9点。"

"7点到9点？这和监控明显不符啊？"宋志国一脸惊诧，"不会是弄错了吧？"

不止一个人是这种反应，叶剑锋觉得有必要解释一下。

"尸温仪我们校对过了，没问题的，尸温推测死亡的时间，是有误差，但对于本案误差多大我真吃不准，主要是死者衣着少，躺在山里石板上，外加一些风吹，尸温可能下降得比较快，所以这些只能供各位参考。当然，后期解剖我们还会结合胃肠内食物消化再进一步推测和修正。"

叶剑锋不知道这样的解释大家认不认可，见没有人说话了，他又接着汇报。

"死者头部有两处损伤，一处可能是坠落时在凉亭上磕碰形成，另一处较严重的是在落地时形成。四肢和身体的突出部位有擦挫伤，部分骨骼有骨折，部分衣物破损，这些高坠都可以形成。目前我们法医认为主要有三个疑点：一是刚才提到的死亡时间；二是死者套裙的衣领处有撕裂性的破口，这处破口没有在地面擦蹭的痕迹，也不太符合坠落时巨大撞击力形成；三是死者右颈部下颌角下有轻微的皮下出血并伴有长1.5厘米、宽0.3厘米的表皮剥脱，在耳后乳突的位置也有长1厘米、宽0.2厘米的表皮剥脱，这几处损伤也很可疑。总之，苏惠的死，目前不能排除他人所为，建议尽快解剖尸体。"

听完法医的这番话，副大队长秦明月紧接着说："叶法医说的是有些道理，关于死亡时间这个问题，我认为应该以监控为主，毕竟法医所说的死亡时间还是推算出来的，有一定的不确定性。我们看过昨天晚上所有时间段的宾馆监控，死者和她老公在晚饭后6点多出去，一直到9点半才回到宾馆，然后在房间里没出去，一直到晚上11点多，死者老公，也就是姜晟走出房间直接到了一楼桑拿室，他一晚上也没出去。晚上11点44分，死者苏惠才走出宾馆，一直到早上被发现死亡。退一万步讲，假如死者是被害的，那是何人所为？死者半夜出去之后，宾馆内进出的人员，我们都已基本排除，几个景区的工作人员也没有作案的时间和可能。"

秦明月所说的情况都是经过查实的，相比较起来，叶剑锋当然更加相信监控，监控是最直观、最直接的证据，他对自己的分析也是摇摆不定。

"剑锋，死者有被性侵迹象吗？"崔耀军突然问。

"哦，应该没有。"叶剑锋愣了一下，说，"从衣着和阴部来看，都没有明显被性侵迹象，内裤、阴部和乳头擦拭物都提取了，已经让国安送到市局了。"

崔耀军点了点头，转而问陈卫国："卫国，现场还有什么情况？"

关于现场情况，先前在座的几位领导都已经实地看过，陈卫国并没有详细介绍，但他表明了自己的观点，他认为目前不能排除死者被侵害的可能。一是现场没有找到能证明死者自杀或意外的痕迹和证据；二是结合法医检验情况，不排除在现场死者与他人有争执的可能。

会议室里大家都在激烈地讨论，甚至有些争论，技术与侦查都坚持各自的观点，意见还是没能统一。

没有统一，不是因为谁对谁错，最主要的问题还是在于现场与尸体、痕迹与法医都找不出强有力的依据，来印证侦查员所查实的情况。叶剑锋现在的态度处于左右摇摆的状态，脑袋犹如灌了糨糊，但他心里很清楚，作为法医，他不是给领导一个交代，而是要给死者和家属一个交代。尸体必须解剖，不解剖有些疑惑也排解不掉，不解剖他都难以说服自己。

这场简短的会议犹如一场辩论赛，副局长崔耀军就好似"评委主席"，但他并没有对任何意见进行评判，略微思考了一下，说："虽然意见不一，争论激烈，但大家都能畅所欲言，各抒己见，很好，我感到的不是压力，而是欣慰，说明在座的各位都是有责任心的人，前期的工作都做得很到位。现在最主要的就是关于这次高坠事件的定性问题，必须搞清楚，这要求我们大家齐心协力，继续把该做的工作做足、做细。"

法医应该继续做的工作就是解剖尸体。叶剑锋顺理成章地提出解剖，崔耀军和大家都不反对，唯一的阻碍就是来自死者家属。

公安机关要解剖尸体，不仅需要负责人批准，还需要通知死者家属，并在《解剖通知书上》签字。死者苏惠的家属到来之后，情绪异常激动，要做好他们的思想工作，取得他们的积极配合不是一件容易的事，安抚和说服家属的工作要小心谨慎，不然极易刺激到家属，将事态恶化。

等待家属的答复是个漫长的过程，叶剑锋已习惯这样的等待。当然，他也并不急于一时，这段时间他觉得可以做些其他有必要的事。

人都已经散去，叶剑锋让周权根先跟一辆车回家休息，两个法医不能都耗在这里，他自己和陈卫国暂时先留下来。

"主任，你现在去哪儿？"叶剑锋看见陈卫国也要走，就问他。

"天还不晚，我再去现场看看，你去吗？"

"我不去了，我想看看监控。"

"那好，等回来我们再去死者房间里看看。"

"那我等你。"

叶剑锋找到了宾馆监控房，让保安调出了昨天晚上各个时间段和监控点的视频，然后拷到自己的电脑里带回会议室。

监控视频清晰度一般，画面里人的细微部位很难看清，但进进出出每个人的面部轮廓、动作、表情倒不难分辨。

视频里，苏惠和姜晟从昨天下午回到宾馆房间，再一起从宾馆出来，晚上又一起回到宾馆，然后到深夜，姜晟一个人摔门而出，进入一楼桑拿室，之后苏惠一个人走出宾馆，整个过程一清二楚。

叶剑锋反复看过几遍后，越发感到不解和不安。不解的是他和陈卫国的判断与所看到的事实有很多不符，不安的是他和陈卫国的判断可能真的是错误的。

晚上11点38分44秒，苏惠走出211房间，11点44分44秒，苏惠走出宾馆大门。没声音的视频显示的画面是，在宾馆日光灯的照射下，苏惠孤身一人，身着米黄色套裙，缓慢地移动着脚步，从二楼房间到一楼大门，走了整整六分钟，巧合的后面都是"44"秒，叶剑锋越看越觉得诡异，突然感觉背脊发凉。难道遇到鬼了不成？

桌上的手机铃声突然响起，沉浸在视频里的叶剑锋恍惚地拿起手机。

"剑锋，在哪儿？"电话是陈卫国打来的。

"哦，主任，我在会议室。"

"那你来211吧，我们已经到了。"

"好，马上。"

关闭电脑，叶剑锋很快来到了211房间。刚进门他就看见陈卫国在卫生间拿着一件男式衬衫。

"主任，有发现不？"叶剑锋迫不及待地问。

"你看，胸前少了一粒扣子。"

"这是死者老公的衣服吧？"

"嗯。"

"是不是吵架时掉的？"

"有可能。"

"等下问问就清楚了。"

宾馆房间里布局大同小异，211房间也是如此。这是一间普通的双人标间，床边地毯上有一个大大的行李箱，桌子上有水杯、水果、零食、杂物，还有一个女式皮包，包内有手机、皮夹、首饰和化妆品，都是苏惠的随身物品，壁橱里挂着几件女式衣裙。

一切都看不出有何异常。

叶剑锋看着房间内的物品，突然有所启发，他想到了一个不合常理的现象，这个现象不是来自这间客房，而是来自死者苏惠，他把想法说给了陈卫国："主任，你有没有发现，苏惠的穿着有些反常？"

"你是不是说，房间内没有苏惠昨晚换洗的衣物？我刚才还在找。"

"不用找了，我看过视频，她昨天晚上根本就没换衣服，所以说，你觉得奇怪不？这么热的天，一个女人回来不洗澡不换衣服，有些不可思议。"

听叶剑锋这么一说，陈卫国想了想，问："你觉得死者老公可疑吗？"

"你是说姜晟？从作案时间上来说，肯定是排除了，现在也没发现他有什么可疑的地方。"

"作案时间……你不是一直怀疑死者的死亡时间不对吗？"

"死亡时间是不对，但是姜晟也的确没有作案机会……唉，越来越糊涂。"叶剑锋一时很难理清思路。

突然，宋益达一个电话打断了叶剑锋的思路，他让叶剑锋立即去四楼会议室向死者家属介绍一下解剖尸体的重要性。

"好，马上到。"

叶剑锋知道家属八成同意解剖了，但还是有所顾虑。

会议室除了崔耀军、宋益达和景区领导，还有五六个陌生人。

叶剑锋找了一个空位刚坐下，宋益达就对这几个陌生人说："这是我们县局的叶法医，让他跟你们解释下吧。"

接着宋益达又向叶剑锋介绍："叶法医，这几个是苏惠的亲属，你和他们解释下法医解剖的重要性吧。"

叶剑锋完全理解这样做的目的。死者亲属毕竟是普通群众，对法医解剖几乎一无所知，尤其解剖的是他们自己的亲人，亲属们想简单地了解下解剖有没有那么残忍、恐怖。

为消除他们内心的恐惧和不安，叶剑锋郑重而又轻柔地说："请各位节哀。打个形象的比喻，我们法医解剖其实和医院动手术差不多，只不过我们要把头部和胸腹都打开，看看内脏器官的损伤情况，再提取少量的器官拿去化验，结束过后，会把切口缝合得很好。死者为大，我们法医会尊重每一个死者，这是我们的职责，你们就放心吧。"

言简意赅的解释恰到好处，基本打消了苏惠亲属的顾虑，尸体解剖也基本没有问题了。

大家都七嘴八舌地在讨论商量，只有一个人坐在桌子的拐角，满脸憔悴，一言不发，他就是苏惠的老公姜晟，他不敢多说一句反对的话，因为老婆满怀兴致地和他一起来旅游，结果却客死异乡，变成冷冰冰的尸体，苏惠的亲属显然对他极度不满。

傍晚5点40分，家属终于签字同意。解剖时间定在晚上7点半。

吃完饭，叶剑锋立即与周权根在殡仪馆解剖室会合。

"唉！"周权根叹了口气说，"一个简单的解剖，非要搞到现在，又浪费一个晚上时间。"

"淡定淡定，既然你干了这行，就不要抱怨太多，以后习惯就好了。"叶剑锋也是从一个新人走过来的，很理解周权根的这些不满情绪。作为一名法医，以后只会付出越来越多，坦然的心态、坚韧的毅力都是在实战中慢慢磨砺出来的。

苏惠的尸体从冷冻箱里被拉出来，已经冷冻了大半天，体表皮肤有些冰硬，原本暗红色的尸斑已经变得有些鲜红。冷冻后的尸体，可能会将原本不易察觉的轻微损伤显露出来，尸表要再次检验一遍。

尸表颈部皮肤原本出血的部位，颜色更加明显，范围更大，不过，其他部位没发现更多的可疑之处。

一看完尸表，叶剑锋就迫不及待地拿起柳叶刀，几刀下去，锋快的刀片很快就划开了死者胸腹部的皮肤肌肉。

高度坠落时的巨大冲击力导致苏惠的胸廓、脾脏、肝脏、肾脏、肠系膜、韧带等多个组织器官挫裂、出血，还有颅骨、左肩胛骨、左上肢、骨盆多处粉碎性骨折，最严重的当然还是头颅，这是最致命的死因。

除了这些损伤的程度和分布，叶剑锋最为关注的一是胃内容物，二是颈部肌肉的出血情况，这两处很可能会解开苏惠的死亡之谜。

胃被切开后，里面是苏惠生前最后一餐吃下去的食物，量并不多，没有明显的消化，食材种类很好分辨。剪开十二指肠，肠腔内并没有胃内的食物。这说明苏惠很可能是在晚饭后两个小时内死亡的。

叶剑锋立即将这一情况汇报给宋志国："宋大，麻烦问下死者老公，昨天晚上死者几点吃的晚饭？在哪里吃的？吃的什么？"

"怎么，发现什么异常了？"

"你先问清楚再说吧。"

"锋哥，颈部肌肉也有出血。"周权根指着已经分离出来的每一条颈部肌肉说，"你看，右颈部肌肉出血位置比较高，下颌处比较严重，是散在的小片状出血，外层肌肉出血比内层厉害。而左侧肌肉出血量比较多，成片状，内层最严重，外层肌肉却没有出血。"

"那说明左颈部肌肉出血是因为高坠造成的，而右侧是因为这儿受到了外力压迫的作用，徒手掐颈可以形成。"叶剑锋说道。

"开始，我以为是摔下去造成的，现在我也感觉这里像被掐过。"周权根盯着出血部位说。

"你再看看右耳后和下颌的那两处表皮剥脱，很像指甲形成的。"

"掐颈的力道还不小，怎么没有窒息征象？"

"那是因为和掐颈的位置有关。"叶剑锋用手模仿着掐颈动作说，"你看，损伤的位置主要在右颈部后外侧，没有造成呼吸道和颈部血管闭塞，没有造成缺氧，这个动作是一种控制行为，为了控制苏惠的挣扎或叫喊。"

"锋哥，我们不会搞错吧？我是越想越迷糊。"周权根觉得这件事越来越不简单。

"我现在倒不迷糊，但很迷惑。我觉得，我们不能深陷其中，应该先抽离出来。"

"什么意思？"

"我们法医先把专业上的客观所见和分析如实表达出来，不要被其他事情左右，最后再结合现场、侦查一起去伪存真，相互印证。"

"对，不要想太多，现在专心地解剖。"

解剖工作即将接近尾声，叶剑锋得到了两条侦查上的信息。

第一，已经调查出苏惠是在昨天傍晚6点钟左右与姜晟在景区附近一家农家乐吃的最后一餐，他们点了四个菜，分别是野鸡煲、鱼头锅仔、蒜泥野菜、油焖蚕豆，还点了三瓶啤酒，这些菜正是在苏惠胃内所见到的食物。

　　第二，根据姜晟所说，他在房间和老婆发生争执时，不仅被抓伤了，衣服的纽扣也可能被老婆抓掉了。陈卫国带着几个人，一直在211房间寻找姜晟短袖衬衫胸前脱落的那粒纽扣，犄角旮旯翻了一个遍，但一无所获。这点提示，那粒纽扣可能不是在房间脱落的，如果不是，姜晟所说的话很可疑。可惜，天色已黑，无法再去现场搜索。

　　这两条信息，进一步佐证了苏惠之死疑点重重。有些侦查员虽然不太认同这些可疑之处，但明显已经动摇他们原先的判断。

　　苏惠非正常死亡已经被定性为"疑似命案"，领导们也不得不制定新的侦查方案，重新梳理案情、重新逐一调查，并上报市局，请求必要的支援。

　　叶剑锋和陈卫国再一次坐到会议室，当务之急是大家一起群策群力解决现有的问题。

　　"时间紧迫，废话就不说了。"人一到齐，崔耀军就正色直言，"现在的核心问题和矛盾焦点，就是死亡时间。大胆假设，小心求证，不失为一种很好的侦查方法。假设，苏惠是在法医所说的晚上7点到9点左右，也就是晚餐后两个小时左右死亡，那么监控中9点半以后与姜晟一起进入房间，半夜独身外出的苏惠又是怎么回事？难道遇到鬼了？又或者这个苏惠不是她本人，是用了传说中的易容术？有没有人想过，这个女子会不会是一个与苏惠外貌相似的人？前期，我们的确忽略了这个问题，现在必须查清这个问题，才能揭开所有谜团。我相信真的假不了，假的真不了。"

　　"这倒真有可能，我说这个苏惠怎么玩了一天回来，澡不洗衣服也不换。

如果不是苏惠，那这个人也太像了，苏惠是不是有个双胞胎姐妹啊？"叶剑锋认同崔耀军假设性的论证，这种假设很合理地解释了一些匪夷所思的事情。

"据我们调查是没有，有的话我们不会这么晚才想到这一点。"秦明月说。

"不是双胞胎也有可能，也许只是长得相像而已。"宋志国转动着手里的水笔说，"我仔细看过，监控镜头远，画面不是很清楚，仅从衣着、身段和面部轮廓上很难判断是不是两个人，但是我也注意到一个细节，苏惠于晚上9点半进入宾馆，11点44分出宾馆，这两段视频里的女子，刻意出现在监控可视区，但是她的脸部却是有意在躲避监控，我们也无法看出她整个面部的细微之处。对比之前苏惠进出宾馆的视频，步态、神情都很自然，而这个女子步态动作不是很自然。"

"可以把姜晟先控制起来。"目不转睛盯着电脑的陈卫国突然说，"对比前后几个时间段的监控，可以看出姜晟衬衫的第二颗纽扣，在晚上9点半回来时很可能已经脱落了，不是他自己所说的吵架时掉在房间里的，房间里我下午搜索过了，没有纽扣。"

"还是主任眼光犀利，我都没看出来，真不好意思。"叶剑锋下午看了几遍都没发现这个疑点，不免有些惭愧。

"这个不能怪你，监控清晰度不高，很难发现。我是特意带着这个问题去看的，一直在关注他的衣服，所以才看得出。"陈卫国很自然地找了一个台阶给叶剑锋。

"那先这样吧。"崔耀军收起桌上的笔记簿说，"志国和明月带队重点调查姜晟和苏惠的社会关系，还有近期活动情况。剑锋去给姜晟做个人身检查，去了后你们不要多说话，但要检查仔细点。晚上你们要是不回去，就在宾馆住下，直接去吧台拿房卡就行了。"

很快，姜晟被带到了另一个小会议室，叶剑锋轻声说了一句"给你做个人身检查"，就没再说话。

姜晟也没有多说什么，积极配合检查工作，看上去他是不畏不惧，神色自若，可当叶剑锋双手触及他的体表时，却明显感觉到姜晟身体的肌肉紧绷，以致他的一些动作都有些僵硬。

掩盖一个谎言，要靠更多的谎言。仅根据现有掌握的情况还不足以揭穿谎言，揭示真相。叶剑锋相信，揭开谎言的一刻会很快到来的，现在他只想找个房间美美地睡上一觉。

日有所思，夜有所梦，叶剑锋睡了一整夜，也梦了一整夜，早上6点多钟醒来，感觉头昏昏沉沉的，他赖在床上不想起来，但也睡不着。睡眠质量差是大多数法医的通病。

看到周权根还在呼呼大睡，叶剑锋洗漱完独自来到一楼餐厅。宾馆自助早餐真的很丰盛，可是叶剑锋没什么胃口，他只盛了一碟炒面、倒了一杯豆浆，坐在餐桌前慢慢享用。

窗外是美丽的云峰晨曦，在这样一个美妙的清晨，惊喜也在不经意间降临，而且是接二连三。

第一个惊喜，来自市局刑科所。

叶剑锋吃完早餐刚回到房间，周权根坐在床上很兴奋地对他说："刚才市局刑科所杜所长打你电话了。我帮你接的，他说凉亭的那处血迹是苏惠的，还有苏惠胃内含有唑吡坦成分的药物。"

"唑吡坦？"叶剑锋有些吃惊，对这种药物他多少有所了解。这属于一种安眠镇静类药物，药效主要是抗焦虑、治失眠，这种药是禁止与抗抑郁类药物合用的，而现在已经证实苏惠的确患有抑郁症。

唑吡坦药效很快，半衰期很短，只有两个多小时，一般都在入睡前才服用，而苏惠胃内既然还有药物成分，证明死前不久才吃下的。

这又是一个罪恶的证据，叶剑锋断定苏惠之死是他杀，姜晟有重大的嫌疑，那些监控不过是为了瞒天过海、掩人耳目。

第二个惊喜，来自现场。

早上7点，陈卫国就带人早早地来到现场，不到一个小时，他就找到了那颗失落的纽扣，除了少许幸运，更多的还是靠陈卫国的智慧和眼力。

纽扣是在苏惠流出的那片血泊里找到的，纽扣脱落到地上，然后被苏惠流出的血液掩盖。幸亏现场一直封锁，才存留了这片血泊。如果血迹被景区冲洗掉，那这个证据将永远灭失。

死亡时间、颈部的损伤、可疑的现场、脱落的纽扣、胃内的安眠药，还有一个神秘的女子，这些已经串成了一条证据链，这条证据链犹如一把精神枷锁，禁锢着姜晟，比手铐更加强有力。

在审讯室，姜晟开始还装得很无辜、很茫然的样子，做着无畏的狡辩，在崔耀军看来简直就是幼稚可笑。待到谎言被慢慢识破，伪装被层层剥去，姜晟已无力抗拒，他伸直双腿，侧身斜靠椅背，如木雕泥塑般，动也不动，双目无神，神情呆滞。最终，姜晟坦白交代了一切，而他开口的第一句话是："他妈的，这都是报应！"

一切都源自一场车祸。

十年前，21岁的姜晟当兵复员后，经人介绍，给云峰市政府机关一个部门领导王处长做起了专职司机。那时候的姜晟做人踏踏实实，做事兢兢业业，对这份工作倍加珍惜，王处长对他也关爱有加。

八年前，一天周末，王处长带着儿子小志由姜晟驾车去野外郊游。小志刚刚大学毕业，还没有驾照，但是经常偷偷地开着他老爸的公车练手。刚学会开车的人，瘾头很大，在回家的路上，小志一时兴起，吵着要开车，大家都拗不过他，在王处长的默许下，姜晟就把方向盘交到小志的手上，自己则坐到副驾驶座位上。

新手毕竟是新手，小志在一个弯道处，因操作不当、避让不及，车子撞飞了一个路人。小志吓得呆坐在驾驶座，王处长和姜晟反应很快，立即下车查看，被撞的路人躺在沟渠里，满脸是血，已经没了呼吸。儿子闯下了大祸，无证驾驶撞死路人，是要坐牢的，王处长的第一个反应就是不能让儿子坐牢，第二个反应就是让姜晟顶包。

王处长当场给姜晟开出的条件是：不会让姜晟吃官司，会尽一切能力摆平此事；赔偿费用不仅不会让姜晟承担一分钱，还会补偿他一大笔钱；事后给姜晟重新安排一个更好的工作；如果姜晟愿意，还给他介绍一个老婆。

姜晟是一个讲义气的人，王处长一家人平时待他不薄，他只考虑了几分钟，就和王处长达成了这笔交易。

果然，王处长没有食言，凭他的权位和人脉关系，也很快平息了此事，不仅把姜晟安排到一个事业单位，而且真的给他介绍了一个媳妇，她就是苏惠。虽然苏惠年龄比姜晟大两岁，在另一个事业单位做内勤，待遇一般，但年轻漂亮，还有一处房产。姜晟感觉这是因祸得福了。

五年前，两人喜结连理，婚后不久喜得一子，苏惠却莫名其妙地患上了抑郁症，但姜晟依旧不离不弃，带着她四处求医看病。

三年前，姜晟意外得知，他与苏惠婚后的孩子居然不是他亲生的，这犹如晴天霹雳，将他击得粉身碎骨，尊严、欺骗、谎言、愤怒，都化为了仇恨。当他暗暗查出这孩子竟然是王处长的时候，就开始设想如何加倍夺回他所失去的一切，如何让王处长身败名裂。

一年前，直到姜晟在一家夜店遇到一个与苏惠容貌、身材相似的女人顾金玲后，一个缜密的报复计划就此酝酿而生。

按姜晟设想，计划的第一步，就是偷天换日、瞒天过海，借苏惠患有抑郁症制造她自杀的假象，夺取她的房产。他用花言巧语取得顾金玲的配合之后，又虚情假意与苏惠自驾旅游散心。

两天前，在案发当天，顾金玲赶到景区，待在外面一个小茶馆里。当晚，姜晟与苏惠吃过晚饭后，在景区四周游玩到晚上9点，然后来到景区内的凉亭，姜晟见四周无人时，诱骗苏惠喝下放有三粒"唑吡坦"药片的可乐，但苏惠只喝了几口，待苏惠药效发作，有些昏昏欲睡时，他立即将苏惠推下凉亭，苏惠只做了短暂的垂死挣扎之后，就坠死在山崖下。

姜晟随即通知顾金玲，让她梳着与苏惠一样的发型、穿着一样的衣服，按照既定路线来到凉亭，然后两人再一起返回宾馆。按照计划，两人假装吵闹，然后一前一后走出房间，导演了一场苏惠自杀的假象。

根据姜晟的口供，一些原本没发现的细节和秘密，后来经过查证都一一对应。顾金玲很快归案，而王处长也因此东窗事发，受到党纪和法律的严惩，儿子小志也得到应有的法律处罚。

叶剑锋一直不明白，姜晟掌握着王处长的这个天大秘密，为什么要采取如此极端的手段解决，他完全可以告发王处长，退一万步讲，即使想得到补偿，他也可以以此来要挟王处长，大可不必杀死苏惠。

后来局里安排了一场庆功宴，在宴会上宋志国说出了缘由。

其实王处长和多名女性一直保持不正当关系，苏惠只是其中之一。王处长早有嫌弃苏惠之心，他用一处房产作为交易，将苏惠介绍给姜晟，可是苏惠早有防备，她故意生下了王处长的孩子，这样她就完全和王处长绑在一起了。苏惠名下的房产也是王处长受贿而来，属于赃物，姜晟如果告发了王处长，那这处房产肯定会被没收，他将得不到任何好处。于是姜晟想出了一个两全其美的计划，先拿到这处房产，然后再要挟王处长，可以得到更多的补偿。

叶剑锋消除了内心的疑惑，但他付出了小小的代价，不胜酒力的他被宋志国灌得酩酊大醉。

02　化粪池藏尸案：生与死之间没有界限

一片柳叶刀，在手术台上，医生执刀祛疾、救死扶伤；在解剖台上，法医执刀雪冤、惩奸除恶。此刻，叶剑锋拿刀的手有些迟钝，也许是因为很久没合眼，太过劳累，也许是因为内心的愤懑和不忍。一天前他还是母亲的心头肉，一个天真无邪的小男孩，现在却成了解剖台上的一具尸体，解剖刀下的一个冤魂。

昨天晚上10点，叶剑锋在值班室刚冲完凉水澡就接到陈卫国的电话："香树镇一个小男孩到现在没有回家，家里人报警说有些反常，怕是出了什么事，指挥中心要我们去看看。"

"失踪了？具体什么情况？"

"听家属说，这小孩子从来没有在晚上8点之后单独出去过，而且好像还没穿鞋，自行车也不见了，家里人觉得不对劲，就报了警，具体情况派出所正在调查。"

叶剑锋听罢，心想现在都是一个小孩，个个都像宝贝一样呵护着，也许是小孩子贪玩回来晚点，家里人就心急害怕了，太过敏感了吧。

而且这种事情不是没有发生过，据平江县110指挥中心统计，每年都有几十个报孩子失踪的，除去那些被人贩子拐卖的或意外落水的以外，其他基本都是因为孩子迷路或贪玩，以至父母慌了神，误以为孩子出事了。

"有这么严重？法医也去？"叶剑锋以为这次可能又是虚惊一场。

"我们俩先去看看。"

主任如此说了，就是命令。去，是必须的！

香树镇距离平江县城区也就半个小时路程，到了小男孩的家中已是晚上10点40分。

这是一幢20世纪90年代的居民楼，共五层，男孩家在三楼，两室一厅一厨一卫，约80平方米，装修简易。此时在20多平方米的客厅里聚集了十几个人，除了派出所的两位民警，其他都是亲友。

客厅沙发上坐着几个神情黯然的亲友，依偎在他们中间的是一个30来岁正在抽泣的女人，显然是孩子的母亲。通过在场民警和亲友们的介绍，叶剑锋了解到这是一个单亲家庭，家中只有母亲与儿子。

孩子的父亲在孩子6岁的时候因病去世，留给母子二人唯一的遗产就是这套房子，母亲没有再嫁，以打工维持生计，母子相依为命。儿子是母亲唯一的希望，把儿子培养成才是她这一生最大的心愿。

小男孩今年10岁，读小学四年级，十分乖巧听话，平时放学后就骑着自行车回家，从不贪玩。吃完晚饭也就在小区附近玩一会儿，到天黑之后，就回到家里做作业、看电视。一般到了晚上9点多，小男孩会自觉地上床睡觉，不管母亲在不在家，一贯如此。有些单亲家庭的孩子自立自律能力就是很强。

据男孩母亲说，傍晚5点半吃完晚饭后，她去隔壁小区的大姐家里谈事情了，直到9点多才回来。回来后发现儿子不在家，她原本以为儿子在同学或其他的亲戚家，打完所有可能的电话后还是不见儿子的踪迹。

儿子上学骑的自行车不见了，平时穿的鞋一双也没少，儿子不会不穿鞋就出去的，儿子是不是出了什么意外啊？男孩母亲越想越害怕，越想越不安，一时不知所措，就报了警。

有人失踪或走失，监护人或亲友如果立即报案，警方接报后不管立不立案，都会在第一时间协助调查，不需要等24小时，更何况，失踪的是个孩子，而且按照孩子母亲所反映的情况，小男孩的突然消失的确有些反常。

香树镇派出所值班民警接到报警后，立即帮着孩子亲友反复寻找，一直未果，便将这一情况反馈到了平江县公安局刑侦大队。

男孩家里已经聚集了很多亲朋好友，请出众人后，叶剑锋和陈卫国开始勘验屋内现场。

家里门窗的锁扣、插销都完好，没有撬痕、没有闯入的痕迹，窗帘也是拉上的，客厅地砖上满是杂乱的鞋印、污迹，几乎没有勘验的价值。

大门口的鞋架上各种鞋子摆放整齐，孩子的小卧室也很整洁。男孩母亲和亲友们都说，小孩很懂事，在家总是帮妈妈做些力所能及的事情，自己的小卧室也是整理得井井有条。

母亲卧室的摆设也是一切正常，衣橱、抽屉都没有明显翻动的痕迹。卧室门口的地板上没有鞋印，也没有血迹。门口旁边的衣架上挂着一些衣物和挎包，挎包里的钱包也在，里面有200多元人民币和几张银行卡，衣架旁边的地板上有一双小孩的塑料拖鞋。一切看似都很正常，财物也没有丢失，就是这个10岁、活生生的小孩子不见了踪影。

问题出在哪里？叶剑锋蹲在卧室门口，把目光锁定在了衣架旁边的一双塑料拖鞋上，拖鞋两侧的鞋帮和鞋底有些未干的水渍。

叶剑锋拿着鞋子问男孩母亲："大姐，这拖鞋是你儿子平时洗澡后穿的吗？"

"是的。"男孩母亲看到这双鞋子，突然啼哭起来。

毫无疑问，这是小男孩在洗完澡后换上的拖鞋，因为在淋浴房里还有他今天换下的几件衣服。

"大姐，您先不要太难过，麻烦再仔细看看孩子平时穿的鞋子是不是真的没少？"

叶剑锋是考虑小男孩如果一时兴起贪玩的话，可能会换双鞋子，骑上自行车和同学偷偷跑出去玩，而母亲一时着急，心慌意乱，看错了也有可能。

但是，这位母亲给出的答案还是如先前所说的一样，孩子平时穿的鞋子一双都没有少。叶剑锋很失望，大家都很失望，男孩出门没穿鞋，这一点极为反常。

这一反常现象不禁让大家为孩子的处境而揪心，都隐隐地感觉到不祥之兆，孩子恐怕凶多吉少。

卧室的电视机已关闭，但还处于待机状态，叶剑锋按下遥控器的开关后，被吓了一跳，电视被打开的时候里面突然传来很大的声音。

正在勘验卫生间的陈卫国也被惊吓到了，他跑出来就嚷道："你疯了，把声音开这么大！"

叶剑锋辩解道："哪有，我刚打开电视，就是这么大声音，你以为我拎不清啊。"

"哦？"陈卫国看了一下电视，问道，"你一打开就是这个频道吗？"

"对，是南江少儿频道。"

"你儿子平时喜欢看这个台吗？"陈卫国转身问男孩母亲。

"嗯，喜欢看动画片。"

男孩晚上在家的活动情况有些眉目了，按照他平时的生活习惯，回家后写好作业，洗完澡，然后在妈妈的卧室里看电视，看的是南江省电视台少儿频道的节目。

电视机音量开得这么大，当然也不合常理。这点提示可能有人故意为之，而这个人应该不会是小男孩自己，陈卫国和叶剑锋现在不得不做最坏的打算。

如果小男孩被害，谁忍心下得去手？案犯的动机是什么？谋财？寻仇？

叶剑锋需要男孩母亲提供更多的信息，他轻声问道："大姐，你回家后有没有发现家里财务或东西丢失？"

"没仔细看过，好像没有。"母亲擦拭着眼泪，声音已经沙哑。

"那这样吧，你穿上我们的鞋套，戴上手套，看看平时放财物的地方，有没有缺少什么。不要急，慢慢看。"叶剑锋一边安抚她一边轻声地叮嘱道，"还有，衣架的挎包里也看看。"

男孩母亲略迟疑了一下，缓慢地挪动脚步，悲伤让这位母亲每一个动作都显得有些笨拙。等到逐一查看完，包括衣架上的挎包，她摇摇头说："好像没少什么。"

一个人处在悲伤的情绪下，思维会有些混乱，叶剑锋现在怀疑这位母亲的判断力，凭直觉，他认为这位母亲肯定会忽略某个地方。

叶剑锋没有再继续追问下去，准备换种方式，他低声对男孩的亲友们说："你们谁先去劝劝孩子的母亲，等情绪稳定下来，再让她看看家里是否有财物丢失。"

亲友们的安抚起了作用，过了一会儿，男孩母亲忽然想起了什么，她又走到卧室的衣架旁，再次查看了那只挎包。

"好像有1800元钱不见了！"男孩母亲惊恐地说。

"你确定不？"

"肯定！"男孩母亲低着头想了想说，"这是我一个星期前领的工资，用完后剩下的钱。"

"原来是放在哪里的？"

"在挎包外面的小口袋里。"

"口袋拉链原来是拉上的吗？"

"不记得了。"

说话间，不光是男孩的母亲，有些亲友也跟着哭了起来，他们已经有了不祥的预感。看着他们的眼神，听着他们的哭声，叶剑锋心里很不是滋味。

听到外面又是一片哭喊声，一直在卧室里勘察地面的陈卫国走了出来说："大家的心情我们都理解，但各位先不要过于难过了，现在还没有结果，希望各位都能镇定点，积极配合我们的勘验工作，也谢谢各位了。"

陈卫国见大家的情绪稳定了些，就问男孩母亲："你家卧室地板今天擦过吗？"

"没。"

"那昨天呢？"

"嗯。"孩子母亲点了下头。

"你一般用拖把还是毛巾？"

"拖把。"

"卫生间的那把？"

"嗯。"

男孩母亲现在回答每一句话，都显得很吃力，吃力到已经不想多说一个字。陈卫国见状也没再问下去，只是点了下头，又回到卧室。

这位痕迹专家，从进门就很少说话，现在突然开口，必然是看出了端倪。

叶剑锋也来到卧室，低声问道："主任，有情况？"

"你仔细看床边的这块地面。"陈卫国打开多波段光源，指着地板说，"这片区域和旁边的地面比较，明显干净些。"

"这片区域应该被擦拭过吧？"叶剑锋根据陈卫国所说的位置看了好几遍。

"对，但不是刻意用东西擦的。这片区域形态不规则，有些边缘界线很不明显，不是毛巾或拖把擦出来的。"陈卫国又指着床头柜附近的地板说，"你再看看这里。"

叶剑锋看了半天，算是看出点名堂来了，他犹豫了一会儿才说："这貌似是两条拖擦痕啊。"

"蹬踏，双脚足跟的蹬踏痕，而且是赤脚。"

"你是说男孩已经……"叶剑锋话说一半，戛然而止。

看着叶剑锋惊讶的眼神，陈卫国示意他不要说出来，现在也只是推测，如果被家属听见会引起恐慌，那下面的勘验工作会受到极大的阻碍。

"那怎么没有鞋印或者足迹？难道被处理过？"叶剑锋又轻声地问。

"这样的地面不像是被处理过的，没有鞋印，是因为案犯进入卧室可能没穿鞋，没有留下明显的足迹，一是因为地板本身比较干净，难以留下足迹，二是案犯活动范围很小，可能就在这片区域。"

陈卫国说得很有道理，这里异常的痕迹意味着男孩极有可能遭遇不测，而且就在卧室这个位置。

从个人情感上来说，叶剑锋不愿相信这些既成事实，他原本一直想证明这是虚惊一场，但是现在的种种迹象表明，恐怕事与愿违。

叶剑锋不敢再想下去，职责让他必须接受一切可能，必须找出真相，继续在男孩母亲口中探得一些线索。

现在，他有些问题必须要向男孩母亲求证，这些问题问出来，必定会刺痛她的心，但不得不问。

"大姐，麻烦再仔细看看，家里衣橱、柜子里少了什么，比如床单、被套，或者绳子什么的。"问完这些，叶剑锋内心直发虚。

男孩母亲已经感觉到家里有人来过，儿子可能发生了意外，她沉浸在一个人的悲伤中，没有对叶剑锋所问的话做出激烈的反应。她只是看了一下叶剑锋，然后迈着沉重的脚步走到卧室，草草地翻了翻各个衣橱说："我也不记得少了什么，好像没有动过。"

男孩母亲无法很好地配合，这让人十分纠结，叶剑锋问她刚才这个问题是有原因的。

小男孩如果遭遇不测，那么他的失踪就有两种可能：一是男孩在家中被人控制捆绑后带到别处去了；二是男孩在家中被害，然后被人遗尸他处。无论哪种可能性，案犯都极有可能用包裹物来裹住孩子，这样一来便于掩人耳目，避免被人发现；二来也便于运输。

男孩的自行车又在哪里？

叶剑锋想到这里就立刻问在场的民警："那辆自行车找到没有？"

民警说："还在找。"

"让他们抓紧找，找到了马上告诉我。"叶剑锋有些心急。

客厅因为众多亲友们的活动，线索破坏严重，一开始就没被陈卫国和叶剑锋所重视。现在看完各个房间后，他们又回到客厅，再回头查看每一个角落、每一个细节，以便从这些平常的物品、杂乱的痕迹中寻获有价值的线索。

两人开始在整个屋内勘查。

客厅与餐厅是一体的，泡着茶水的杯子杂乱地摆放在餐桌和茶几上，餐桌的烟灰缸里堆积了一些烟头。

看着桌上的物品，陈卫国不得不再一次询问男孩母亲："麻烦您想想，回家的时候茶几和桌子上有多余的茶杯或烟头吗？"

"茶杯好像没有，烟头我没注意。"男孩母亲也不能确定。

"那这桌子上的茶，都是你们来后泡的吗？"陈卫国转而又问其他人。

"对，是我泡的。"门外人群中一个中年女子站了出来。

"请问您是什么人？"

"孩子大姨。"女子回答。

"孩子母亲晚上就是去的你家？"

"是的。"

"桌上的茶都是你泡的？"

"是。"

"那你看看有没有哪杯茶不是你泡的？"

"一次性杯子的茶肯定都是我泡的。"

"那这一杯水是谁喝的？"陈卫国指着茶几上一只装满白开水的玻璃杯问大家。

在场的人都摇摇头。

"会是你儿子喝的吗？"陈卫国又问男孩母亲。

男孩母亲远远地盯着杯子，无力地摇摇头说："不会的，他有自己的杯子，就在他房间的桌子上。"

"那你出门的时候，记得有这杯水吗？"

"应该没有。这杯子原来是放在茶盘上的。"

这位母亲提供了一条极有价值的线索，这杯子的使用人，与男孩的失踪极可能有关。

"这杯子没人动过吧？谁碰过就实话实说，不然留下了指纹就说不清了。"

在场的人没人承认，陈卫国将杯子拍照固定后，叶剑锋立即用纱线在杯口擦拭了两遍，然后交给陈卫国提取可疑的指纹。这杯水会留下有价值的痕迹物证吗？

陈卫国拿着指纹刷粘上磁粉小心地处理着玻璃杯上的指纹。

叶剑锋也没闲着，他将茶几上烟灰缸里的烟头逐一提取出来，摆在铺好的 A4 纸上拍照固定，一共有 14 根烟头。叶剑锋是个老烟枪，读大学的时候就开始学抽烟，那时候大学生抽烟，在老师眼里可不是好学生。从大学到现在，算起来他已经有十来年的烟龄了，从以前 5 元一包到现在 40 多元一包的香烟，叶剑锋抽过无数种品牌，他还有个最大的爱好，就是收藏各种品牌的烟标，对很多烟的价格、烟标他是如数家珍。

经叶剑锋对烟灰缸里的各种烟头的辨认，他发现有三种品牌的香烟，分别是中华、利群和红双喜。红双喜烟头只有一支，在烟缸的底层，也是当中档次最差的烟。叶剑锋把这些烟头拿到门口问大家："你们谁在这里抽过烟？"

"我""我""我也抽了""还有我"。

有四个人抽过烟。

"都抽的什么牌子的烟？"

"中华。"

"利群。"

四个人只抽过这两种烟。

"没有人抽过红双喜吗？"叶剑锋特意又问了一句。

"没有。"大家都摇摇头。

大家怕叶剑锋不相信，还特意把口袋里的烟拿出来给他看。

这又是一个极有价值的物证，抽红双喜的人嫌疑重大，叶剑锋把 14 根烟头的灰渣剪掉后，将过滤嘴分别装进了 14 个物证袋里，红双喜烟头编号为 1 号。

玻璃杯上的指纹在磁粉上显现出来，指纹不少，很杂乱，有些指纹相互重叠在一起，经陈卫国初步辨认估计有三个人的指纹，男孩的纹线细，指纹小，很好辨别，其他的几枚指纹可能有男孩母亲的，也可能有嫌疑人的，这需要带回物证室才能进一步处理。

事到如今，种种异乎寻常的迹象都表明男孩的失踪绝不简单，那么男孩到底身处何处？是死是活？必须马上解开这些谜团。

案情已经上报到平江县局和江川市局，支队和大队的各路人马正在赶来的路上。

叶剑锋和陈卫国继续在屋内的各个角落寻找蛛丝马迹。床底、储藏柜、厨房、冰箱、阳台，一处也不能落下。

阳台东侧架着三个大纸箱，纸箱外落了一层浅浅的灰迹，最上层的纸箱高度与一个人的肩膀平齐。陈卫国踮着脚也无法看到箱子里面的全貌，但瞅见一部分箱子的内层，他就发现了异样。

陈卫国让叶剑锋搬来一个凳子垫脚，站在凳子上，陈卫国用手擦了一下纸箱内层，然后问男孩母亲："这里的纸箱动过吗？"

"放了有半年了，没动过。"

"原来有几个？"

"不记得了。"男孩母亲声音嘶哑。

记不记得，对于陈卫国来说不重要，他发现最上面的纸箱内层十分干净，没有灰迹，这说明原来这上面还有一个纸箱，这个纸箱已经被人拿走。

这个消失的纸箱肯定是用来装东西的，而它的大小正好可以装下一个10岁的男孩。叶剑锋和陈卫国意识到男孩很可能已经遇害，他们没有把这个发现告诉男孩的母亲和亲友，活要见人死要见尸，无论如何，下一步就是要找到男孩。

时间过得很快，已是凌晨5点钟，夏季，天总是亮得很早，天空泛白，附近的菜场已经有人开工了。

江川市公安局刑侦支队和平江县公安局的相关领导陆陆续续到达现场，听完陈卫国和叶剑锋的汇报后，当即成立专案组。

孩子的母亲早已停止了抽泣，她目光呆滞、神情木讷地靠在大门边，亲友们在旁边不时地安慰她，他们原本以为孩子走丢了或被绑架了，但现在他们已经做了最坏的打算，虽然还没有直接的证据证明这一切。

"喂，你好！什么，找到了？太好了，你们马上带我们去。"叶剑锋突然接到香树镇派出所陆所长打来的电话。

众人立刻骚动起来："什么？找到了？"他们以为看到了希望。

"主任，自行车找到了。"当叶剑锋说出这句话的时候，大家都顿时哑言。

"你赶紧去看一下，我随后就到。"

一整夜，这间不大的屋子内都充满着令人窒息的悲情，叶剑锋快步走出了屋子。

后半夜已经下过一场雷阵雨。幸运的是，自行车被藏在香树镇镇东菜市场南门一个角落里，没有被雨水淋湿。

这是一辆半旧的女士自行车，车身不高、车架较小，车身红色的油漆部分脱落，裸露出斑斑锈迹。

叶剑锋围着自行车上上下下看过后，拿起手机拨通了陈卫国的电话："主任，自行车坐凳下一处破损的弹簧钩住了一块很小的纸箱碎片，车轮胎上有很多烂泥，还有一些类似灰色水泥和白色的石灰。"

十几分钟后，陈卫国和陆所长急匆匆赶到这里。

"主任，看这些像是水泥和石灰吗？"叶剑锋把他的发现指给陈卫国看。

"应该是。"

"像工地上的。"围观的几个老百姓帮他们分析这些痕迹的来源。他们说得很有道理，人类的智慧源自最广泛的群众。

陈卫国围着自行车仔细看了几遍，然后对身边的陆所长说："陆所，附近有建筑工地吧？"

"有，镇东和镇南都有商品房工地。"

"最近的在哪里？"

"镇东，两三里路。"

"那赶紧先去这个工地找，小男孩如果遇害的话，这辆车就是用来运尸的，尸体很可能被抛在工地上。"陈卫国急迫地说，"陆所，麻烦你再多叫些人来，特别要注意工地的沟渠。"

叶剑锋和陈卫国跟着陆所长，带上十来个民警、协警来到一个叫"金龙湾"小区的建筑工地，小区面积有一百多亩，每幢有六个楼层，楼盘基本都已建好，目前正开始小区地面的绿化、沟渠、化粪池的工程建设。

查看完整个工地的建筑结构，只有沟渠、化粪池里看来是比较适合藏尸的，叶剑锋和陈卫国就让大家重点在这几个地方搜索。

沟渠里水不深，很好找，只需看上几眼即可，那么重中之重就是没有建好的化粪池，这里池深水多。每人拿着根竹竿，一个一个在池里翻搅，很快在工地东面最外侧的一个化粪池发现了异常，叶剑锋和几个民警拿竹竿用力挑了一下，水面上露出了纸箱的一角。

"主任找到了，在我这里。"

一个电话打完，不只是陈卫国，市局刑侦支队长余世春、县局刑侦副局长崔耀军、刑侦大队长宋志国、侦查员、痕迹员等十余人都接踵而来，崔耀军急切地问："小叶，能确认吗？"

"基本上能，先捞起来再说吧。"叶剑锋心情沉重地说。

拍照、摄像的同时，叶剑锋和几个人已经戴好手套，拿好钩绳开始打捞。

"来来，抓稳了，使劲，1、2、3……"随着叶剑锋的一声号令，大家齐心协力，很快就把重重的纸箱打捞了上来。

纸箱外面被透明胶带封得严严实实，所以并没有完全被水泡坏，捞上来时还算完整，从破损的地方已经看出里面还有个红底碎花的床单包裹物，床单的打结处已经露出了黑色的头发，小男孩的尸体找到了。

看到这一幕，叶剑锋非常沮丧，胸口一阵发闷，最不想要的结局偏偏发生了。

也不知什么时候，工地外围满了人，男孩的亲友看到担架上的纸箱，刹那间瘫坐在地上悲痛欲绝。男孩的母亲并不在此，她已昏倒在家中。

纸箱被抬上殡葬车，叶剑锋跟车而去。

此后，叶剑锋再也没去过小男孩的家中，母亲的痛苦和绝望是他无法想象的。

一夜的工作最终换来这么一场人间悲剧，一个活泼可爱、手无缚鸡之力的小孩子竟遭如此毒手。

解剖台前，叶剑锋的刀还是利落地划了下去，他唯一能做的就是倾尽全力帮助找出凶手。

男孩幼小的身躯蜷缩在床单里，双脚赤裸，尸僵很强，尸体很冰，眼微睁，除了颈部那一处明显的掐痕，全身皮肤再无其他损伤。面部、眼结膜、唇黏膜以及一些器官表面有很多出血点，没有水性肺气肿，各级气管没有吸入的污水，口鼻腔没有溺液。这些发现足以说明小男孩是被人掐颈导致机械性窒息而死亡，死后又被抛尸的。

男孩身体瘦小，损伤少，所以尸检工作进展得很顺利，等到叶剑锋和周权根把男孩的颅腔、胸腹腔缝合完毕，尸体擦拭干净后，整个尸检工作即宣告结束。

香树镇派出所的会议室里，各级领导、侦查员挤满了这个80多平方米的房间，大家落座后，立即开始案件的汇总和分析，目的只有一个——找出杀人凶手。

命案的现场分析、尸体检验分析的最高境界就是案犯刻画，这也是区别普通技术人员和刑侦专家的一个基本标准。

"案犯应该是熟人。"陈卫国开门见山，"一、案犯没有强行破门钻窗进入，应该是由男孩开门让他进入家中，男孩晚上一个人在家不会给陌生人开门；二、根据烟头DNA检验结果和水杯表面的可疑指纹分析，案犯极有可能在客厅里抽了一支红双喜牌香烟，男孩还给对方倒了一杯白开水，这更加说明案犯与这家人关系并不陌生；三、未发现案犯带有作案工具，杀人抛尸的包裹物、纸箱、胶带，均是在现场临时取材；四、案犯很可能是来找男孩母亲，未见人便见财起意，被男孩发现后情急之下杀人灭口；五、案犯将尸体包裹后，用男孩的自行车驮运，抛在最近的一处建筑工地，又骑车折返回来，再将车抛向菜场附近，证明案犯对这一片区域很熟，也熟悉男孩平时骑的自行车是哪一辆。这就是我对案件现有证据的分析。"

接着，该是叶剑锋按照议程进行法医汇报了，他点了支烟提提神，然后说："死亡原因，徒手掐颈导致机械性窒息死亡；死亡时间，根据胃内容推断在餐后两到三小时，也就是昨天晚上7点至9点；没有发现其他损伤情况。"他停顿了一下，继续说道，"案犯杀人后很仓促地用被单包裹、纸箱装尸，尸体未捆绑，运尸用的是男孩的自行车，这种抛尸方式很不方便，可见其内心极其慌乱，尸体也未抛在更隐蔽、更远的地方。我分析案犯可能就住在附近。从掐颈的力度，小孩几乎无反抗，再从抛尸这一系列动作看，应该是一个接近成年或成年男子。"

"两位分析的都很有道理，但目前只知道是熟人，能否再提供些具体的线索。比如身高、性别、年龄有个大概的估计吗？"崔耀军听完两人的分析意见后，觉得调查范围还有些大。

叶剑锋想了想，突然说："这个很难说了，不过还有个发现。"

"什么？"崔耀军直勾勾地看着他。

叶剑锋看了一眼刚从男孩家回来的周国安，问："国安，我记得死者家中冰箱里的剩菜有鲫鱼、螺蛳和咸菜，好像没有鸭肠，你有没有看到鸭肠？"

"鸭肠——？"周国安一听，有些不敢确定，"好像没有。"

"你看看，就是这些。"叶剑锋指着电脑里男孩胃内食物的图片说。

男孩胃内食物中有米饭、鱼肉、螺蛳肉、菜叶和鸭肠，有些食物有明显消化的迹象，酱色的鸭肠和螺蛳肉则没有，这两种食物本身也不容易消化，本来这些食物的性状与男孩死亡时间比较吻合，但是叶剑锋还是留了一个心眼，就是那些鸭肠是不是晚饭时吃下去的？如果不是，那证明后来男孩子在死之前，也就是在晚上7点到9点之间又吃过了鸭肠，那这些鸭肠又是从哪里来的呢？

周国安看完这些食物残渣，然后又调出相机里先前拍摄的冰箱里的食物照片看了几遍，说："确实没有鸭肠。"

"那就再麻烦陆所长问问孩子母亲，晚饭有没有吃鸭肠。"叶剑锋又对陆所长说。

陆所长没有直接打电话给男孩母亲，而是打给男孩的大姨夫。等了约10分钟，男孩的大姨夫回电说，晚饭没有吃鸭肠。

"那鸭肠是孩子后来吃下去的喽？"崔耀军看着叶剑锋说。

"对，我想只有两种可能性，要么就是男孩自己出去买的，要么就是案犯带到死者家去的。"

"镇上卖这种鸭肠的多吗？"崔耀军扭头问陆所长。

"那要看什么时候买的，要是晚上去买，镇上好像也就两三家店卖。"

"那这样好了，你和志国带几个人去这几家店问问，主要调查昨天晚上6点到9点这个时间段买鸭肠的人，无论男女老少，如果有监控，全部拷回来，尤其是离案发现场最近的店，还有男孩家到那个工地这段路面的监控调查也要抓紧。"

案犯是熟人，这点基本确定。

专案组会议室的气氛没有刚才那么紧张，几位领导的表情明显轻松了许多。他们都相信，真相很快就会浮出水面。

现在叶剑锋和领导们都在焦急地等待。

案发现场直线距离2000多米的镇西头有一家"酱鸭馆"，酱鸭馆门面很小，也就十几平方米，卖酱鸭的橱窗正好在隔壁一家超市门口的监控范围之内，从这家超市监控中可以看到来来往往买酱鸭的人，但监控清晰度有限，借助门口的灯光，只能勉强看出买酱鸭的人所穿衣物、性别和身高，人的面貌无法分辨，即使是这样，侦查员们仍然如获至宝。

将这些监控中的每个人与抛尸路线上拐角处监控中推着自行车的可疑人员进行比对，发现了一个身穿白色T恤衫和蓝色牛仔裤的人在两处监控中都出现过，此人最为可疑。虽然看不清面貌，但是性别、衣着、身高、步态、发型都是排查出案犯的关键依据。

整合所有的信息，专案组将此案犯形象特征刻画出来，男性是肯定的，身高170~175厘米，年纪偏向青年，短发，居住在本地，作案时上身穿白色T恤衫，下身穿蓝色牛仔裤，与男孩母亲关系不一般，深得男孩信任，无防备。

根据这些特征，查获此人最为直接的方式就是询问男孩的母亲和亲友。当然，因为关系不一般，还需要秘密调查，以免打草惊蛇，此项任务由大队长宋志国亲自去办。

男孩的母亲已经是大悲，她全身瘫软地躺卧在床上，无心言语。宋志国的调查方案是，重点询问那些已经被排除嫌疑的男孩亲友。

根据调查，和男孩母亲最亲近、最可靠的就是她的姐姐和姐夫，经过他们两人对监控上男子身影、步态的仔细辨认和苦思冥想，最后一致反映出一个最为可疑的对象——黄辉。

黄辉，男，31岁，本地人，目前无正当职业，此人有前科劣习——以前做个小本生意，曾因赌博被派出所处理过几次。黄辉的外貌特征也很吻合专案组的刻画，他有重大嫌疑，宋志国决定立即实施抓捕。

晚上10点，黄辉，在自己家里被抓住。

在审讯室，他还是百般狡辩，看来对于这样的人不施加点压力是不行的。

叶剑锋来到审讯室，一句话也不说，先是与他狠狠地对视了30秒，然后毫不犹豫地拿出活体检验箱。

"靠墙站好！"他怒吼道，"衣服脱光！"

这一嗓子吼得突然，黄辉惊得抖了一下，惶恐地看着叶剑锋。

叶剑锋戴上手套，从头到脚不紧不慢地对黄辉进行了十几分钟的人身检查。

采取血样、剪取指甲和体表检查，这都是对犯罪嫌疑人必走的程序，黄辉哪里知道，他以为叶剑锋要对他采用酷刑，尤其看见叶剑锋突然从包里拿出剪刀和采血针时，全身禁不住哆嗦了起来。

检查室静得出奇，只有剪刀和镊子的金属碰击声，这种刺耳的声音让黄辉内心更加恐惧。一切检验工作做好后，叶剑锋突然大声呵斥："昨天晚上你去哪里了？！"

"没，没去哪里，一直在家。"黄辉连话都说不利索。

"狗屁！你去哪里你心里清楚，还狡辩！我告诉你，去过的地方会留下你的痕迹，马上拿你的血化验，一比对就知道了！"叶剑锋说完，疾步走了出去，当然这有点扯淡的谬论不知道能不能唬住这个残忍的嫌疑人，但愿能对审讯工作起到一定积极的作用。

时钟走过凌晨1点时，留在现场的烟头、玻璃杯经技术比对，认定为黄辉所留。心存侥幸的黄辉在这些科学证据面前，不得不交代犯罪事实。

黄辉是男孩母亲多年前做生意时的合伙人，而且还追求过她一段时间，但黄辉染上了赌博恶习，输光家产之后，生活很拮据，到处借钱，后来男孩母亲和他的关系也渐渐疏远。

案发当晚8点多钟，黄辉来向男孩母亲借钱，还买了男孩最喜欢吃的鸭肠，男孩不明就里，看到又是这位黄叔叔，就将门打开了。黄辉进门后，男孩很懂事地倒了一杯白开水给他，黄辉在客厅一边抽烟一边等男孩母亲，抽完烟，他就站在卧室门口和正在吃鸭肠的小男孩聊了会儿天。在聊天的过程中，黄辉看到了旁边衣架上男孩母亲的挎包，他瞄了几眼，看到挎包外侧的小口袋是敞开的，里面有一沓人民币，钱就在眼前，唾手可得，黄辉顿起贪念。

黄辉等了半天，趁男孩扔装鸭肠的塑料袋的时候，偷偷拿出了这一沓钞票，谁知他愚笨的行为被男孩看得一清二楚。

男孩想跑出去告诉妈妈，黄辉一时慌了手脚，死死抓住了他，男孩依然不依不饶、大喊大叫，黄辉怕惊动隔壁邻居，就把电视机音量调得很大，然后一手掐住了男孩的脖子，一手捂住了口鼻，谁知因用力过猛、时间过长竟将男孩掐死了。

事后他脑袋发蒙，用男孩家中的床单和纸箱草草包裹住尸体，再用自行车驮运，就近扔到小区建筑工地未建好的化粪池内，然后又骑上车折返回来。

案件破获，半夜鸡叫时刻，大家已经饥肠辘辘赶去吃早茶了。

但叶剑锋没有一点胃口，和男孩亲人们一起煎熬了那个最为悲恸的夜晚，看到孩子母亲慢慢陷入绝望，感受到一个单亲妈妈的心一点一点被撕碎，让他的心久久不能平静，他无法想象这位母亲将如何走过以后的日子。

很多年过去了，叶剑锋仍不能释怀，他决定以笔言志，永远坚定为逝者言、为生者权的一颗初心。

03 平江浮尸案：不能辜负死人最后的愿望

平江县之所以称为"平江"，是因为地处长江支流的下游，与江齐平，故为"平江"，为江川市辖区的一个县。贯穿于平江县的这条支流是通往上海的河道，因为水域广、河道深，所以也是重要的水路交通要道，称为"沪平航道"，每天的过往船只不计其数。平江县境内横纵交错的大小水路、河道最后都汇于此。

作为法医，每年的夏季是叶剑锋最痛苦的时候，河中高度腐败的浮尸多了起来，苦不堪言。每次发现一具尸体，叶剑锋都和同事们调侃道："走！收尸去。"是啊，这样的情况法医不去还能有谁去？

这年九月初，三伏天虽然已经过去，但是头上的太阳仍可以烤焦鱼虾。

一天中午12点10分，平江县110接到报警，沪平河的一个弯道凹口发现一具无名尸体。刑侦大队长宋志国立刻指挥刑事科学技术室赶紧出发，同时向副局长崔耀军汇报。

忙了一个上午的叶剑锋对宋志国说："宋大，给我五分钟，我得先去食堂吃点饭。"

"先别吃了，吃多了，你不怕吐出来啊？"宋志国半开玩笑地说。

"吐出来总比饿晕了强，你们吃过了就先去吧。"这么热的天饿着肚子看腐败尸体，叶剑锋怕到时候真的会虚脱。

"那你快点。"宋志国丢下一句话，就坐着警车呼啸而去。

快速扒拉几口饭菜，叶剑锋坐上另一辆车赶往现场。

看着这河道凹口里腐臭的浮尸，叶剑锋肯定是不会吐的，但心里还是直犯恶心，尤其是刚填饱肚子，不过这种抵触的心理很快就过去了，他现在想的第一件事就是如何把尸体打捞上来。

这个弯道看上去的确像个"凹"字，河水自南向北再往东流过约100米后又折返往南流去。凹口两个拐角处的水面，积满了树枝、塑料袋、矿泉水瓶等各种垃圾漂浮物，当然也包括这具尸体。

这几年河道改造，用石块和混凝土将河道两岸都砌成了 6 米高的河堤。汛期刚过，水流较急，水面离河堤有 2 米左右，这给尸体的打捞工作带来很大的不便。

尸体已经高度腐败，肿胀而又滚圆，如同一个充满气体的皮囊，大半个身子漂浮在水面上，随着水浪晃来晃去。尸体背部朝天，上身赤裸，下身穿着一件蓝色运动短裤，四肢沉在水下。

"尸体浮起来的时间应该不长。"叶剑锋对一旁皱着眉头的宋志国说。

"都腐败了还不长？"宋志国不太相信。

"这么高的气温，尸体一两天就会因腐败而浮出水面，我说时间不长，是因为露出水面的背部皮肤颜色没多少改变。"

"什么意思？"

"如果尸体早就浮出了水面，背部就会长时间暴露在外面，经过这么强烈的太阳照射，皮肤的水分会很快被烤干，皮肤会变成皮革样，呈酱色了。还有，你看到尸体背部的一些水草了吗？只有叶子有些干枯，而茎枝并没有干枯，这更加说明时间不长。"

"嗯，有道理，但是水流这么急，尸体不会翻滚吗？"

"翻滚一般在水下，这样已经浮出水面的几乎不可能再翻滚。我看这么热的天，顶多浮出水面不超过半天时间，等捞上来再看看。"

打捞尸体一贯是要水上派出所的船协助，宋志国问身旁的派出所刑侦副所长赵启明："船怎么还没到？"

"刚打电话问过，应该快到了。"赵启明答道。

"赵所，麻烦你赶快派人去买根长一点、粗一点的绳子，船一来我们就要打捞尸体了。"叶剑锋想早点把尸体打捞上岸，他可不想站在火辣辣的太阳下当烤肉。

叶剑锋说罢，便独自沿凹口西侧河道向南走去，这可不是瞎溜达，他一来是看看上游还有没有其他的岔道，弄清尸体可能的来源；二来是看看哪里的河堤有台阶，好打捞尸体。

走了七八分钟，倒是看到前面又有个岔口，一条自西往东的小河道交汇于此，沿小河的上游远远望去是平江县的新城镇内，那边有一个四湾集镇和很多电缆、化工厂，这条小河所经过的地方肯定是有台阶的，但是叶剑锋根本就没考虑从那些地方打捞尸体。

因为平江县历来有一个民风习俗，就是外来的尸体坚决不能从村落、集镇、工厂等人口密集的地方上岸，如果破坏他们的"风水"，当地的民众会群起而攻之。

记得前些年一具无名尸体在一个村口的河里被发现，大家想强制把尸体捞上来，结果最后也没捞上来，叶剑锋和一个派出所所长，还有几个协辅警被村里的老百姓推下水，好在没人受伤。最后，这事也就不了了之。那具尸体最终还是被拉到了两千米以外的荒野河岸才打捞起来。

目测了那条岔口，距离发现尸体的地方大约有1000米的路程，叶剑锋准备再往前走，宋志国就打来电话说绳子买来了。

叶剑锋大汗淋漓地回到现场，水上派出所的汽艇也正好赶到。

赵启明真敞亮，买了一大捆粗麻绳，足足有几十米长。

"赵所真给力啊，买这么长的绳子，拔河啊？"叶剑锋调侃道。

"叶大法医发话，我哪敢不从？用不完，你带回去，下次还能用得着吧。"赵启明郑重其事地解释了一番。

"你个乌鸦嘴，现在这个已经够我受的了！等等你来帮忙捞尸。"叶剑锋和赵启明两人九年前一起进的平江县公安局，性格相投，关系不错，他俩在一起总喜欢"互掐"。

在现场，说话不可过于玩笑了，点到即可。只斗了两句嘴，叶剑锋就已经戴上了乳胶手套，拿起两根绳头跳到汽艇上，忍着刺鼻的恶臭，利落地把绳子两端分穿过尸体的两个腋窝下系好。

"乖乖，这个是法医吧？这么年轻就干这种活儿？"

"估计这差事，待遇很好，不然谁干啊？"

"这哪是人干的活儿啊。真恶心，给多少钱我都不干！"

……

站在远处的围观群众，叽里呱啦地说开了，叶剑锋已经不止一次听到这样的议论了，说者有心，听者无心，每次他只是一笑而过。

看着河道下游，叶剑锋问开汽艇的协警："师傅，前面河堤有台阶吗？"

"这条航道没有，只有镇上那些小河道有台阶。"经常在水上的，自然对这个一清二楚。

"那算了，就在这里吧。"叶剑锋说完又爬上岸对赵启明说："赵所长，麻烦多叫些人，我们一起拉上来吧。"

刚说罢，赵启明已经召集好了人手，在叶剑锋的指挥下，尸体被小心翼翼地往上拉，可能是一时用力过猛，让原本充满高度腐败气体的胸腹腔被捆绑的绳索一勒紧，高压力的气体居然将死者胃内的一些食物挤压了出来，从尸体嘴里喷射而出，大家躲避不及，衣服上多多少少都溅上去一点，有几个人实在憋不住了，立马闪到一旁哇哇地吐了。

叶剑锋原本没觉得很恶心，但听到这几个人此起彼伏的呕吐声，他的胃也开始翻江倒海起来，不过最终他还是强忍住了。法医如果也吐了，那可真是个笑话！

远处的老百姓看到此景先是一阵惊呼声，然后就是一阵哄笑声。

捞上岸后，叶剑锋用力把尸体翻了过来，明显是一具男性尸体。

宋志国经验十足，他从口袋里摸出一瓶风油精，在人中处抹了抹，绕到阵阵微风的上风口，这样即使靠近尸体，也会大大减轻腐臭味儿。

"身上有些伤啊，估计是运船的螺旋桨打的吧？"宋志国皱着眉头说。

"可能是，等拉到殡仪馆看看再说。"谈到专业上的问题，叶剑锋说话反而更谨慎。

宋志国看起来比谁都急于知道死者身上的秘密，他当即决定让赵启明抓紧对周边进行走访，自己先跟着法医去一趟殡仪馆，为了最直观地掌握第一手资料，不管受不受得了这味道，人命关天的事不容他有任何私心杂念。

从案到人，从人到案，是两种最基本的侦查模式。

叶剑锋知道大家现在最关注的，一是尸源；二是死亡性质。尤其是对这样的无名尸体，查不出尸源，一切工作都无法开展，即便是个杀人案，也会成为无头案。

对于法医来说，这种无名的腐败尸体检验工作是最头痛的，从个人识别到死亡时间、从死亡原因到损伤方式，每一步都具有挑战性，但难度再大，一切还是要从基础的工作开始。

宋志国跟到殡仪馆，不是只在旁边干看着，他拿起了笔想帮法医记录。

"我的天，哪能让宋大队记录啊，使不得，使不得！"叶剑锋并不是故意调侃，而是他觉得大队长干这事的确不合适。

"有啥使不得，以前跟你后面干得还少啊！"宋志国似乎已经忘记一队之长的身份了。

"那能一样吗，那时你就管几个人的中队，现在是管几十号人的大队，将来恐怕管几百人的县局。"

"好了，别扯了，赶紧的，你也不忍心大家都陪着你吸臭气吧？"

是啊，和一具腐尸闷在这30多平方米的解剖室里，多待一秒钟就多吸一口臭气。

那时候，很多县区的解剖室，还没有先进的排风吸气系统。

叶剑锋也不多废话了，穿戴整齐，带着周权根开始检验。

"男性尸体一具，高度腐败，呈巨人观状……尸长174厘米……短长发，色黑，正中发9厘米，不易拔除……上下颌共32颗牙齿，整齐完好……上身赤裸，下身外穿黑色五分裤……内穿蓝色三角短裤，双足赤裸……左上臂有个'Qin'字母文身……左前臂有七条3~4厘米长的细条状陈旧瘢痕。"

叶剑锋怕宋志国记录跟不上，故意放慢了速度。

谁知，叶剑锋话刚停下，宋志国的笔也停下了，问道："还有吗？"

"宋大队长，莫急，慢工出细活。"叶剑锋目不转睛地盯着死者左前臂，不大一会儿，他又说，"有些线索了。"

"哪儿？"宋志国顾不得恶臭了，立即从凳子上站起来，走过来问。

"你看这里。"叶剑锋指向尸体左前臂那七条伤疤说，"这些像是以前自己割的。"

宋志国凑得更近了些，看了看说："那这人有自残行为啊，看来不是精神不正常就是心理不正常！"

"应该是自残，不过我怀疑他吸毒的可能性更大。"

"吸毒？何以见得？"宋志国瞪大了眼睛，竖起了耳朵。

"权根，你把尸体双上肢肘关节前擦干净点。"

叶剑锋一手托举死者油滑腐肿的左上肢，一手指着肘关节说："这一块有些乌黑色的点，很可能是死者生前吸毒时注射的针孔，只不过因为尸体腐败了，这些针孔不太显眼，但和右肘一比较就很明显了。"

听叶剑锋这么一说，宋志国越看越像，紧锁的眉头不禁舒展了些："你们继续，我去打个电话。"

这具没名没姓的尸体，目前让人无从下手，刑侦大队长坐镇解剖室，就是为了能在第一时间从尸体上获得更多的信息，这样他能更准确地确定侦查方向，更快速地搞清事实。

宋志国这一趟没有白来。

而对于法医来说，必定要从尸体上寻求答案，这不是考试，但远比任何考试都要重要，试考不好可以重考，但是面对这具无名尸体，可不能出错，哪怕一点小小的错误可能都会谬之千里。

过了很长时间，宋志国打完电话，一走进来就问："对了，这几处伤怎么样？"

他说的伤，主要是指尸体的右前臂和腹部几处斜行、横行的开放性创口，创口很深，深到肝脏几乎被挫裂分离，从右前臂创口里可以看见肱骨也完全骨折，左腹部的创口也有部分小肠裸露在外。此外，尸体的其他部位还有一些皮肤划痕，浅表而又细长，好似长鞭抽打留下的印迹一般。

"权根，你和宋大说说吧。"此刻，叶剑锋的注意力已经不在这几处损伤上，而是着重研究尸体右肩关节的损伤情况。

"宋大，这些应该是船体的螺旋桨造成的。"周权根也没做过多解释。

螺旋桨造成的损伤一般呈条状、弧形，呈平行排列，间距较一致，创缘较为平整，类似于砍创，创缘周边伴随有表皮剥脱，创周皮肤一般伴随有数条平行的皮肤浅表划伤。此外损伤处的骨质上有擦划痕，骨折断面不规则，螺旋桨造成的有些巨大损伤，非一般人力所能及。

在平江县境内，水里的尸体较多，所以都看惯了螺旋桨损伤，其实宋志国之前也看出点门道了，只是再求证一下。

叶剑锋一直在检验死者的右上肢，已经有五六分钟了，宋志国估计他是看出点名堂了，赶紧问道："剑锋，又看出啥情况了？"

叶剑锋挺了挺有些酸胀的腰，说："这边肩关节可能有问题。"

"什么问题？"

"应该脱位了。"

"脱位？是不是水里船只挤压造成的？"

"我估计不是，船体那么大，就是有挤压也不可能单单就挤压到右肩部吧。"叶剑锋摇摇头说，"你看，和左侧比是不是明显有肿胀？"

宋志国煞有介事地瞅了瞅，说："好像是肿了，你是怀疑死者这里生前受过伤？"

"有可能吧，至少不能排除，等下解剖看看就知道了。"叶剑锋也只是点到为止了，说完，他和周权根合力准备把尸体背部翻过来。

全身体表腐败的油脂，让一百多斤的躯体一下滑到解剖台边缘，幸亏周权根反应快，抵挡住了尸体，一股作呕的臭气从肛门里喷射而出，透过口罩夹缝冲进鼻腔，叶剑锋和周权根急忙屏住呼吸，等着气味过去之后，才敢喘气。

叶剑锋拿起解剖刀从关节处割了下去，一刀、两刀、三刀，连续四刀下去，竟未伤及一丝血管，擦去渗出的污血，能明显看到切面深层的肌肉有局灶性的出血，随着刀刃的继续深入，出血也越发严重，直到进入了关节腔，他才敢断定："的确是生前损伤！"

叶剑锋把刀递给周权根，交代他把背部全层切开，然后继续检查其他部位。

"你估计这里是怎么伤的？"宋志国问道。

"关节深层出血还伴有脱位，估计不是摔的就是掰的。"

叶剑锋虽然没确定，但这也让宋志国有些心慌了，说："如果是掰的，八成是人为的了，但如果是摔的，那也不能排除坠河的时候碰撞的吧？"

"对，一切皆有可能。"叶剑锋察觉到宋志国面部肌肉骤然紧张了起来，"现在也不能完全确定，等全部解剖完再看吧。"

宋志国听到这话，也不再就这个问题纠缠下去了，转而又问道："死亡时间大概多久，有个准吗？"

对于这个问题，也是法医尸检必须要解决的，叶剑锋心里早有推算。

一般来说尸体的腐败最先是从腹腔开始的，然后是胸腔、头面部。眼前这具尸体胸腹高度膨隆、面部呈巨人观状，已经看不出生前的面貌了，但尸体全身体表的表皮还很完整，并没有脱落，只是皮下已经有很多腐败水泡，双手双脚皮肤发白皱缩，但没出现脱落现象，四肢也只是轻度的腐败肿胀，死者的头发、牙齿和指甲，都不易拔除，这几点更加让他断定死亡时间不会很长。

"两到三天吧，但是我估计两天的可能性大。"叶剑锋略想了想说，"我之前说过了，尸体浮起的时间不长，这种天气，尸体一两天就可以浮起来了。还有一点，尸体身上螺旋桨的损伤并不是太多，证明在沪平航道里的时间也不长，否则航道里那么多过往船只的螺旋桨早就把尸体打得支离破碎了。"

"你的意思是说死者不是从沪平航道这里落水的？"

"极有可能，我估计是从别的小河里流进航道的，现场上游几里路的地方有个岔道，你叫派出所重点去上游查查看，有没有什么失踪的人。"

听见叶剑锋分析得头头是道，正在解剖的周权根不禁说道："导师分析得有道理，我觉得也是这样。"

周权根比叶剑锋晚来局里七年，嘴上虽然没叫过他师父，但是心里一直很佩服他的，所以周权根和电视上那些选秀节目学的，有时候开玩笑地叫叶剑锋导师。"导师"这个称呼快成了叶剑锋的另一个外号，很多和他熟悉的人总爱这么叫，时间长了，他也习惯了，虽然他一直不接受，但是也没办法，谁叫嘴长在别人的身上呢。直到后来他调到市局，反而很少有人这么叫他了。

"背部咋样了？"叶剑锋问。

"好了，没发现明显出血和损伤。"周权根准备收刀缝合了。

叶剑锋走过来看了看，的确没发现问题，他又把重点移向了死者的头部，他一边剃着头发一边仔细地检查，刀剃到哪里，目光就跟到哪里，剃到后枕部的时候，他手中的刀突然停了下来。

死者的头发比较长，所以看得出顶枕部有一大块头发明显比其他地方的头发短了很多，而且这些短发参差不齐，还有一部分头发甚至完全脱落。叶剑锋仔细地回忆了下，打捞尸体的时候是不是不小心被人扯断的？再深入一想，叶剑锋心里咯噔一下：不对，这里的头发更像是生前被他人扯断的。

"宋大，看这里，这里的头发被人拽过。"

"拽的？"宋志国大步靠到头部的位置，周权根也凑了过来。

"生前还是死后？"宋志国问。

"我估计是生前拽断的，不然怎么头皮还是好的。"周权根反应很快，"如果在死后腐败了头发被拽下来，头发很难拽断，只会连着表皮、毛根一起脱落，而这里还有许多头发是断裂的。"

周权根分析得没错，这就是叶剑锋确定是生前拽断的理由。

"看来问题很大啊。"宋志国的心揪得更紧了。

叶剑锋既紧张又兴奋,法医就是要让死者开口说话,现在这两处损伤就是死者开口的第一句话。恐怕他的死不是意外,想要知道更多的信息,得抓紧解剖检验了。

"这尸体恐怕真的有问题,必须马上解剖,你和崔局汇报一下吧,不能简单地当作无名尸体处置。"叶剑锋建议立即解剖尸体。

一般无名尸体要在经过调查访问、在报纸或媒体上刊登寻尸启示无果后才可以解剖,这样起码要一两个星期时间。但对于死因有疑点的尸体,法医可以向上级汇报,得到领导批准后可以立即解剖。

宋志国立即向崔耀军汇报了这边的情况。

崔耀军指示立即解剖尸体,并启动"疑似命案"机制,成立专案组,他让宋志国赶回单位,牵头进行全面调查。

"剑锋,你们抓紧解剖吧,一有情况立即上报,我就不陪你们了。"

看来一场"战斗"避免不了,叶剑锋这把"利剑"也即将出鞘了。

再次把尸体翻过身,叶剑锋和周权根手中的两把小刀来回穿梭,向尸体的纵深处"进军",每划一刀,刀刃下肌肉、脂肪里的腐败气体"嗞嗞"往外冒,这些气体瞬间弥漫在解剖室内,同时也钻入了大家衣服的纤维里和身体上的毛孔里。技术员小杨憋了很久,最终还是无法忍受这种味道,连忙躲到大门外。

不一会儿,死者的胸腹腔完全暴露出来。

"胸腔好多积液。"周权根扒开了两侧胸腔,淤血气肿的肺浸在淡红色的液体里。

"嗯,很像生前溺水的渗出液,腐败应该不会产生这么多的积液,你抽出来量量看。"

叶剑锋瞄了两眼,心里便有数了。说话间,他的手也没停下来,很快就取出了胃，一个鼓鼓囊囊的胃。

胃是尸体解剖最为重要的一个器官，它可以告诉你很多重要的信息，每一个法医都对它"情有独钟"。

一剪刀下去，胃内一股恶臭夹杂着酒精味的气体扑鼻而来，叶剑锋对周权根说："你们过来闻闻，有酒精味不？"

"还用过来，我站这里已经闻到了，是不是腐败产生的？"

"腐败是会产生极少量的乙醇，但不会有这么大的味道，我估计死者生前喝了不少酒，你抽管心血等会儿拿去化验。"

"小杨，过来！拍照，记录！"叶剑锋朝躲得远远的技术员嚷道。

小杨屏住呼吸，三步并两步跑过来，咔咔按下快门后急忙又跑到一边。

叶剑锋筛选出少部分胃内容物说："帮忙记一下，胃内有少量液体，大量龙虾，还有菜叶、海带、豆腐干、豆芽、碎鱼肉、肉沫类等食物，未见明显消化。"

周权根真是个吃货，他听着叶剑锋报出来的食物残渣，不仅不觉得恶心，居然"脑洞大开"："我听着这些菜名怎么像是吃的火锅啊。"

说者也许无心，但听者有意，叶剑锋又取出了一些胃内容物放在白色的托盘里，然后又仔细看了看那些褐色的菜叶和黄兮兮的菜梗，说："火锅倒不一定，我怎么看着像是酸菜鱼啊？"

"酸菜鱼？"这是周权根最爱吃的夜宵了，他伸长了脖子，也瞅了瞅，似乎很笃定地说，"还真像啊，看来这人最后一餐吃过酸菜鱼，还有小龙虾！"

叶剑锋又反复看了几遍："我看八九不离十，的确是些酸菜鱼的食材，而且死亡时间是在餐后1~2小时。"

平江县城有好几家四川、重庆的酸菜鱼店，到了夏季也有小龙虾，价廉可口，所以没有人不知道。

叶剑锋预感这可能会是一条重要的线索，事不宜迟，他急忙让小杨给宋志国打电话汇报此事。

"权根，你等会儿取器官时别忘了换手套啊，千万别污染了，我们还要做硅藻检验，还有心肺直接联合取出吧。"

为了加快进度，叶剑锋简单交代了几句，就开始取出耻骨联合。

耻骨联合属于骨盆的一个结构，人在不同的生理阶段，耻骨联合的骨质特征会有相应的变化，根据耻骨联合的这些特征变化，可以推断死者的年龄。

整整三个半小时，尸检工作全部完毕，周权根第一时间把提取的检材送往江川市公安局刑科所检验，而叶剑锋则继续待在解剖室，为了尽快处理这块锯下的骨头。

剔净耻骨上的肌肉、筋膜后，根据耻骨联合的各项特征推断出死者的年龄应该在28～30岁。

叶剑锋这才脱下污秽的手套，擦了擦被汗水浸泡的双手，拿起手机把推断出的年龄也告诉了宋志国，这样一来查找尸源的范围又进一步缩小了，查出死者身份的进度可以更快一些了。

"死亡原因有个初步的结论吗？"宋志国问。

"最终结论肯定要等化验结果，不过，目前来看有生前溺水的征象。"对于死因，叶剑锋只能暂做保守估计。

时间、地点、人物，这是任何一个案件发生的几大要素。目前只知道"沪平航道"的这具无名尸体是男性、黑色短长发、28～30岁、身高约174厘米、有"Qin"字文身、有吸毒史，可能在一两天前最后一餐吃过龙虾、酸菜鱼，喝过酒。

叶剑锋已经把尸检情况汇总，并完完整整地汇报给了专案组，崔耀军明确指出当前的工作全部围绕查找尸源展开。

至此，南江省公安人员信息库里，20~30岁的吸毒人员或前科人员还没找到能和这具尸体吻合的。

看来必须要划定重点调查范围！

崔耀军突发奇想，要求分析一下尸体具体在何处落水的，但叶剑锋也就能提供那条岔道上游的情况。

"能根据河流的流速判断出来吗？"崔耀军问。

"难啊，因为河里的乱流很多，尸体是不会随着水流一直前行的，遇到水里的乱流会打转，遇到弯道也会停留一段时间，很难推断，就算推断出大概，也是很大范围，还不如直接在上游有居民的集镇、村落里找。"叶剑锋解释道。

"前期大部分问过了，都说没有失踪的人，而且这工作量太大。"崔耀军还是想用快捷的方式解决这个问题。

"要不这样，崔局，不过这个要借你个面子了。"叶剑锋反倒向领导提出了要求。

"什么事？"崔耀军问。

"我去小河上游分几段取点水样，如果死者器官能检出硅藻的话，让市局杜所他们把取到的所有水样里的硅藻与之比对一下。要想快速知道结果，只能有求于他们了，说不定还要加班加点，这就得您亲自和杜所长说说了，让他们抓紧时间做，说不定能有收获，但是我不敢保证有预期效果啊。"

"那要多长时间？"现在时间十分宝贵，崔耀军也很急。

"估计至少也要到明后天吧，要看具体情况了。"

崔耀军和市局刑科所所长杜自健私交甚好，由他出面，于公于私，杜所长肯定不会拒绝。

打完招呼，崔耀军继续安排下一步工作，全面查看小河上游集镇上的所有酸菜鱼和龙虾店里一两天前的监控，先从两天前查起，查找符合死者特征的人员，也包括询问店里的服务员。

这就好比是大海捞针了，但是不去做，就一点线索都没有。

取完水样已是下午6点多了，叶剑锋亲自把检材、水样送到市局，顺便看看他的师父——刑侦支队政委魏东升。办完事，和师父、杜所长吃了顿便饭后就匆匆赶回家里，他软软地躺在床上，一动也不想动了，只是静静地等待"第一场战役"的胜利。

功夫不负有心人，第二天上午刚去单位，宋志国就告诉叶剑锋，在四湾集镇的一个叫"香不香川辣馆"饭店的监控里发现了一个和死者很相似的年轻人。这个人是9月7日晚上10点多，也就是发现尸体前两天，和另一个男人一起进的饭店，半夜12点多出去的，现在已经通过街面的视频监控进行追踪调查了。

听到这个消息，叶剑锋预感查出死者身份只是时间问题了，可能就在这一两天。

侦破一个案件，有时犹如多米诺骨牌，只要准确地推倒其中一张骨牌，就会引起连锁反应，一旦查到，一个又一个谜题就会被破解。

没想到进展这么快，下午3点，市局刑科所所长杜自健打来电话："小叶，结果出来了。"

"咋样，杜所？"叶剑锋屏住呼吸，心里颇为紧张，怕他的希望落空。

"别急，好消息啊。"杜自健听出叶剑锋很心急，"你们送检的化工厂附近的那段河水里检出了和死者肺部硅藻一致的两种硅藻，那里水里含量最高的一种是微型舟形藻、一种是梅尼小环藻，还有就是，排除腐败可能产生的乙醇，检测出死者血液里乙醇含量有2.1毫克/毫升。"

这是刑科所的领导和同志们连夜加班的辛苦成果。

叶剑锋根本就没记住这种藻的名字，他只关心一个问题："是不是说，死者很可能是在那里落水的？"

"可以这么说吧。"杜自健的答复算是给叶剑锋吃了颗定心丸。

叶剑锋立即报给宋志国："宋大，找到死者落水地了，应该就在四湾那边化工厂附近的河里。"

"哪个厂？你还是来一趟吧，水是你取的，你清楚地点。我在四湾警务区等你。"宋志国也很惊喜。

到了警务区，叶剑锋倒先问道："宋大，监控查得怎样？"。

宋志国说："这两人是半夜12点04出饭店往北走的，正好是化工厂那个方向，步行，没骑车，已经查过那一块附近也没有人员失踪，我估计死者不住在此处，但另一个男人就不一定了，有可能住在那儿。"

宋志国现在是信心十足，他坚信马上就有结果了。

车很快就开到了四湾集镇北面的一座小桥边。

"我就是在这座桥下取的水样。"叶剑锋叫司机停车。

加上车里两位民警，四人下车后来到桥上四处观望，然后他们分成两批，分别下到桥下，沿着河道两岸搜寻。

因为死者上身未穿衣物，脚上未穿鞋子，所以他们希望能在岸边发现这些物品。

两边河岸是郁郁葱葱茂密的芦苇和青草，叶剑锋不光搜寻这些东西，他更着重于现场可疑的痕迹，沿着南边的河岸向东走了十几米，他发现这里的部分芦苇被折断、青草被踏平，岸上有许多乌黑的污泥。

"宋大，这里有情况！"

宋志国听到站在河对岸的叶剑锋扯着嗓子大喊了这么一声，他忙不迭地一路小跑，绕过小桥来到对岸，气喘吁吁地问："什么情况？"

"你看，这里有人踩踏过。"叶剑锋指了指岸沿一处乱草丛说。

"这里落水的？"

"不像是落水的地方，反倒是像有人从这里上来。你看这上面有些淤泥，草木的倒伏也向上，应该是从水里爬上来的时候带上来的。"

"嗯，的确是上岸形成的。"宋志国表示认可，但又心生新的疑问，"是谁的呢？也可能是前几天其他人形成的。"

"9月7日那天下午下过雷阵雨，这肯定是在雨后形成的，不然这污泥早被冲走了。我怀疑和这案子有关，如果是，说不定是另一个人造成的。"

看到这一切，叶剑锋忽然灵光一现，有了一个大胆的推断，他越想越感觉这种推断的可能性很大，只是他怕这是自己先入为主的原因，所以并没有马上说出来。

宋志国手机突然响了，他拿起电话哼哼啊啊地说了一通，看他嘴角上扬，叶剑锋猜到有戏了。

果然，宋志国挂断电话就对他说："根据监控截图，找出了几个可疑的对象。"

"几个啊？"

"大概八个。"

"这么多？"叶剑锋歪着脖子，挠着头，想了好半天，接着又说道，"应该再缩小下范围。"

宋志国这个老刑侦，何其精明，他看出了叶剑锋似乎有话要说，连忙说道："你小子是不是有什么话要说？别藏着掖着了，快说！"

叶剑锋再次犹豫了一下，这才说："这样好了，你先问问这几个人当中谁是左撇子？"

"啊？左撇子？"宋志国有些莫名其妙。

"你先问问啊。"叶剑锋有点急了。

宋志国打完几个电话后，惊奇地说："神了啊，大法师！真有一个左撇子，叫李新海。"

"法师"是宗教人士的称谓，也是游戏里一种角色。宋志国嘴里说的"法师"，是对法医的别称，因为法医属于技术人员，法医职称由低到高分为四个档次：法医师，主检法医师，副主任法医师，主任法医师。统统可以简称"法师"。

"他最可疑！"叶剑锋终于一吐为快，并把他大胆的设想彻底吐露了出来，"还记得尸体头上的头发和右肩关节的伤吗？我一直怀疑是不是有人把死者闷在水里的，而且是左手按头，右手抓住死者的右胳膊，所以造成死者顶枕部头发被抓断，右肩关节脱位，我后来想了想这种动作更倾向于左撇子，一般人是右手动作最顺、力量最大，正常情况下都会采用右手按住头部。当然我一直不是很肯定，所以不敢说出来。"

听完叶剑锋的推断，宋志国紧接着又打了一个电话："赶快找到那个叫李新海的人，找到后带到警务区，注意方式方法，千万不要打草惊蛇。"

宋志国说完立即招呼大家上车。这一路上也就短短十来分钟，宋志国接了不下七八个电话，就像是世界大战爆发了一样。不过对于平江县公安局的刑警们来说，这的确是一场战争，而且是敌暗我明。

就像电影里的故事情节一样，当主角曲折的命运出现转机的时候，突然会出现另一个意外。在案件有突破性进展时，警务区的民警来报，李新海不见了！

"搞什么搞，叫你们不要打草惊蛇，怎么会跑掉的？"宋志国难得发这么大的火，过了好一会儿，他才平静下来，又对电话里的侦查员说，"那还不赶快去找。"

"人跑了？"叶剑锋也颇感意外。

"他们去厂里问了，这个人半个月都没来上班了，说是请了病假。他老婆说两天没见他了。现在去他家。"宋志国急匆匆地说道。

警务区的电脑里很快就调出了李新海的户籍资料。李新海,男,30岁,原籍四川德阳,现住平江县新城镇四湾枫林小区12-1-301号,和他住在一起的是钟素琴,女,29岁,看身份证号和住址发现他俩是同乡。

战机稍纵即逝,必须先要控制李新海的老婆,案件已经逐层上报到了市局110指挥中心、网监支队、刑侦支队、技侦支队。

很快,通过李新海这条线结合法医的推断、监控等技术研判,也查到了沪平航道的这具无名尸体可能叫孙全威,男,30岁,也是四川德阳人,暂住在平江县新城镇黄泥村。

叶剑锋跟着宋志国他们前往李新海的住所,周权根跟着另一批人前往孙全威的住所。

四湾枫林小区是3年前建好的,也算是四湾集镇上一个新的住宅区。李新海家已经有警察把守在门外,进门才发现虽然是新房,但也算是家徒四壁,除了墙面粉刷以外,房间内基本没怎么装修,只有沙发、电视、冰箱、空调、床、衣柜这几样必备的电器和家具。厅内沙发上坐着一个穿黑短裙、白T恤的长发女人,虽然神情黯然、不施粉黛,但依然面似芙蓉,肌肤如雪,只是整个人略显憔悴。

死者孙全威右上臂"Qin"字文身会不会就是指眼前这位钟素琴呢?难道这两男一女之间有什么感情纠葛,难道就因为此人、此情,让李新海动了杀人之念。

人世间的悲剧往往都离不开爱恨情仇、酒色财气。

钟素琴除了说不知道李新海去哪里了外,不愿意多说一句话,而对李新海家中物品的搜查也没有发现任何线索,宋志国只有把钟素琴带到警务区进一步询问。

李新海、孙全威、钟素琴都是四川德阳河阳镇人。据现在掌握的情况来看,李新海出门时身无分文,自己的手机在平江县新城镇当掉后买了去四川德阳的火车票，他极有可能潜逃回家了，崔耀军这次亲自带队前往他们三个人的家乡，全面调查取证并追捕李新海。

崔耀军他们是9月11日早上8点半到达成都双流国际机场的，刚下飞机，就接到了三个人户籍所在地河阳派出所王所长的电话，这个电话如平地惊雷打乱了崔耀军一行人的所有计划。

李新海在自己家中自杀了！

崔耀军也很震惊，但是瞬间就镇定下来问："王所，你们能确定他是自杀吗？"

"确定。知道是犯罪嫌疑人，所以我们市局支队都过来了，现场、尸检都没问题，而且还有两封遗书，你们过来就知道了。"王所长很遗憾地说。

从成都双流机场到德阳再到河阳镇路程不算太远，但是要转车加上蜿蜒的山路，所以到了派出所已经是下午1点多了。

在河阳镇派出所吃过饭后，他们和德阳市局刑侦支队的领导、警员在派出所的会议室碰面，听取李新海自杀案的整个调查情况。

9月10日下午，德阳市公安局接到平江县局的协查通报后，就命令河阳派出所前往李新海家进行调查。

派出所民警晚上8点左右到李新海家中时，发现他已经缢死在家中屋梁上，死时家门紧闭，穿着整齐，上衣口袋里有两封遗书，一封是写给警方的自白书，一封是写给钟素琴的。

事实正如平江县警方推断的那样，9月7日晚上9点多，李新海打电话给孙全威说请他喝酒吃夜宵，李新海将孙全威灌醉后，到了半夜12点多，将他骗到他家附近的小桥边，从桥头边缘将他推下河。

看见孙全威在水里挣扎着想上岸，李新海一不做二不休，就跳下水，集全身之力将其按在水里活活溺毙。后来李新海竭尽全力爬上岸，第二天坐火车到了自己的老家，直到9月10日被发现自缢于家中。

李新海为什么要下狠心杀死孙全威，现在只有从钟素琴口中找答案。

看完李新海自杀事件的现场、尸体和所有案卷，认定他确系自杀后，崔耀军一行人带上这两封遗书赶回了平江。

按照崔耀军的指示，宋志国已经将钟素琴安排在平江最好的宾馆住下来，由一个女民警小宋和钟素琴的朋友小丽两人照顾，门口还安排了两个保安守卫，这样也是防止她情绪过于激动出现什么意外。

当钟素琴看完李新海写给她的遗书时，彻底崩溃了，号啕大哭。房间里其他人都沉默不语，只有钟素琴凄惨的哭声，最后留下了小宋和小丽，其他人都悄悄退去。

整整过了一天一夜，第二天下午，钟素琴开口说话了，她说了一个很长的故事。

当年的李新海生得清新俊逸、一表人才，钟素琴长得粉妆玉琢、温柔婉约，两人同住一个村，青梅竹马、两小无猜。李新海12岁那年，父亲帮人做工从屋顶摔下，落个半身不遂瘫痪在床，花完家中所有积蓄后，母亲不能忍受贫贱的生活而与父亲离婚改嫁。李新海15岁那年，父亲去世了，家中只剩下70岁的奶奶和他，就在这个家快要坍塌的时候，是钟素琴一家人救济了李新海和他的奶奶。李新海也感激地认钟素琴的父母为干爸干妈。李新海天资聪慧、勤奋好学，也不负众望考上了重点大学，而钟素琴只考上了一所职业技术学校。大学期间两人一直鸿雁传书，两心相悦，很快就建立了恋爱关系，他们准备大学毕业就告诉钟素琴的父母，要厮守一辈子。

镇上一个水产大户的儿子孙全威早就对钟素琴一见倾心，爱慕已久，他一直说非她不娶。孙家当年在镇上也是数一数二的"土豪"了，孙全威高中毕业后就在家和父亲一起做起了水产生意。

虽然孙全威是个富二代，但钟素琴对他总是嗤之以鼻，她心中爱的只有李新海。

钟素琴的父母却看好她和孙全威，非要她嫁给孙全威，尤其是母亲，甚至以死相逼。最关键的是，李新海知道此事后找到钟素琴的父母，说出了他们的关系后，被大骂一顿，说他"丧尽天良、猪狗不如，连自己的干妹妹都不放过"。也许是为了报恩，李新海选择退出，奶奶去世后，他大学一毕业就痛苦地离开了生活了24年的家，只身来到平江县的一家电缆厂开始新的生活。

最后，钟素琴在父母以死相逼下嫁给了孙全威。

孙全威仗着家底殷实，平时不好好打理生意，却吃喝嫖赌样样"精通"，最后还染上毒瘾，一不顺心就对钟素琴乱发"拳威"。结婚三年，家中资产被他耗光败尽，孙全威父母也完全管不住，他完全失控了。最后，钟素琴坚决地选择了离婚，但是孙全威仍不放过她，经常去她家大吵大闹，甚至强奸了她。

钟素琴绝望地想一死了之。

李新海在平江县三年的打拼小有起色，不仅做了部门主管，而且还在四湾集镇买了一套100多平方米的房子，自己的户口也迁到了平江，但李新海这三年始终未谈恋爱，他的心里只有钟素琴。

知道钟素琴的遭遇后，李新海偷偷回家把她带到了平江，为了给钟素琴新生的希望，他们在平江登记结婚了，钟素琴觉得她是世界上最幸福的女人了。

可惜苍天无眼、造物弄人。去年，李新海被查出患有白血病，钟素琴却没有绝望，仍然一如既往地爱着李新海，给他希望、给他信心，让他积极治疗。可是孙全威的到来，对他们来说更是雪上加霜，整天纠缠他们，向他们要钱，甚至扬言要杀了他们，可以说是让他们生不如死。

一年的治疗花尽了他们所有的积蓄，李新海也不能再上班，他彻底绝望了，屡次想求死，都被钟素琴拦下，因为钟素琴对他说"你死我还活得了吗"？是啊，他死了，孙全威也不会放过她，只有杀了孙全威，钟素琴才能活，李新海做出了人生中最后的选择。

　　听完钟素琴这一段不堪回首的经历，房间内每个人的内心都感慨万千，在场的每个人恐怕都不曾亲耳听到过如此悲凉的故事。

　　回去的路上，没有一个人说话，大家没有以往破获案件的喜悦。叶剑锋没有回家，他直接来到办公室打开电脑，将两封刚刚被上传到FTP上的遗书影印件下载下来，其中一封是李新海写给钟素琴的。

　　素琴：

　　当你看到这封信的时候，我已经不在这个世界上了。孙全威再也不会来欺负你了，我也不能再陪着你了，不要悲伤、不要绝望。最后，只求你一件事，你一定要好好地活下去，找一个好男人好好生活，这不光是为了你自己，也是为了我，因为我的死就是为了你的生，你好好活着，我就解脱了。一定要答应我，你不能辜负一个将死人最后的愿望，不然我死不瞑目。

　　　　　　　　　　　　　　　　　　李新海绝笔

04　裸体女尸案：尸体上两套男性DNA

平江县地处长江三角洲，以上海为龙头的长三角经济带内，借此得天独厚的地理优势大力推进改革、发展经济，出台了一系列优惠政策招商引资、重点扶持中小型私有企业。近年来，平江的经济突飞猛进，各个大中小型企业在这片平原沃土上如火如荼地发展起来。

经济搞活了，地方富裕了，住宿、娱乐等服务产业也发达了，外来求职、打工人员也暴增，他们远离家乡就是为了借着这片富庶之地寻求更多的财富满足以改变他们落后贫穷的生活。

尤其KTV夜店，是一个发达的地方必定会有的娱乐场所。KTV夜店里有这么一群年轻美貌的女子，她们有着婀娜的身姿、姣好的面孔，过着黑白颠倒的生活。每到霓虹初上，她们与来这里消费的各色人推杯换盏、强颜欢笑，在灯火辉煌之下陪喝、陪醉。她们游走在这座城市的边缘，小兰就是这个特殊群体中的一员。

小兰本名徐雅兰，家中有爷爷、父母、弟弟，为了弟弟的前途，4年前高中一毕业就来平江打工，那时也就19岁。当年小兰来到平江，在一家大型服装厂做缝纫工，收入不高，但是足以养活自己。后来父亲的风湿性关节炎越发严重，家中的顶梁柱倒下了，弟弟的学费更是承担不起。弟弟的成绩一直名列前茅，考上重点大学绝对没问题，而家中没有经济来源，就会断送弟弟的大好前途。乖巧孝顺的小兰为了这个家、为了父亲的疾病和弟弟的学业担起了养家的责任。

为了尽快赚取更多的钱，小兰经老乡介绍来到平江的一家KTV做起了陪酒小姐。为了积攒下更多的钱，小兰与KTV另外两个小姐妹小雨、小莉共同租了一处两室一厅的套房。

10月深秋，昼夜气温反复无常。

这天，小兰因为重感冒，请假在家休息。一起吃过晚饭后，小雨骑上电瓶车带着小兰到了医院后就去KTV上班，没想到这一别竟是今生的最后一面。

晚上11点多，小雨、小莉下班后回到家却发现小兰下身赤裸着趴在卧室的床沿上。她们大声喊叫："小兰、小兰！"，却发现小兰毫无反应，小莉惊吓之余哭着拿出手机，哆哆嗦嗦地拨打了120急救电话。120急救医生到来后，检查了一番说："人死了，快报警吧！"

因为现场就在平江县城区，县局领导、侦查员和案发地新华派出所领导、民警几乎同时到达。好在是深夜，并没有太多人围观，拉起外围警戒线后，叶剑锋、陈卫国他们直接进入了中心现场，2楼的201室。

201室有90多平方米，格局很简单，两室一厅一厨一卫，大门朝东，有内外两层门，外层为老式铁皮十字锁防盗门，内层为球形锁木门，四扇窗户都装有防盗窗，进入屋内从北侧小卧室敞开的房门可以隐隐约约看见小兰尸体的半个身位，隔壁南侧大卧室房门虚掩，这应该就是小雨和小莉的卧室。

客厅与餐厅为一个整体，阳台、厨房分别被玻璃移动门隔开，大厅只有沙发、茶几、电视、空调、餐桌、木椅，整个大厅的物件摆设简约整齐，地面干净整洁，一切看上去是那么平静自然。要不是看见卧室里小兰的尸体，谁都看不出这里发生了一起命案。

想尽快进入现场，必须立即铺垫通行踏板。

通行踏板，顾名思义是用于人们踏步通行，一般为铝合金材质，正方形或长方形，四角处各有一个支脚，其作用就是最大限度地降低人为对现场的影响和破坏，是勘验现场的必备工具。

搭好通行踏板，拿起多波段光源、指纹刷，从大门开始向内进行现场勘验，整个屋内除了一些拖鞋印和120医生的鞋印，没发现其他人的足迹，连可疑的指纹都没有。

可以看得出现场有些地面被案犯处理过，一时间，叶剑锋他们在现场找不到抓手了。

陈卫国倒是十分镇静地说："没有痕迹就是最大的线索，重要的是如何利用这种信息，事在人为。"

"雁过留声，人过留痕。肯定有，只是要花大力气找！"叶剑锋也应和道，这可不是溜须拍马，他相信尸体一定会告诉他点什么。

踩着通行踏板，叶剑锋直奔卧室，简单翻看着小兰的尸体、测量尸温。

小兰穿的外套是一件黑色呢子大衣，敞开的衣摆被掀在身体一侧，上身穿着红色针织毛衣和黑色胸罩，毛衣和胸罩位置并无异常。但她的下身完全赤裸，黑色内裤和紧身裤被扒下，套在右脚踝处，一双棉拖鞋则被丢弃在床边地板上。

小兰的肢体肌肉还没有僵硬，尸斑还没有形成，死亡时间肯定不长。她双膝跪地，双腿微微张开。轻轻翻过尸体，小兰秀丽的脸庞被乌黑的长发遮住了半边面孔，面部发紫、双唇发乌、双眼微睁，仿佛向世人控诉着她的冤屈。

小兰眼睑结膜上有很多针尖样出血点，这是典型机械性窒息的征象，而颈部却没有明显的掐痕和勒痕，胸前的双手被透明胶带交叉捆绑着。

卧室里除了床单、被子有些凌乱，其他物品整整齐齐，电脑桌上的手提包内有半旧不新的"诺基亚"手机、300多元人民币、一张农业银行卡和一张邮政储蓄卡，还有些价廉的仿真首饰。

崔耀军和宋志国也赶到了现场，听完陈卫国和叶剑锋的介绍后，崔耀军又赶往指挥中心，临走时丢下两句话："现场勘察要仔细、全面。尸体要尽快解剖。"

现场目前无任何有价值的痕迹、物证，侦查把首要任务放在了外围的调查上，围绕小兰接触过的人员开始大排查。

叶剑锋在现场也不能待得太久，测完尸温，就把尸体运往了殡仪馆。

去殡仪馆的路上，叶剑锋接到宋志国的电话："周权根昨天请假去上海了，这么晚肯定回不来，你等你师父来，你们一起尸检。"

案情已经上报市局支队。

"我师父也来了，你厉害啊，请得动他的大驾。"叶剑锋一阵窃喜。

叶剑锋的师父魏东升是在平江县做了十五年法医后调到江川市公安局任刑侦支队政委，在平江县局带了叶剑锋七年，把当年那个少不更事的叶剑锋一步一步培养成现在江川市法医界的"行家能手"。

魏东升是当年平江县公安系统唯一的南江省刑侦专家，现在虽然不在法医岗位上，平时主要忙于支队的警务工作，但是全省、全市的疑难命案或有重大影响的命案还是要请他亲自出马。所以这次师父深夜前来助阵，的确让叶剑锋很惊喜。

凌晨1点的殡仪馆鬼气森森，偶然响起的存尸柜轰鸣声令人不寒而栗，叶剑锋和技术员小马两人虽然不迷信鬼神，但身处这阴森森的解剖室里，不禁也毛骨悚然。

好在过了没多久门外传来汽车声，师父到了。

叶剑锋连忙起身迎接，刚打开门，叶剑锋叫了声"师父"就愣住了，魏东升身后还跟着一个如花似玉的小姑娘。

眼前这位姑娘玉骨冰肌、亭亭玉立，叶剑锋疑惑地打量着这个小姑娘，魏东升看出了他诧异的表情就连忙介绍说："小叶，这是你师妹司徒爱喜。"

眼前这位小师妹笑靥如花地看着叶剑锋说："师兄好。"

师妹甜美的声音与这个阴冷的殡仪馆实在有些不搭调，叶剑锋这时倒有些不自在了，脸已经微微发烫，不好意思地回应："师妹好。"

一边往里走，魏东升一边介绍："爱喜原来是你们医学院法医系学生，现在在上海读研究生，明年毕业，前几天刚到我们市局来实习，有机会在这里考公务员。"

"小师妹，你来我们这里实习吧，基层苦点，但是案子多，能学到东西。"叶剑锋提出这点要求，可不是因为她是个美女，而是因为工作。

自从他师父魏东升离开平江，一个老法医退休后，平江县就剩下他和周权根，现在的工作量是逐年递增，两个人根本忙不过来。这几年省厅规定了县、区公安局必须至少配有三名法医，还没进新人之前，来个实习法医可以减轻点他们的负担。

"那好啊，不过我要听魏老师的安排。"司徒爱喜倒也爽朗，性格还是比较好相处的。

魏东升见他俩聊得起劲儿，连忙说："好了，此题下次再议，别忘了我们今天是来干什么的。"

司徒爱喜不好意思地吐了下舌头也不再说话了。

听完叶剑锋介绍案情后，魏东升双眼紧盯着尸体、围绕解剖台转了好几圈说："你们开始吧。"

叶剑锋正在质疑这个小师妹的解剖水平时，司徒爱喜突然饶有兴致地说道："师兄，我给你打下手，你要多教教我啊。"

"有魏老师在，也轮不到我教啊。"师父面前，叶剑锋不敢班门弄斧。

"好了好了，小叶你搞你的，爱喜我盯着她。"魏东升催促他们抓紧时间。

虽然小兰已经变成了躺在解剖台上的尸体，但是依然能看出生前她是一个天生丽质、高挑、白皙的姑娘，这种每个女人都梦寐以求的美丽难道就是她被害的原因吗？

怀疑生前可能被人性侵的尸体，全身每一寸肌肤、每一根毛发都不能忽略。叶剑锋首先对小兰的大腿内侧及外阴、阴道这些可能被侵害的地方重点检查，可是反复检查几遍也没发现明显的损伤痕迹，唯一能看出的就是小兰不是处女，有性经历。

见师父带着司徒爱喜检查死者的头部，叶剑锋就开始检查其他地方。除了双膝、双足底有些灰迹，双手被捆绑，全身并没有多少损伤，叶剑锋虽有些遗憾，但并没放弃，这是他跟着魏东升这么多年养成的一个习惯，越是看上去正常的地方越要多看、细看，不放过每一个细节，可能一个细微问题就决定了整个工作的成败。细微之处见真知，这也是叶剑锋和师父差距所在，所以叶剑锋此刻尤为注意细节的检验。

当照相机闪光灯闪亮的一瞬间，站在尸体左侧的叶剑锋发现死者左外踝处明显有个反光，他好奇地走近，拿起左脚前后左右、正面侧面看了又看，还真发现死者左下肢的外踝处有些不起眼的透明异物。

叶剑锋看不出个所以然来，就叫来魏东升："师父，你来看看这里好像有些什么东西？"

魏东升也是全方位看了看，然后走到对面又看了看右踝关节。

"这里也有点，知道是什么了吗？"魏东升发现右外踝同样也有。

"什么？"叶剑锋真看不出。

"你们用手感受下。"

"很像胶水啊。"叶剑锋用带着乳胶手套的食指指腹用力按了一下说，"有些黏附性。"

"仔细看，再想想。"

叶剑锋忽近忽远看了几遍，忽然明白了："也被透明胶带捆绑过吧？"

"对。"魏东升把死者的双脚并拢后说，"死者双脚也曾经被透明胶带捆绑过。"

"绑过为什么又被拆掉了？"司徒爱喜很不解地问。

"根据现场的情况，我想应该是案犯为了方便实施性侵吧。"叶剑锋说，"发现的时候，死者是双膝跪在自己房间床边，人趴在床沿，双腿微微张开，下身也是赤裸的。"

魏东升点点头，没吱声，倒是这个小师妹忽闪着大眼睛，好奇地问道："那案犯要强奸她，为何一开始将她双脚捆绑？这不多此一举吗？"

司徒爱喜像在课堂上举手提问的学生，这是一个实习法医非常好的习惯，通过不断地思考、不断地发问、不断地解答、不断地总结，才能快速进步。

十年前叶剑锋也是这样。

"问得非常好。"魏东升直起腰来说，"要完全搞清楚你这个问题的答案，那么离破案可能也就不远了。"

"太深奥了。"司徒爱喜吐了下舌头，心中有一丝窃喜，自己居然提出了这么深刻的问题。

叶剑锋笑了笑，对司徒爱喜说："师父这么说，肯定是看出点门道来了，这就是老谋深算。"

"嗯嗯，还有深谋远虑！"

"这具尸体有很多学问啊，你俩别贫了，要仔细看、认真想。"

魏东升一发话，叶剑锋瞬间进入了状态，看来这具尸体深藏着很大的秘密。

小兰左面颊有两处皮肤浅表创口，长度不过也就0.4厘米，但是这两处损伤的价值却不可低估。看过这两处损伤后，叶剑锋如获至宝，他有些兴奋地说："这莫非就是传说中的威逼伤？"

"威逼伤？我还是第一次见，师兄快说说。"司徒爱喜瞪大了眼睛。

"你看看，这两处损伤很浅，深度也只到了皮层，形态一致，方向自左上斜向右下，由深到浅，很可能是刀尖部分形成，也就是说案犯很可能拿着刀指向死者的面部威胁她，进而控制她。"面对漂亮的小师妹，叶剑锋解释得格外耐心。

魏东升也对司徒爱喜说："爱喜，你应该好好看看，这个在课堂上是学不到的，而且不是每具尸体上都能见得到威逼伤。威逼伤简单地说就是案犯威逼受害人时所形成的一种损伤，它的价值在于能反映出当时案犯威胁、逼迫受害人的一种行为，进而可以分析出案犯的作案动机。"

"嘴里也有些东西。"叶剑锋在他们说话的工夫，看到口腔牙裂间有些白色的纤维，他用镊子取出一些说，"就这些东西。"

魏东升靠过来，低着头，提了提眼镜，又凑近了些，用镊子夹起来看了看，说："粗纤维，像是毛巾、粗布之类的东西。"

"那说明死者嘴里被塞过东西，这案犯采用的手段不少啊，现在看，恐怕没劫色这么简单。"叶剑锋隐隐觉得，案犯另有目的。

这点魏东升早就预料到了，这就是叶剑锋所说的"老谋深算"，更是爱喜说的"深谋远虑"，师父的思维总是超前的。

魏东升点点头，算是默认了徒弟的推测，他看了下手表说："你们得抓紧点了！"

说完，他习惯性地躲到隔壁休息室，一个人静一静、想一想。

叶剑锋可没时间考虑太多，他只有一步一步边操刀边向司徒爱喜示范系统解剖，中间魏东升进来几次，但只是看了看，一直没亲自动手操刀，所以这次整个尸体检验耗时比较长，等解剖完，已经是凌晨4点，很多辛苦讨生活的人，已经开工了。

叶剑锋清理好解剖室后，来到休息室，见师父正靠在沙发上闭目养神，以为他睡着了，就没打扰他，自顾自地收拾工具、检材。

"小叶，你们结束了？怎么样？"魏东升一直在半梦半醒的状态。

叶剑锋说："如果排除中毒，死亡原因应该是机械性窒息死亡。根据胃内容、肠道内消化物情况还有尸温，推算死亡时间应该是昨晚10点至11点之间。"

"窒息方式呢？"魏东升拿起眼镜从沙发上站起来。

"应该是捂口鼻导致窒息死亡，虽然颈部有轻微的出血，但我认为不是致死的手段，而是控制死者的一种行为，因为颈部深层肌肉没有出血，舌骨、甲状软骨都没有出血、骨折，但口腔唇黏膜有破损和出血。"叶剑锋向师父阐述他的见解，就像学生回答老师的提问一样，最重要的还是要得到师父的肯定。

魏东升对着眼镜哈了口气，拿丝绒布擦了擦，说："依你看是用哪种方式捂口鼻的呢？"

"从尸体最后的姿势看，案犯曾经跪坐在死者腰背部，死者被按住后枕部，口鼻部被压在床上或被褥上窒息致死，死者后颈部和腰背部两侧肌肉有些对称性出血，虽然不严重，但是足可以说明问题。"

叶剑锋以前跟着魏东升的时候，魏东升一直就这样不停地问他对尸体、现场的看法和意见，叶剑锋开始总是跟不上或答错，极不习惯，甚至有点厌恶，但是后来他的思维敏捷性和分析判断能力明显提高，魏东升这个师父是功不可没的。

魏东升在调离平江时送给了叶剑锋一句话："读万卷书不如行万里路，行万里路不如阅人无数，阅人无数不如高人指路，高人指路不如自己领悟。"

这是做好任何一件事的哲理箴言。

魏东升也没表态，继续问他："那你对整个案件性质怎么看的？"

这个问题显然不是几句话就能阐述清楚的，在师父面前，叶剑锋要分析得有理有据。

叶剑锋思索了一会儿，脑海里迅速整理好尸检情况，梳理好自己的思路，然后说："我认为，案犯在和死者开始接触的最初阶段，可能是手持匕首进行威逼，然后又将四肢捆绑、堵嘴，进一步将死者完全控制。他这样做是为了达到某个目的，这个目的，我想就是他作案的原始动机。"

"那你认为作案动机是什么？"

作案动机，即作案的目的。一般杀人案件按照作案动机划分，把一起命案的性质主要分为谋财、谋人、谋性三大类，又可细为故意杀人、抢劫杀人、盗窃杀人、强奸杀人、绑架杀人、激情杀人等。

"最有可能是劫财。"叶剑锋说，"虽然从现场看上去，死者像是被性侵致死，但是，强奸应该不是他最初动机，如果要强奸她，完全没必要，也不会开始就将死者双脚捆绑，这样不便实施性侵。"

"案犯最后又将死者双脚的胶带解开是为了强奸她？"司徒爱喜说话的时候有些脸红，虽然她学的是法医专业，但她毕竟还是个没有毕业、不谙世事的学生，可能不习惯在男人面前讨论这个话题。

"是的，但我还不能排除有伪装强奸的可能或者临时起意。"

"现场有发现残留的胶带吗？"魏东升问。

"没发现，脚印也没有，还有就是死者双手上的胶带上也没发现明显指纹，案犯很狡猾。"

"那这样，你马上带我去现场看看。"

"师父，我看你们还是休息一下吧，天都快亮了。"叶剑锋觉得很过意不去，师父毕竟年事已高，怕他身体吃不消。

"去了再说吧，顺便带爱喜体验一下基层法医的艰辛。"魏东升不顾徒弟的劝阻，毅然决定奔赴现场。

魏东升这样一个法医专家、前辈，依然不辞辛苦地战斗在一线，其敬业精神让叶剑锋和平江县所有刑侦人员备受感动和鼓舞。

此刻的平江公安局刑侦大队会议室灯火通明。

知道魏东升要来，崔耀军和陈卫国从会议室又赶到现场，在这里迎接他。

见到魏东升，崔耀军与他紧握双手，说："政委，实在是不好意思。这么晚，您还亲自跑一趟。"作为副局长，崔耀军现在不仅是代表刑侦，更是代表整个平江县局。

"政委辛苦了，还是先休息一下吧。"陈卫国随即也在一旁招呼道。

"哎呀，嫌我老了不是？"魏东升付之一笑说，"你们看，卫国也比我小不了几岁，不也是个拼命三郎吗？既来之则安之，走吧，先去看看。"

崔耀军也不好再勉强，再次握住魏东升的手说："那好，就辛苦政委了，不过我不能陪你了，我还要去指挥室，就让卫国和剑锋陪你。"

"你去忙你的，都是为了案子。"魏东升也客气地回应，"别忘了，我也是平江人。"

崔耀军离开时交代叶剑锋："剑锋，你师父就交给你了，你可要安排好。"

"那就麻烦崔局打个招呼呗，帮忙开两个房间，还有一个大美女在这儿呢。"

"你看，我这个徒弟就是没个正形。"魏东升转身指着司徒爱喜说，"忘了介绍了，这个是刚来实习的法医，司徒爱喜。"

"还是个复姓啊，人如其名，年轻漂亮。"

"谢谢领导夸奖。"司徒爱喜见到生人有些害羞，话也不多说。

"崔局，你去忙吧。"魏东升急着要进入现场。

"那好，你们辛苦了，回见。"

中心现场已经被陈卫国他们翻了个底朝天，连床板都被掀开了，窗户、玻璃、抽屉、家具到处都沾满了指纹，刷上的磁粉黑乎乎的。地面也已经被静电吸附处理过，沿着指定的线路，魏东升挨个走到现场各个地方，边看边听着陈卫国的介绍。

"现场的门窗没有暴力闯入的迹象，也没有发现捆绑死者的透明胶带，至于足迹和鞋印，我们看过，现场已经被案犯处理过，是用的拖把。拖把原本在阳台，后来应该被案犯临走时放在了楼梯口。"

"哪些地方被拖过？"

"死者房间大部分地面都拖过，还有隔壁的卧室地面也拖过，但只有小部分，还有就是客厅和卫生间也有一部分地面被拖过，案犯心理素质沉稳，有一定的反侦查意识。"

"现场财物有丢失吗？"

"还不是很确定，不过死者的手机还在，挎包里物品基本没有缺失。"

"现场财物有被翻动过的痕迹吗？"

"没有大范围翻动，但还是有些异常，比如死者房间的抽屉和行李箱有被翻动过的痕迹，但并不很凌乱，我们怀疑案犯翻动过后又复原了，其他地方的确很难看得出。"

"隔壁呢？"

"隔壁房间也没有明显的翻动痕迹，但不能完全排除，案犯应该到过隔壁房间，隔壁门口的地面有拖过的痕迹。"

魏东升走到隔壁房间，蹲在门口扫了一眼说："这个房间住的谁？原来门没锁吗？"

"是另外两个小姐妹合租的，据她们说平时有人在家的话，一般情况下不锁门。"

"这里只是门口被拖过？"魏东升自己打着光，看了看地面问。

"是的。"

"那这点很不寻常了。"魏东升突然起身说，"案犯在这里逗留过。"

"我们也是这样分析的。"

听到两人在轻声嘀咕，叶剑锋知道这里必有问题，他飞快地转动大脑，还没等他想明白其中的原委，这二人已经转到了死者卧室。

"这里发现了有价值的东西没有？"魏东升指着徐雅兰尸体原本所在的位置问。

"发现了五根卷曲的毛发。"

"哪里发现的？"

"在床上和床沿下面。"

"比较过有什么不同吗？"

"有三根比较细，两根比较粗。"

"没有其他的可疑物品吗？比如胶带、匕首。"

"没有。"

叶剑锋问："我们怀疑死者嘴里被案犯塞过毛巾类的东西，现场有发现没？"

"没有。"

"卫生间呢？"

"卫生间里的毛巾都挂在架子上，还不知道有没有缺少，待会儿问问她的姐妹。"

"这几根毛发等上班了赶紧送检。"魏东升指示。

"政委放心，上班就安排人。"

等上班，不过就是三个半小时后的事情，现场屋外嘈杂的机车马达声告诉大家，天已经亮了，又是新的一天。

"好吧，大家都熬了一夜，就这样吧。"魏东升终于发话收工了。

陈卫国打完电话后，对魏东升说："政委，我们先去吃点东西吧，然后你们再去休息，房间开好了，在平江宾馆305、306房间，吃完让剑锋带你们去。"

"那好吧，大家都辛苦了，先垫下肚子，休息一下。"

几乎一个通宵的工作算是告一段落了。

不光是技术员要休息，已经通宵达旦的侦查员们也需要休息。

吃完早餐已经7点多钟，叶剑锋带着魏东升和司徒爱喜住进了旅馆的305、306房间。叶剑锋没有回宿舍，而是陪着师父也住下了，躺下后他二人没说几句话，就鼾声大作，此起彼伏。

一夜的疲惫，让两人很快酣然入梦。

叶剑锋正游离于各种光怪陆离的梦境之中时，被一阵手机铃声惊醒。

"喂……"叶剑锋看也没看就拿起了手机。

"剑锋，你们解剖时提取的检材放哪里了？"电话那头是周国安的声音。

"毒化在冰柜最外层，DNA在物证室第一个桌子上，死者衣物在桌子下面，你们自己找一下，上面都有标签。"叶剑锋一看时间，才8点40分，领导肯定急着要把检材送到市局刑科所。

被这个电话吵醒的还有隔壁床上的魏东升，醒来后他对叶剑锋说的第一句话居然是："小叶，你现在的呼噜声也是震天响啊。"

"啊，我打呼了吗？"叶剑锋装作无辜的样子说，"其实您老的呼噜声也不小啊。"

"这都是生活不规律的通病。"魏东升翻了一个身说,"对了,刚才谁的电话?"

"哦,技术员国安打来的,要拿检材送检。"

"几点了?"

"8点40分。"

说了几句,叶剑锋又进入了似睡非睡的状态,昨夜发生的命案驱使他无法再安心沉睡下去。

魏东升也同样如此,他在床上辗转反侧了一会儿,便起身坐在床头。

等到魏东升去卫生间洗漱的时候,叶剑锋已经毫无睡意,可极短暂的睡眠还是让他头昏眼花。

但看到师父都已经起床,叶剑锋放松的神经顿时紧绷,他迅速掀开被窝,起身穿衣,按惯例,上午肯定要开碰头会。

如何准确地重建凶案现场、如何准确地刻画案犯、如何为破案提供准确的线索和侦查方向,这是一个法医的职责,虽然不是每个法医都能做得到,也不是每次凶杀案件法医必须所为之。但对于徐雅兰被杀案,这些都是必要的,尤其跟着师父魏东升这么多年,叶剑锋更是了解师父的职业作风和专业精神,他作为魏东升一手带出来的徒弟,自然早已被灌注了这一传统思想,这已成为他的职业意识与习惯,更是一种无价的财富。

虽然这次命案有师父在,但是叶剑锋必须独立地深入思考和分析,他不能像以前那样处处把师父作为依靠,他必须要求自己能独当一面。当然,有这位专家师父在,他心里会踏实很多。

现在,叶剑锋满脑子都是案发现场和尸体,每一处痕迹、每一处损伤、每一个线索,都交织在脑海里,犹如一团乱麻,他需要理清每一条线,才能去伪存真,让真相水落石出。

魏东升是一个注重细节的人，做事有条不紊、一丝不苟，这点不仅体现在工作上，生活中也是如此。在外办案，如果时间允许，魏东升早晨起床后必定会在住处洗个热水澡，然后把他花白浓密的头发梳理得一丝不乱，接着会把床上的被子叠得整整齐齐。

这种生活习惯，在叶剑锋看来是极好的，但他做不到，至少现在做不到。他的生活理念是：大丈夫不拘小节。当然，在工作上万万不可。

又是急促的电话铃声，是陈卫国打来的，接完电话看到魏东升从卫生间出来，叶剑锋对他说："师父，陈主任刚来电话，让我们等下去局里碰个头。"

"好，你赶紧去洗洗吧。"魏东升拿起床头的手机说，"我通知爱喜。"

三人整理好一切，就起身前往平江县公安局，县局离旅馆并不远，步行也就七八分钟，一路上他们边走边聊，很快也就到了。

说是碰头会，其实就是简单的案情分析会。

参加会议的人并不多，因为大部分侦查员还在外围调查，有副局长崔耀军，大队长宋志国，新华派出所副所长沈浩以及各中队的中队长，还有陈卫国、叶剑锋、魏东升和司徒爱喜。

崔耀军和魏东升两人耳语了一番，就说："我们几个先简单地开个碰头会，时间紧迫，具体情况就不做详细介绍了。大家各抒己见，拿出自己的意见，希望能尽快确定侦查范围和方向，技术上的同事先说说吧。"

崔耀军说完话，魏东升意味深长地看了叶剑锋一眼。

不用说，叶剑锋明白师父的意思，他在工作簿上迅速写下"动机、性质、损伤、死因、人数"几个字，这些都是要解决的谜团，他停下手中的笔然后说："我先说两句吧，第一个是动机问题，我个人认为案犯的原始作案动机应该是谋财。根据尸体情况分析，案犯采取了持刀威逼、胶带捆绑、软物堵嘴等诸多控制行为和手段，案犯如果只是为了强奸，他完全没必要把死者双脚捆绑然后再解开，不捆绑双脚也可以控制威胁，照样能达到强奸的目的。那么，堵塞嘴巴又捆绑双手双脚是为了达到长期绝对的控制，这样比较符合谋财。当然，最后从我们见到的情况来看，死者有可能受到了性侵害，这也许是因案犯无法达到谋财的目的，被激怒了，临时起意产生了奸淫死者的想法。所以这就引入到第二个问题——案件性质问题，现在看来，一些作案工具包括透明胶带、尖刀类凶器可能都是案犯自带，说明他是有预谋的，那么这极有可能是一起有预谋的抢劫强奸杀人案，当然强奸可能不是预谋。"

"你看，有可能是仇杀吗？"宋志国问。

"案犯既然携带尖刀类凶器，如果想寻仇报复或是泄愤，那案犯完全可以直接攻击死者，不必采用如此多的手段，大费周折来控制死者。"叶剑锋挥舞着手里的水笔说，"还有死者全身没有明显抵抗伤，只有左面的尖刀形成的威逼伤和后颈部、背部的皮下出血，这进一步说明，案犯在接触死者时没有采取很激烈的攻击行为。死者的死因是机械性窒息，从最后的姿势看，我们分析造成窒息的方式，很可能是案犯压住了死者后颈部和背部导致死者被床垫、被褥捂住了口鼻部窒息死亡。"

"但根据目前调查，没发现死者财物有明显缺失。"宋志国说，"今天上午，我们调查了死者徐雅兰在平江县所有银行的账户和银行卡，案发后银行卡和钱款均没有丢失。如果是劫财，案犯拿刀也照样可以威逼控制死者实施抢劫，又何必五花大绑？"

"案犯拿刀的确可以实施抢劫，但将死者五花大绑，是为了达到绝对控制，是为了给自己更多的活动空间，或者给自己更长的作案时间。"叶剑锋进一步解释了这种捆绑行为的目的。

"死者银行卡现在有多少存款？"魏东升放下手中的笔，突然问了一句。

宋志国翻了下自己的工作记录本，说："现在账上应该有21万元多吧，其中一张农行卡里有5000多元，一张邮政储蓄卡里有6000多元，还有一张工行卡里有20万元。"

"工行卡？"叶剑锋心里咯噔一下说，"我记得昨天在现场没看到有这张工行卡。"

"哦，这张卡，是今天早上清理现场时发现的。"

"陈主任，卡在哪里发现的？"魏东升问。

"是在行李箱夹层里。"

"藏得够好的，说不定案犯就是冲着这20万元的卡而来。"魏东升这句话似乎说得很无意，但听者有心，细细琢磨他的这句话包含很多潜在信息。

魏东升言外之意，这起案件不仅是谋财，案犯的目标很有可能就是这20万元，那进一步说明案犯对死者有这20万元的存款有所知晓，那这个人很可能是熟人。

叶剑锋当然也听出了师父的言外之意，他忍不住接过话茬："我估计就是冲着这20万元来的，因为结合现场来看，案犯进入现场后，似乎只在隔壁房间门口逗留了一会儿，然后直奔死者房间的，这也可以印证案犯有明确的目标，那说明案犯对死者的存款和现场情况比较熟悉。"

说到这儿，叶剑锋突然觉得有点喧宾夺主了，他看了一眼陈卫国，紧接着又说："现场情况，还是请我们陈主任说说吧。"

这既是找个台阶给自己，又顺理成章请出了陈卫国。

"政委和剑锋分析可能案犯是为这20万元来的，这点我倒没反对意见。"陈卫国说话总是那样慢条斯理，"死者是否遭受过性侵害，这点我不能肯定，但可能熟人作案这点我是同意的，我现在是怀疑，案犯早在死者进门之前，就已经在房间里了，而且就在隔壁房间，躲在门后等待死者。虽然现场地面被清理过，没有留下足印，但是这些被清理过的地方，也是一种痕迹，它说明案犯曾经去过这些地方。除了死者房间，卫生间、隔壁房间门口和房门后也被清理过。"

陈卫国真是语出惊人，叶剑锋在现场，曾经也有过这个怀疑，但那也是一闪而过，现在陈卫国说出来，算是在情理之中，但多少还是让人有些意外。

陈卫国话刚落音，有些人不置可否，小声议论起来。

"我来说两句吧。"魏东升打断了大家的嘀咕声，他掐灭了手中的香烟说，"案犯作案选择目标准确，目的明确，持刀又将死者四肢捆绑，就是为了完全控制死者后，再从容地威逼死者，更加利于自己寻找财物，更符合去寻找隐藏的财物，比如那张20万元的银行卡。案犯如果事先进入现场，守候死者，那么案犯进入现场最有可能就是两种方式，一是用技术开锁，二是用钥匙开门，一旦这种可能性成立，那么有钥匙的人都可疑。用钥匙开门是否成立，那就看技术开锁能否排除，当然这要靠陈主任这位痕迹专家了。"

"不好意思，政委，是这样。"宋志国抱歉地插了一句，"有钥匙的除了死者，就是小雨、小莉，还有房东，但是他们三个人的嫌疑已经被排除，他们没有作案时间。"

"这个不重要，除了他们三个人，有机会接触到钥匙的人都很可疑。我估计案犯不仅知道死者有20万元存款，甚至存在哪张银行卡里都一清二楚。但是，我又在想，是否意味着案犯和死者很熟，或者是死者认识的人？但这也不一定，一是案犯完全可以从别的渠道得知死者的情况；二是案犯原本可能只是想劫财，并没有想致死者于死地，如果他早就预谋要杀人，那直接拿刀更为顺手，也许案犯和死者并不相识，他没有预谋要杀人灭口，从死者损伤来看，死者在被控制之前并没有什么激烈的抵抗。所以不能只把侦查范围划定在熟人圈内，应该要以人找人，扩大范围，我看知道20万元的银行卡，又可以拿到钥匙的人应该不会太多。"

魏东升的这个大胆推论给在座的各位猎手指明了一个方向，崔耀军当机立断："先把外面的几个组撤回来，再重新分组，从外围秘密、深入地调查小兰身边的人，最先就从小雨、小莉开始，一个一个排查。我相信不会毫无收获。"

"那好吧，今天就到这里，我下午还要赶回市局。大家就再接再厉吧，有什么需要我们支队支援的，崔局尽管说，我们一定全力配合。"魏东升这句话，算是代表市局支队做的表态。

"命案必破"是公安机关近来对侦破命案的一种理念。其实，谁都不敢保证每一起命案都能破获，但是平冤昭雪、缉拿真凶，是每一个警察的职责，一件命案的发生，会牵动公安部门所有人的神经，大家无怨无悔，义无反顾。

支队的大力配合的确很给力，当天晚上送检的一些重要生物检材在一天后已经检验完毕。现场发现的五根可疑毛发是阴毛，三根属于小兰，另外两根属于一个男子，而小兰的阴道里却有另外一名男子的精液。

这意味着曾经有两名男子到过小兰房间，谁才是真正的凶手？或者都是？又或者都不是？还是和小兰寻欢作乐的人留下的？

据调查，小兰有一个男朋友在苏州打工，一周前，他来过这里，这是一个重点嫌疑人。

得到这一条线索，宋志国立即安排人员秘密赶赴苏州。

叶剑锋则给正在兴头上的宋大队长泼了一瓢冷水，他说："男朋友作案的可能性不大。"

宋志国问："为什么？"

叶剑锋说："男朋友如果都和她到了可以发生关系的程度，可见他们关系有多亲密，他完全没必要大费周折用这种极端的方式谋取财物，还又胁迫又捆绑的，我觉得重点还是另外一个。"

小兰的男朋友的确在一周前来平江与她同居了两天，但后来就回到了苏州，一直在公司上班，没再来过平江，他没有作案时间。

在夜店上班的女子，整天都与社会上形形色色的人打交道，社会关系错综复杂，小雨、小莉的确没有作案时间，但是不能排除她们在幕后主使他人作案，如果能听她们的话去抢劫，那和她们的关系肯定不一般。根据这一点，宋志国又亲自带着另一队人马重点对与小雨、小莉关系密切的人进行深入调查。

小雨在上海有个理发师男朋友，这个人有吸毒史，宋志国他们很快就查到她男朋友在小兰死亡当天来到过平江，而且住在外面的一家旅社，小兰死亡当晚他就离开平江返回了上海。这个叫彭宇扬的男人有很大嫌疑。

案发第三天，宋志国带上两名侦查员前往上海，秘密将彭宇扬监控起来，以防止他逃脱。外地办案并不像在本地，没有有力的证据，还不能随便抓人，宋志国派人悄悄将彭宇扬抽剩下的烟头带回江川市局做DNA比对。

案发第四天，现场两根可疑的阴毛与彭宇扬抽剩的烟头上提取的DNA比对完全一致。当平江县公安局警察出现在彭宇扬面前时，他知道迟早有这么一天，只是没想到来得这么快，面对铁证，他即使狡辩也无济于事。

小兰比小雨长得漂亮很多，在KTV尤为吃香，最受客人们欢迎，钱自然赚得也很多，据说平均一个晚上坐陪费就有500元左右。小兰自己很节俭，相比之下，小雨的收入和关注度显然比小兰差很多，又喜欢纸醉金迷的生活，花费大，经常入不敷出，而小兰每半个月都往自己工行的银行卡上存入几千元钱。一个月前，小雨无意中得知小兰那张工行的卡上已经有20万元存款，小雨几次找小兰借钱用，都被小兰无情地拒绝了，小兰说这20万元是留给自己和弟弟以后结婚成家用的，谁都不借。被这样拒绝，小雨觉得这是一种羞辱，强烈的嫉妒心和对金钱的贪欲让小雨决定铤而走险，她和男朋友彭宇扬合谋决定找个适当的机会劫取。

案发当天，得知小兰生病请假后，小雨立即打电话给彭宇扬。彭宇扬当天中午就赶了过来，傍晚小雨送小兰去医院后，就立即来到彭宇扬住的旅社把配好的另一把钥匙给了他。

彭宇扬带上匕首、手套和透明胶带立即赶到小兰租住的201室，开门后躲在小雨的房间内。等到小兰看病回家进入房间后，彭宇扬立即冲到房间，先从后面用手腕勒住小兰的颈部，然后捂住小兰的嘴，拿刀威逼小兰。一时间小兰叫也叫不出，吓得呆若木鸡，接着彭宇扬用胶带绑住了小兰双手和双脚，逼着小兰交出那张银行卡并说出密码。这时小兰才缓过神来，但是她死也不承认有那张银行卡，死也要守护那些血汗钱。

彭宇扬四处翻找了一番，也没发现这张工行卡，过了将近1个小时，急红眼的彭宇扬一时性急，见小兰颇有姿色，他解开了小兰双脚上的透明胶带，想强奸她。可他万万没想到小兰拼死反抗，并挣扎着踢了彭宇扬裆部一脚想往外跑。彭宇扬被完全激怒，全力把小兰抓住用力按在床上，双腿跪在小兰背部，双手按着她的头部，小兰趴在床沿动弹不得，直到小兰没有再反抗后，彭宇扬脱下裤子，准备奸淫小兰，可是他发现自己因为紧张恐慌竟然一时无法勃起，这时他才发现小兰早已气绝身亡。

彭宇扬慌忙处理好现场后，连夜赶回了上海。

等到小雨、小莉返回家后，小雨发现小兰居然死了。按事先的策划，小雨叫彭宇扬抢到银行卡和密码就立即闪人，没叫他杀人，但是没想到彭宇扬居然奸杀了小兰，她深感震惊和恐慌，也只能让小莉报警。

案件破获的当天，小兰的母亲和弟弟赶到了平江，母亲哭得死去活来，弟弟虽然悲伤却没见他掉一滴眼泪。

弟弟一直以为姐姐在夜店做见不得人的事，他觉得姐姐挣来的钱也不干净，所以他很厌恶姐姐，甚至连姐姐寄给他的生活费都不要，他读大学也一直在外面兼职，勤工俭学。

发还遗物时，叶剑锋把徐雅兰藏在行李箱夹层的那张存有20万元的银行卡递给她弟弟，弟弟的手一直没有伸出来，沉默不语。叶剑锋见到弟弟不屑的样子，很是窝火，他将卡放到桌上，轻轻推到弟弟面前，敲了敲桌子说："这是你姐生前留给你的，让你将来成家立业用的，要不是为了拼死保护这20万元，也许她不会死的！"

05　桂花林双尸案：路灯杆上的蛛丝马迹

　　平江县天香镇西侧十公里有一座高度不过百米的山丘，山上种植了一大片桂花树，有丹桂、金桂和银桂三个品种，树龄长的有两三百年，每年秋季，桂花盛开，十里飘香。每到假期，方圆百里的人们都慕名而来，赏花闻香，所以后来此山名为"香山"，宋之问用"桂子月中落，天香云外飘"来形容桂花，故此后人又称桂花为"天香"，天香镇也是因此得名。

　　2000年以后，平江县政府决定每年9月下旬择期在天香镇香山举办为期两天的"桂花节"，以此倾力宣传、招商引资，也可以带动生态旅游产业。

　　近些年，天香镇也逐渐成为平江县最富有的城镇。

　　两天的桂花节刚刚结束，渐渐恢复往日平静的香山却再次成为平江县、江川市，甚至是整个南江省关注的焦点。

　　2009年9月23日，一个大学生村官和一个年轻的少妇被发现死在香山的密林里。

案发时间正处于国庆假期之前，案发地点正处于桂花节举办地，两个人在香山下死于非命，一个是年轻的村官，一个是美貌的少妇。

一时间，各种流言蜚语随着人们的口舌、网络迅速传播，如病毒一样扩散开来，其轰动程度可想而知，整个平江县已经炸开了锅。

江川市、平江县两级政府及公安的领导高度重视。江川市公安局刑侦支队、平江县公安局刑侦大队重案、信息、网监、技术、技侦等各个警种均倾巢出动。

形似"驼峰"的香山南侧山脚下是一万多平方米的广场，也是举办"桂花节"的主场地；一条南北走向的公路位于东侧，南通天香镇、北通香山村方向；而在香山的西侧，由西拐向北则是一条通往京杭大运河的支流河道。

香山之外已经设好警戒线，所有无关人员不得入内，这是崔耀军接到警情之后下的第一道命令，保护好现场是所有命案现场勘验最为关键的前提条件。

但香山外围东侧的公路旁停满了大大小小的汽车、摩托车，挤满了扎堆的人群，而且越聚越多，交通一度混乱不堪。

幸好有大批的交警、协辅警在维持秩序，叶剑锋乘坐的现场勘查车才得以顺利到达现场。

叶剑锋站在广场上，抬眼就是蓝天下漫山遍野的桂花，如繁星缀满碧林，一幅活生生的油画。如此天香美景，他却无心欣赏，此刻，他嗅到的只有血腥，想到的只有杀戮。

大家都没有贸然进入中心现场，而是逗留在香山景区警务室里，40多平方米的房间里充斥着凝重的空气，十几个人济济一堂，天香镇派出所所长黄鸣发正在介绍案情。

"今天上午10点15分，一个环卫工人跑到我们警务室报警称，她早上一直在东侧山上捡垃圾，10点多一点，快到山下时，看到一男一女躺在那里，男的身上有很多血。

"第一个到达现场的是警务室老李，我今天正好在所里值班，早上接到电话就带人赶来了，后来120急救车也过来了，经确认两人已经死亡。"

"一共进去几个人？现场没破坏吧？"陈卫国急忙问道。

"我和老李还有两名120急救医生都是顺着围墙脚过去的，就医生摸过尸体，但几乎没动过，因为两人身体都有些僵硬了。"

"那个报警人呢？靠近过尸体吗？"

"她是快走到半山腰看见了死者，就没敢下去。"

陈卫国点点头说："等会儿把你们几个进入现场的人鞋印采集下。"采集无关人员的鞋印足迹是为了甄别，排除干扰，这是必做的工作。

"好！不过医生的鞋印可能要麻烦你们去医院采集了。"黄鸣发继续介绍，"男死者叫史浩然，今年25岁，是隔壁临游县郡马镇人，学计算机的，前年大学毕业后就到香山村做了一名村官，今年正在准备考公务员。据调查，史浩然平时住在村委会的宿舍里，就是香山北面那个村。昨天晚上死者在村委会加班到7点多，就和几个村干部去镇上吃饭，大概吃到8点半，死者说太晚了不回家了，王村长就开车把他送回村委会。但是，因为死者的手机落在了饭店里，后来他又返回饭店找手机，这一点我们已经找过饭店老板证实了。"

"手机找到了吗？"

"没找到。他还用店里的座机打了自己的手机，但已经关机，他还怀疑是店里服务员拿的，和老板吵了几句，就离开了。"

"走的时候大概几点？"

"据老板说是大概9点半。"

"死者亲属通知过了吗？"崔耀军关切地问。

"已经派人去接了。"

"你们所里要和镇上还有村里做好两名死者家属的善后、安抚工作。"对于崔耀军来说，稳定家属的情绪也是当前必要的工作和任务，交代好第一项工作后，他接着问，"那名女死者什么情况？"

黄所长给每个人发了支烟，然后自己点上一支接着说："女死者叫谭文梅，28岁，是香山村人，2005年和一个叫钱进的人结了婚，有个儿子已经4岁，去年两个人离婚了。这个钱进是我们镇上河西村人，今年31岁，是个木工，他原来是倒插门过来的。离婚后，钱进就离开天香镇去外面打工了，孩子由谭文梅的家人带着。"

"他们为什么离婚？"

"谭文梅在外面和一个叫赵玉其的男人好上了，以前经常暗地里和这个男的在一起，后来钱进知道了，就整天和谭文梅闹。这个赵玉其是江苏人，在我们镇上卖油漆、搞装潢，是个小老板。"

"这个赵玉其也是重点调查对象！她和这个赵玉其结婚了没有？"

"没有，据调查，赵玉其在江苏老家有个老婆，也没离婚。昨天晚上6点多钟，谭文梅在香山村自己父母家吃完饭，说是去镇上打麻将，就一直没回来，直到今天早上发现死在山里。"

"她昨天晚上一夜没回来，家里人没报警？"

"没有，她父母说，她有时候就睡在镇上自己开的服装店里。"

"她昨天出去骑车了没有？"

"骑了，但是现场没发现，还在调查。"

"那男死者和女死者有什么不正常的关系吗？"崔耀军问这句话时，有意压低了声音，这是一个最敏感的话题。

"根据目前调查，还没发现有什么关系，但应该都认识，毕竟在一个村里。"

"女死者有什么随身财物？"

"家里人说有个黑色的皮包，一般出门她都带着，但现场好像没发现。"

"陈主任，你们现场要尽量扩大范围，好好找找，看在不在现场附近。"崔耀军知道这个包是一个关键线索，一般女性都是随身携带挎包、钱包、手机、日用品等都会放在包里，有它没它都对案件侦破有一定的价值。

"还有什么情况吗？"

"目前就这些了，其他的还在调查。"

"没什么情况，我先去所里等蔡局和郑局，卫国你先负责现场指挥，支队和刑科所的人就快到了。"

崔耀军说的蔡局是平江县公安局的一把手蔡忠良局长，只有重特大案件他才会亲临现场；郑局是负责全市刑侦工作的副局长郑阳。

叶剑锋不得不佩服天香镇派出所的工作能力，黄所长掌握的一些情况，也得益于平时派出所扎实的社区基础工作，对各个村的人员信息情况了解得很详细。也难怪他们经常被评为全市公安工作先进单位，今天算是真正领教了。

刚走出景区警务室，江川市、平江县的各个媒体新闻记者就围了上来，这阵势把叶剑锋吓了一大跳，有些像香港 TVB 的警匪剧，这种场面只有领导才能招架得住，叶剑锋有意躲在最后面。本以为崔耀军也会躲开他们，但是他却主动迎了上去，并且郑重地对各位记者说："各位媒体朋友，目前一切情况还不明了，现在我们正在全力开展调查工作，请大家耐心等待，一有新的进展，我们会在第一时间通知大家，谢谢你们配合我们的工作。也请广大人民群众不要以讹传讹，不要造谣、传谣、信谣，我们会尽快弄清事实的真相，请及时关注我们警方通报。"

叶剑锋算是完全明白了，这原来是为了辟谣和稳定民心的一个举措，借助媒体的报道来攻破那些流传在社会上、网络上的谣言。

记者散去，叶剑锋在人头攒动的人堆里看到两个最为熟悉的面孔，一个是市局支队政委，他的师父魏东升，还有一个就是他的师妹司徒爱喜。

　　"师父，来得挺快的啊，师妹也来了啊。"叶剑锋快步迎了上去。

　　"师兄好，难得有机会来看看你啊。"这位师妹还是那样伶牙俐齿。

　　"这种场合咱们还是不要见面的好。"叶剑锋苦笑一声。

　　"你们今天好好跟着你师父学学，他现在不轻易出马了。"崔耀军临走前还特意叮嘱了一句。

　　"那必须的。"有师父参与到此案来，叶剑锋当然满怀信心。

　　"崔局哪里的话，小叶不也是你们局里'一把刀'吗？不比我差啊。"

　　魏东升这几句话说得叶剑锋面红耳赤，他赶紧给自己解围："师父，这是给我吃压力啊。"

　　跟在魏东升这位刑侦专家身后，叶剑锋的确很兴奋，但同时也感觉到颇有压力。兴奋的是可以从师父那里学到更多的东西，而压力其实主要还是来自叶剑锋自身，因为这么些年来他不仅把自己的师父作为标杆，更是在内心深处把师父作为自己追赶的目标。

　　自从魏东升离开平江县后，和他一起工作的机会就越来越少，一旦有机会他都暗暗和师父较劲，每次感觉很接近，但从未能超越。不过叶剑锋自己倒是乐此不疲，因为能学到更多的东西，这种压力也是最好的动力。

　　和市局支队的各位领导寒暄之后，大家就紧跟黄鸣发所长走到香山外围现场附近。一路上除了宋志国在向魏东升他们介绍案情外，其他人都没有说话。

　　香山四周都是砖石砌成的围墙，南侧广场处和东侧公路边各开有一扇大门，南为正门，东为侧门。按照派出所民警的介绍，案发中心现场应该位于香山南门与东门之间的山脚下，从两侧大门到山顶有三条蜿蜒曲折砖石铺垫而成的台阶，远远看去类似英文字母"w"。

黄所长把大家带到香山的南大门门口，然后拿出包里的相机说："政委，你们看，这是我们出警时拍的原始照片，两名死者就在南门和东门之间，东南侧的山脚下，尸体的位置离东门要近点，东门附近现场痕迹很多，我们不敢过去，南门这边感觉还好，当时出警的民警就是从南门沿着墙脚进去的。"

按照现在公安部文件规定，公安民警出警时除了要配备枪械、警棍、手铐、辣椒水、录音笔等装备外，还要携带照相机，以便第一时间固定下出警现场的照片，他们的拍摄水平虽然比不上专业技术人员，但是这些照片的作用绝对不可小觑。

看到这些照片，再结合现场实际情况，魏东升和陈卫国几个人开始讨论现场勘验方案。

进入南门沿着青石台阶和石板路走到东侧门，再从外围来到南门，观察完周边情况，叶剑锋首先提出建议："我看还是从南侧门围墙边进去吧，这里是比较合理的一条通道了。"为了尽快靠近尸体，他想马上开辟蹊径。

"嗯，我看行。"陈卫国是现场勘验的专家，他一说基本也就定下来了，不过还是要征求下魏东升的意见，"政委看怎么样？"

"可以，你们拿主意吧。"魏东升点头，这算是通过了。

市局和县局的技术人员共有12个人，不可能一次都进入中心现场，那会严重破坏现场。按照魏东升的方案，12个人原则上分成三组，魏东升、陈卫国、叶剑锋、司徒爱喜四人先从南门进入现场中心，也就是尸体所在位置；刑科所所长杜自健负责一组从东侧门勘验；周国安和周权根负责一组重点勘验外围。

陈卫国沿着墙脚一边勘验一边拍照，慢慢移行，叶剑锋则提着一包通行踏板，跟随他们的脚步一块一块地铺垫。

四人缓慢前行了60多米，用时近20分钟，才来到了两具尸体旁边。

作为刑事技术人员，只有把自己完全置身于现场中心，站在离尸体最近的地方，才能凭着最为专业的直觉来感知现场异乎寻常的信息。

男死者就在眼前，尸体呈半侧卧位，头西脚东，面朝南；身体微微蜷缩，尸体发凉，四肢僵硬；上身白色T恤衫已经被血浸湿，胸部有两处破口。看得出这就是致命伤的位置，蓝色牛仔裤上有多处断断续续流柱状和滴落状的血迹，飘落的桂花印染在周围鲜红的血泊之中，再也没有了那沁人心脾的清香。

向前1米望去是女死者的尸体，整个躯体仰面朝天，头南脚北，凌乱散落的披肩长发夹杂着大量的杂草、花瓣，僵硬的四肢微微外展。上身粉色长袖针织线衫翻卷在肚脐上，左胸部破口周围只浸染着少量血迹，左腰部衣摆下，露出了一部分被扯断的文胸扣带；黑色短裙上的腰带被扯断，丝袜和内裤也被褪于裆部之下，但没脱下来，一双皮靴穿戴完好。叶剑锋注意到，女死者颈部有些明显的褐色扼痕，面部有明显窒息、缺氧征象。

人的肛门以上就是直肠，尸体的直肠温度就是所谓的尸体温度。两具尸体僵硬得厉害，在不破坏尸体和现场的情况下，将尸温仪很顺利地插进直肠里，还真不是一件易事。叶剑锋着实耗费了一些时间才把这看似简单的事情搞定，等他站起身来时，已感觉腰酸背痛。

尸体周围是勘查的核心区域，为了不妨碍陈卫国他们的工作，叶剑锋不能长时间停留在这里，他简单地将两具尸体检查过后，就退出到了外围。

走到南门口外围，叶剑锋叫景区的工作人员找来一个大纸箱放在南门外。

为了防止勘验人员对现场物证痕迹的污染和干扰，都要穿戴头套、口罩、手套和鞋套，尤其是手套、鞋套磨损很快，要经常更换，被更换下来的这些手套、鞋套不能随便丢弃，这个纸箱就成了临时垃圾桶。

而对于叶剑锋这样烟瘾很大的人来说，这个垃圾桶还有个最大的好处，就是相当于他的"烟灰缸",因为现场是不允许抽烟的,但这里可以。

魏东升是个滴酒不沾的人,但却是个老烟枪,戒了多年,也没戒掉,趁着空当他也走出了现场。叶剑锋点了一根烟,看见师父来,赶紧又掏出一根点上了。

"小叶,感觉如何?"魏东升还是改不了他"拷问"叶剑锋的习惯。

叶剑锋明白师父又在给他出难题,这是在考验他对现场痕迹、物证所包含的信息是否有最快速的分析思维能力,魏东升要的不是结果,而是思路。

要回答魏东升的问题,并没有针对性的答案,叶剑锋也只能泛泛而谈:"目前看来男的是被锐器刺死,女的死因我倾向于掐颈致机械性窒息,胸部那一刀很可能是后来补上去的,因为血迹形态不凌乱,血流量也很少。两名死者如果真的是不同的手段致死,那么案犯一人难以完成,两人四肢并没有被捆绑,一个人很难同时控制住两个人,尤其是在死者受到致命攻击的时候。还有一点,这个女的死后尸体肯定被拖移过,地面有拖拉痕,至于案件性质嘛,还不好说。"

魏东升没有对叶剑锋的分析做评判,抽完一根烟,他就说了一句话:"去东门看看。"

东侧门装有两扇铁门,平时这两扇门是关闭的,只在节日期间或紧急情况下才会打开。因为这几天要清理桂花节期间遗留在山上各个角落的垃圾、抛弃物,所以这扇门暂时未上锁。门两侧装有路灯,可惜未装监控,门前公路对面是一大片青黄不接的稻田。

从门口到公路距离5米,这5米地面是水泥铺垫而成,夹杂少量的小碎石和泥灰,现在这里已被警戒线封锁,通行踏板一直铺到门内。

叶剑锋和魏东升并没在这里发现什么异常痕迹,想必这里已经勘验过。

踩着踏板,二人走到东门口,杜自健他们在专心致志地勘查着现场,只听见他们小声的议论声和相机的快门声。

站在门口，如果仔细往里看，在大约20米处围墙东南侧的拐角处隐隐约约露出一部分女死者尸体。

"自健，怎样了？"

一听是魏东升的声音，杜自健和几个人连忙起身，客气地招呼道："政委来啦，叶法医，你好。"

"你好杜所，辛苦。"让市局领导主动和自己打招呼，叶剑锋感觉过意不去。

"你们有什么收获？"魏东升问。

"从东门到尸体距离大概是22米，地面的草皮踩踏得都比较厉害，其中距离门口12米处踩踏的范围比较大。你们来看看。"杜自健边说边把他们带到12米的位置，他指了指这边区域说："这边踏痕大约有2.5米×1.5米范围，这里有两处深深凹陷的蹬踏痕迹，应该是鞋跟形成。"

"对，女死者靴子跟底部有很多泥草迹。"叶剑锋从尸体上也可以印证这一点。

"还有这一处，距离踏痕东侧1.5米处有少量的血迹，在这里。"

"这些血迹不是滴落状，看形态应该是沾染上去的。"叶剑锋在杜自健所说的草丛里的确发现了很少量的血迹。

"可能是死者口唇的出血。"魏东升看似很随意地说了一句。

"嗯，女死者左下唇有些破损。"叶剑锋按这处血迹与蹬踏迹之间的距离来推测，觉得很合理。

"我苦苦追寻那人世间的大爱无疆，大道无垠……"叶剑锋手机里突然响起了《追寻》这首歌，这是他先前设置的一个小时闹铃声。

"师父，尸温测好了。"叶剑锋对魏东升说。

"看看多少？"

"嗯。"叶剑锋知道，魏东升当然不是问尸温多少，而是两具尸体的死亡时间。

这个位置距离尸体不远，叶剑锋大声叫喊，让陈卫国把尸温表上的数据报给他，然后在记录本上刷刷地计算着，很快就有了结果。

"按尸温推算，两人的死亡时间都在昨天晚上9点到11点之间。"

"好。我们先出去。"

现场勘验工作持续推进。

按惯例，影响如此大的案件，市、县两级公安局领导势必要来到现场，一来是对现场有个最直观的感受；二来是听取现阶段现场勘验工作汇报；三来是部署下一步工作任务。

走在中间，身穿白色警用衬衫、肩扛三级警监警衔的是江川市公安局刑侦副局长郑阳，他原先是市局刑侦支队长，性格直爽，工作干练，在刑侦线上摸爬滚打也有20多年了，虽然人到中年，但看上去依然体态健硕、精神焕发。他的身旁分别是平江县公安局局长蔡忠良和江川市公安局刑侦支队长余世春，崔耀军紧随其后。

知道领导要来，魏东升和陈卫国早已在外围迎候，将他们带到现场。

郑阳听完基本情况介绍，直接就问道："是第一现场吗？"

陈卫国汇报道："现在看，基本上是，不过这名女死者尸体有被拖移的痕迹，这里现场比较凌乱，有明显的蹬踏痕迹，还有少量血迹，应该有过比较激烈的争斗，很可能就是女死者最初遇害的地方。而距离女死者尸体10米的位置，根据这一段草皮倒伏情况来看，符合拖移尸体所形成的痕迹。"

陈卫国所说的这个地方正是距离东侧门12米的距离。

郑阳弯下腰看了看周围地面，然后指了指东门："卫国，你看这里到东门口草皮踩得也很厉害。"

陈卫国当然明白郑局长的意思，便说："这段不太符合拖拉的痕迹。我们还要再仔细看看。"

"嗯，要抓紧时间。男死者呢？"

"男死者应该是在原位被害的，没发现被拖移的痕迹。"

"一定要拖吗？抬尸有没有可能？"这个郑局长还真有些较真。

听到这话，魏东升在一旁做了解释："郑局，是这样的。男死者胸部有两处刺伤，在尸体的东侧草皮上有一处明显的血迹，这处血迹是死者心脏被刺时喷溅出来的，心脏破裂喷溅血量大、喷射速度快、距离远。女死者尸体下的草皮上也有少量的喷溅血。这也可以说明一点，男死者尸体没移动过，女死者尸体在死后被拖移到这个位置。"

"嗯。作案人数现在能定的下来吗？"

"一人难以完成。"陈卫国目前无法给出准确答案，具体是两人还是两人以上，现在肯定无法判断。

"死者的包发现没有？"

"目前还没。"

"还要扩大搜索范围。耀军，你们侦查上要加大侦查力度和范围，被过路的人捡走也不能排除。"找到这个消失的挎包是目前最为重要的任务，郑阳明白这很可能就是破获案件的一个关键线索。

被过路的人捡走？叶剑锋不得不佩服郑局长的见识，他说的完全有可能。

记得前些年，一个骑电瓶车的女子下班回家死在公路旁，就是因为随身携带的挎包不见了，大家开始都以为可能是一起抢劫案件，后来经调查发现是一起单方交通事故，那个挎包是被一个贪财的路人捡走的。

"案件性质有个初步的判断吗？"

"不好意思，郑局，现在我们还没个准确判断。"陈卫国说得也很客观。

"那现场要仔仔细细看，一草一木都不能放过，尤其是痕迹、物证要全面提取。市局DNA室我打过招呼了，你们提取完就要立即送检。对了，还有凶器，附近、周围的草丛、树林都要找找看，也说不定被扔在这些地方。时间不早了，大家先吃饭吧，也不能饿肚子，只有吃饱才有干劲啊。"郑阳也没有再继续追问下去了，简单交代几句话就赶回了指挥室。

说到吃饭，叶剑锋真是觉得饿了，一看时间已过了午时。现在是下午1点多，天香镇派出所的警车已经派送来十几份盒饭正在外围等候。

"主任我们先去吃了啊，等会儿就要去解剖了。"叶剑锋也不客气，很快就要解剖尸体了，填饱肚皮要紧。

"叫上你师父和国安他们，我们等下来吃。"饭要吃，事要做，陈卫国的意思是大家分批吃饭分批勘查现场，吃饭干活两不误。

盒饭肯定不能在现场吃，只能站在现场外围公路旁边将就一下了，只是看热闹的群众依然不减，在众多老百姓的关注下吃饭实在是别扭。看来大家的确已是饥肠辘辘，饭菜虽然一般，但个个胃口都很好，一盒饭菜扒拉了几口就全部见底了。

吃完了饭，该动刀了，解剖两具尸体，对叶剑锋他们来说又是一场大战。

平江县殡仪馆的解剖室，刚新建不久，但由于资金和场地的限制，并没有完全按照三级解剖室的标准来建设，这也是国内很多基层公安的现状。

不过相较于叶剑锋刚参加工作的时候好多了。遥想当年，那时候所谓的解剖室，只是一间40多平方米的平房、一个卫生间、一个洗漱盆、一个水泥板搭建的"解剖台"，夏天蒸桑拿、冬天吹冷气。有时候甚至在死者家中搭起一块低矮的门板就解剖起来，苦不堪言，经常酸胀的腰肌劳损就是这么整出来的。

现在的解剖室虽然规模不大，但环境还不错，夏天热不到、冬天冷不着。淋浴房、卫生间、更衣室、办公室、实时监控室一应俱全。解剖室共有两个解剖台，室内一台、室外一台，刚好可以供两具尸体同时解剖。

四个法医、两个照相、两个记录，按最基本的分工是刚好一组一具尸体，可是叶剑锋肯定不能让师父魏东升亲自操刀的，不仅因为他是支队政委，关键是魏东升腰椎间盘突出很严重，还有高血压病，这都是近30年艰辛的法医生涯所造成的伤害。

"师父，你就别动手了，我们三个人搞得定。"叶剑锋很体恤魏东升。

"没问题吧？那你们几个多辛苦点了。"

"没事儿，你在旁边帮我们把把关就行了。"叶剑锋很自信能搞得定，至少解剖没问题。想当初他和权根两个人在凌晨解剖两具尸体，他一个人也曾经解剖过一具怀孕八个月的女死者。

"那这样吧，你先去检验男死者，权根和爱喜检查女死者，需要的时候你们三个相互搭把手。"魏东升做了简单的调配。

"师父，你说帮我们招个法医进来，到现在也没来啊，您可不仗义哦，再过几年我也顶不住了。"叶剑锋又逮到机会向魏东升发牢骚了。

"我一直记在心上，你放心吧，下个月马上有几个实习生进来，分给你两个，你先带着，如果他们能进得来，就给你们，不过这事也不是我一个人说了就算的。"魏东升也是一脸无奈。

"那我先谢谢您了。"叶剑锋知道师父没忽悠他，本来有法医专业的高校就少，最主要的是南江省公安招收公务员只限本省户籍，而且每年各个县市的编制都是有限制的，想招个法医进来更是难上加难了，这是体制问题。

"开始吧大家，争取在晚上7点之前收工。"魏东升看了下墙上的挂钟，已经是下午2点，他希望大家能用5个小时的时间把两具尸体检验完毕。

叶剑锋摩拳擦掌给大家打气："同志们！加油，一鼓作气，速战速决！"

一个完整的尸体检验步骤主要有衣着检验、尸表检验、解剖检验，在这一流程中还有脱衣、照相、记录、物证的提取包装、损伤的分析等诸多工作。

根据每具尸体的情况不同，每个步骤耗费的时间也各有长短。有些案件的尸体，可能一次尸表检验就占去一半的时间。

死者史浩然衣服上血迹斑斑，尤其是白色T恤衫，几乎全被血浸湿，衣服上也附着很多的花草和泥迹，叶剑锋必须检查每一处血迹和这些附着物。血迹的形态、附着物的种类都是分析作案过程、重建案发现场必不可少的依据。

T恤衫有五处刺破口，左胸部有两处，长约2.2厘米，腹部有三处，长约2厘米。将衣服上的破口与尸体上的伤口一一对应，叶剑锋发现尸体左胸部有两处刺创伤口，而左腹部却只有一处伤口。

腹部是三处破口对应一处伤口，说明死者左腹部被刺了三刀，只刺中一刀，另外两刀只是刺破了衣服。

叶剑锋开始并没有在意这些，一门心思在研究衣服破口和伤口的形态特征来推断致伤工具。但魏东升一句话点醒了他："小叶，你怎么看这三处破口？"

魏东升既然问他，叶剑锋知道这三处破口肯定大有文章，他又瞅瞅衣服插科打诨一番："难道此处有蹊跷？"

魏东升冷冷地回了一句："是有蹊跷。"

这三处破口长度一致，相互间隔也就1.5厘米左右，但方向相反，呈"/ \ /"形排列，能找到这些规律，叶剑锋也就茅塞顿开了。

"小叶，看出来了吗？"魏东升从叶剑锋微微的表情上看得出徒弟似乎明白过来了。

"一刀，原来是一刀造成的。"叶剑锋像一个解开难题的学生。

他把三处破口相互对折，形成了一个褶皱，然后说："师父你看，这一刀正好从这衣服的褶皱处捅进去的，所以衣服上形成了三处破口。"

"对，是这样的，那又说明什么问题呢？"原来魏东升第一个问题是抛砖引玉，这才是问题的核心。

叶剑锋明白，师父的意思是指这点对案件来说有什么价值指向。在他看来，形成衣服的褶皱只有一种可能，就是衣服被外力牵拉。

史浩然的尸体现在静静地躺在解剖台上，他的T恤衫已经恢复了正常的位置，现在来看，T恤衫上胸部破口比伤口高出约2厘米，衣服腹部破口的位置要比伤口的位置高5厘米，而且是在伤口左上方。

好在衣服还没脱下来，叶剑锋现场做个试验就可以验证史浩然被刺时衣着的位置或体位。

他抓住破口正下方的衣摆，用力往右下方牵拉，直到衣服的破口和尸体伤口位置吻合，松手后衣服又回到原状。

"看来死者被刺的时候现场至少还有一个人，因为死者反抗激烈，另一个人肯定在极力地控制死者，在这过程中，他拉扯了死者的衣服。"

"应该是这样，等等看看伤口就更清楚了。"魏东升点点头，"再去看看女死者。"

来到室外解剖台前，叶剑锋看了看女死者，问道："权根，女死者上衣破口多长？"

"2.1厘米，你们那边多长？"

"嗯，差不多，可能就是一把刀。"叶剑锋嘀咕道。

"那也不一定哦，说不定是两把一样的刀呢？"周权根说的也没错。

"不信啊，你把女死者衣服破口处的血迹拿去做DNA，说不定能做出男死者的。"

"真有你的，行吗？"周权根半信半疑。

"你可以试试啊。对了，你们DNA检材提取了没有？口唇、耳垂、乳房、大腿根部、外阴、阴道、指甲、血样、血迹这些赶紧提取，多多益善，提好了叫民警马上送市局，不然领导要急了。"

提取物证是尸检工作的重中之重，这些都是追查真凶、定罪处刑的线索和证据，叶剑锋怕周权根和爱喜这两个年轻人会疏忽掉一些部位的物证提取。

司徒爱喜倒是信誓旦旦："放心吧，师兄，周师兄早有交代，这是必需的。"

"衣物都检查得咋样了？"

"胸罩左侧的扣带是被外力扯断的。"周权根说。

叶剑锋换了双干净的手套，掀开死者外衣，里里外外看了看，说："这说明，死者那一刀是在胸罩被扯之后刺进去的。"

死者左侧胸罩已经脱落在乳房以下，没有破口，没有血迹，这就是他判断的依据。

"下身呢？"叶剑锋问。

女死者的下身是重点检查部位，大家随即聚拢而来。

"这里、这里，还有这里，有很多杂草、泥迹。"周权根一一指给大家看。

死者内裤和丝袜交织在一起，仅位于裆部以下，内裤的内、外两面都附着多量的杂草、枯花，还有泥迹，两条大腿部分的丝袜内、外两面同样如此。

"政委、锋哥，我和爱喜刚才也分析过了，认为死者内裤、丝袜曾被脱下，但只脱到膝关节的位置，就没有再继续往下脱，之后，又穿上。所以只有这些部位才会粘附上杂物。"周权根根据这些异常情况合理地分析出了这一过程。

"不错，分析得有道理。"叶剑锋也同意他的观点。但是，为何只脱了一半？又为何将脱下的部分穿上？这有些反常，叶剑锋也不急于这一时，将所有的疑问留在尸检结束后，他相信凭着大家的智慧一定会给出合理的解释。不过有一点可以基本肯定，扯胸罩、脱裤袜的行为明显提示着案犯有性侵犯的目的，此案很可能就是一起强奸未遂的杀人案件，所以他紧接着又问："那阴部怎么样？"

"外阴没发现明显损伤，不过死者的臀部有些细小的擦挫伤，应该是在挣扎时与地面的草皮、杂物擦蹭而形成的。"

"翻开看看。"

尸体被翻了过来，两侧臀部的确有多处散在的细微点状、条状的表皮剥脱，上面附着少量的杂草、花瓣和泥迹。

魏东升眼睛一刻也没离开过尸体，但一直没说话，叶剑锋知道师父肯定有深层次的看法，但他没有问，尸检没结束，师父是不会轻易表态的。

"把这些尸体身上的杂物提取下来，先保存好，等等脱衣服的时候也要小心点。"

要把尸体上的衣着完整地脱下来可不是一件简单的事，尤其是这两具尸僵严重的尸体。

脱衣的第一道工序就是要人为破坏尸僵。

通常情况下，一个人死去，最开始全身肌肉是松弛的，经过 1～4 个小时，尸僵开始产生，肌肉逐渐变得僵硬，主要的表现就是人体的下颌、颈部、四肢等各个关节固定下来，这是一种早期的尸体现象，用力掰动各个关节完全可以破坏僵硬度，就是要掌握适当的力度，不能过重又不能过轻。

这第一步就消耗掉不少精力。

接下来就是由外至内一层一层脱去死者的衣物。脱衣尤其要注意的是，一是不能将衣物上的痕迹沾染到尸体其他部位，也不能将其他部位的痕迹沾染到衣物上；二是不能将衣服人为损坏。两具尸体的衣物只能靠叶剑锋和周权根、司徒爱喜三人密切配合才能脱下来。

将尸体衣物全部脱完，还需要摆在物证台上一件一件敞开，再次进行检验、拍照。这种操作不仅是每一次尸体检验的必须工序，还能防备遗漏重要的线索和证据。

完全暴露的体表，是真正意义上的尸表。

首先需要检验尸表上的痕迹、物证，做完这些才能将尸表擦拭干净，再检查尸表的每一处损伤，哪怕是一处细微的针眼都不能放过。

多年前，一名身份不详的男子被发现倒在路边死亡，第一次尸表检验时，周权根未发现明显损伤，也没有明显中毒迹象，初步判断可能是猝死。随着调查的深入，查出了死者身份，死者生前常年和另一个同伴骑着摩托车流窜在各地，靠偷狗、杀狗为生，而另一个人像是人间蒸发了一样。

案情出现新情况，叶剑锋重新对尸表进行了一次检验，这次检验在腋窝后方发现了一处极其细微的针眼，将此处皮肤组织与死者血样拿到省厅化验，发现含有用弓弩射杀土狗常用的一种毒物。最终，警方抓到死者的同伴，他承认是自己操作失误毒杀了死者。

史浩然胸腹部的大片血迹已经融合干枯，只在下腹部看到几条流注状血迹，翻动尸体时，三处创口还有少量的血液咕咕冒出来。慢慢擦净史浩然的尸表，剔除头发，除了那三处刺创以外，还有体表多处的淤青也显而易见，淤青就是挫伤，这不是刀伤造成的。

"先看看三处刺创。"魏东升说。

叶剑锋拿着一把钢直尺，边看边量："左胸部两处创口位于胸大肌下方，间隔2厘米，分别长2.1、2.0厘米，创角一钝一锐，这两刀偏向右上，刺断了肋软骨，刺破了心脏。看来是把单刃匕首、宽2厘米左右，两刀是刀刀致命啊。"

"腹部呢？"

"左腹部的创口长2.2厘米，刺入腹腔，创角一钝一锐，也是单刃。"

魏东升扶了扶眼镜，凑近看了一会儿，然后给陈卫国打了个电话："卫国，你们在现场仔仔细细找找，看看有没有一把宽约2厘米的单刃匕首。"

"现场还没发现，看来不是被案犯带走，就是被处理掉了，有了消息我就通知你。"陈卫国早已搜寻过，但是一无所获。

刺死史浩然的凶器只是一把普通的单刃匕首，没有明显特征，就目前来说，对于案件的破获也没有很大价值，但无论如何，必须要找到它。

魏东升刚挂完电话，突然又响了起来，接完电话，他对叶剑锋说："小叶，这个案子都闹到网上去了，都在传男死者和女死者关系不正当，被人杀死。大领导们都急着问尸检情况，等着听汇报，看来我们要加快进度了，现在压力很大啊。"

"这么严重？"听师父这么一说，叶剑锋顿时紧张了起来，绷紧了神经，快速调整好状态。

他逐一检查完男死者体表损伤后说："其他的伤都是些挫伤和擦伤。主要在头面部、胸腹部、背部和四肢，我看都是符合拳打脚踢、磕碰形成的擦挫伤。两只手背肿胀得很厉害，而且右手第5掌骨颈已经骨折。"

"切开看看！"魏东升对这处骨折格外关注。

叶剑锋拿起刀三下五除二就切开了右手背皮肤、肌肉，充分暴露出第5掌骨骨折的位置，然后他放下刀，用毛巾擦拭了渗出的血液，向师父呈现他的"杰作"。

"师父，你看，骨折在掌骨颈部，远端明显向掌侧移位，看来是拳击手骨折啊！"

魏东升戴上手套，亲自看了看、摸了摸，说："看来男死者生前进行了激烈的反抗和打斗。"

"拳击手骨折"主要是由于握拳击打他人而造成的自身损伤，这在拳击赛场上、打架斗殴中最常见。所以，在法医日常进行损伤程度鉴定时，要甄别这类损伤是打别人造成的自伤，还是被别人打伤的，如果是自伤，是不宜做损伤程度鉴定的，不能把自伤误判为被人打伤。

史浩然的拳击手骨折证明，他生前曾攥紧了拳头，集全身之力反击歹徒。由此可推测，其中很可能有案犯受伤，案犯受伤很有可能出血，而血迹很有可能就在现场，但如何甄别出哪些血迹是案犯所留下的是相当困难的，也许是一个不可能完成的任务。

法医现在是无暇顾及现场情况的，当前的首要任务就是把尸体检验完毕。

从踏进殡仪馆到现在，已经过去了两个多小时。男死者尸表已经全部检查完毕，叶剑锋只感觉浑身有些不自在，他脱下手套，掏出一包烟，随手递给魏东升一支。

"累了吧，小叶。"魏东升难得露出点笑容。

"还好，先中场休息下。抽根烟，提提神。"叶剑锋不是因为累了，而是因为烟瘾又犯了。

魏东升抽空出去打电话，叶剑锋又来到女死者这边，周权根他们正在准备解剖尸体。

"师妹，休息一下吧，要来根烟吗？"看见神情专注的小师妹，叶剑锋又开始"不正经"了。

"懒得理你。"司徒爱喜头都没抬一下。

"导师，见色忘友啊，都不发给我。"周权根也跟着起哄。

"一边去，给你抽不是浪费吗，真抽我亲自给你点上啊。"叶剑锋知道周权根平时是不抽烟的，但只在一种情况下抽，那就是喝醉了会抽一支。

"还是周师兄好，不抽烟，不像你和魏老师都是老烟枪，劳民伤财。"

"小丫头懂啥啊，这叫精神食粮。"

"我看是慢性自杀。"

"好了不和你们扯了，你们这边怎么样，有什么发现吗？"

叶剑锋一秒切入正题，周权根愣了一下才说话。

"机械性窒息征象很明显，有徒手掐颈和捂口鼻的动作，左口唇和左面部都有挫伤，可能是被拳头击打过，后枕部、左肩后和两侧后肘部都有擦挫伤，这几处应该是磕碰的。"周权根说得很到位。

"衣物呢？"

"线衫肩背部和肘部除了那些杂草、泥迹外，还有些破损，我估计是在现场围墙上擦的。"

叶剑锋走到墙角，看了看摊在地上的粉色线衫说："应该是，等等问一下主任，看看现场墙面、地面有没有擦蹭痕。"当看到衣服上的刺破口时，他突然问："胸部那一刀怎么样？探查过没？"

"师兄，探过了，很深，不是到心腔就是到胸腔了，但我总觉得这是后补的一刀，是不是老师说过的加固行为啊？"

叶剑锋蹲在一旁，听见这话从一个女实习生口中说出来，有些意外。

"可以啊，真是冰雪聪明的姑娘，连加固行为都知道！"叶剑锋夸了司徒爱喜一句，然后走过来说，"你说得没错，很有可能，不然现场血迹不会那么少，而且形态很固定，没有生前活动出血的迹象，等你们解剖完就更清楚了。"

加固行为一般是案犯在完成杀人行为之后实施的，是案犯唯恐死者没死而附加的行为，往往都在致命的部位，采用致命的手段，也是一种残忍的行为。

作为对师兄夸赞的回馈，司徒爱喜主动请缨："师兄你那边要我帮忙吗？"

"要，有空你就过来陪陪我呗。"叶剑锋欣然接受。

通常来说，一具尸体的系统解剖，主要就是"一颈三腔"，即解剖头颅腔、颈部、胸腔、腹盆腔，一般按先后顺序为胸、腹、头、颈。除此之外，有些尸体根据实际情况，可能还要解剖背部、四肢、脊柱等部位。

叶剑锋决定把开颅的任务交给司徒爱喜，也算是减轻了自己的一些负担。男死者的尸体解剖并不太难，无非是在三处刺创的创道、破裂的组织器官上多下些功夫、多耗费些时间而已，其他部位的解剖都是按部就班、驾轻就熟。

整整三个小时，从"一"字刀开始到最后缝合，两具尸体的解剖工作全部结束。

看看还有时间，魏东升把大家召集到二楼办公室，对两具尸体的检验情况进行汇总分析。

汇总工作结束，已经是晚上6点半，这么晚，叶剑锋也不好意思让师父跟着挨饿了，他拨通了宋志国的电话："宋大，给你汇报下，我们解剖结束了，你看我们是不是先吃个晚饭。"

"食堂里已经没饭了，你们先去派出所门口的香山土菜馆210包厢等我们，黄所长已经安排了便饭，我们估计要半个小时才到。"此时，宋志国带着侦查员还在外面排查走访。

叶剑锋和宋志国是前后脚到达这家小饭馆的。

"你师父呢？"

"哦，他被崔局拉到别的包厢去了。"

"那你们人到齐了吧？"

"到齐了。"

"那开吃吧。"

坐到饭桌上，叶剑锋最关心的不是吃饭，而是宋志国他们的侦查情况。还没等他开口，宋志国倒先问起来："根据你们尸检情况，案件性质能定得下来吗？"

案件性质从来不是仅仅靠单纯的尸检能决定的，既然大队长问了，叶剑锋也就简单说了一句："现在看，谋财和谋性的可能性最大了，你们调查得怎么样了？"

"摊子全铺开了，现在还没有什么有价值的线索，不过谭文梅的电瓶车找到了。"

"哦？在哪儿？"

"在她小姐妹那里。"

"小姐妹？"

"谭文梅是昨天晚上6点和几个小姐妹一起打麻将的，大概到了8点半，一个叫小凤的姐妹家里有急事就借了谭文梅的电瓶车回家了。这个小凤走了之后，她们几个人也就散了，谭文梅在8点40分打电话让赵玉其接她，赵玉其接了电话就骑摩托车接上她直接去了赵玉其的住处。据赵玉其说，两个人后来还发生了关系，然后就分开了。"

"那谭文梅后来一个人回去的？"

"据赵玉其说，两人完事后，谭文梅提出要赵玉其快点离婚，为了这件事他们吵了起来，谭文梅一气之下就自己回去了。"

"那她几点回去的？"

"最后一个监控显示是在晚上9点48分。"

"哪个监控？"

"就是从镇上到香山那条公路的南侧路口。"

"那距离案发地多远？"

"500多米。"

"这样算起来，她差不多是在晚上10点多钟就到达了案发现场。"

"嗯，差不多，谭文梅手机最后关机时间是晚上10点23分。"

"既然那边有监控，那史浩然最后一次是什么时候出现在监控中的？"

"晚上9点55分。"

"前后就差7分钟。"

"你们推断的死亡时间是什么时候？"

"晚上8点到11点，现在看来还是监控准确，案发应该在晚上10点至10点23分。那谭文梅和史浩然有关系吗？"

"没发现他们有不正当关系。"

"那这样看来，有没有这种可能性，就是史浩然在回家的路上，听到了或看到了谭文梅遭到几个人的侵害，他挺身而出前去制止，与案犯发生了争斗，结果被刺死。"

宋志国听叶剑锋这么一说，笑着伸出大拇指说："高！我们现在也是这么认为的。"

如果史浩然是为了见义勇为挺身而出牺牲了自己，那他就是个英雄，这和社会上谣传的因情被杀可是大相径庭！如果真是这样，必须尽快查清真相，揪出亡命徒，为英雄正名，给他的亲人一个交代，给社会一个交代，如果是英雄，不容玷污！

一股愤慨之情涌上叶剑锋心头，同时他也感到肩上的责任越来越重。

案情分析会会场设在天香镇派出所会议室，会议由江川市公安局副局长郑阳主持。

按议程先是情况汇总，由侦查、痕迹、法医分别介绍各自的工作进展情况和分析意见，接下来就是大家根据侦查走访情况、现场勘验情况、尸体检验情况综合分析出有价值的线索、证据，最后就是领导根据这些分析意见部署下一步重点工作和任务。

一天时间，各组侦查人员已经做了大量的调查走访工作。各个侦查组的汇报花费了一个多小时的时间，叶剑锋听完后没记住太多细节，但已经大致了解侦查的进展情况。

根据调查，基本排除与死者有关联的熟人作案，尤其是那个叫赵玉其的。划定了香山以北、公路沿线的一些村落、工厂、集镇等重点调查地域，基本确定案犯就是来自这几个地方，因为从案发后的监控上看得出，案犯逃离的方向是往香山以北，而不是天香镇的方向。虽然还没有案犯的具体线索，但已经大大收缩了侦查范围，只是死者的包和手机一直没下落。

不过陈卫国他们在现场倒是发现了一些很有价值的痕迹、物证。一是现场墙脚的泥中发现了好几处两种残缺花纹的鞋印，这两种鞋印经排除后认定是案犯所留，虽然不很完整，但至少能推断出是运动鞋的纹路，这足以证明肯定有两个穿着运动鞋的案犯。二是发现东门对面的路边一小片杂草也有很凌乱的踩踏痕，路面上有一串部分变形的金属扣链，经辨认这个扣链就是谭文梅挎包背带上的，显然是被扯掉后脱落下来的。陈卫国认为这里是案发的始发地，案犯与死者在此处第一次接触，并发生了争斗，死者的挎包在争斗中被扯断。陈卫国分析案犯有抢包行为，由此，他断定案犯的最初动机很可能是抢夺或抢劫。

周权根已经把尸检的照片做成了幻灯片，叶剑锋做起汇报工作来也得心应手。

当然，领导不只是看看尸检照片和听听尸检情况，他们最想知道的是能否为破获案件提供更有价值的线索。叶剑锋知道，本案中，法医要想提供出有价值的线索，就是准确地分析出作案人的特点。

叶剑锋直言不讳地阐述了法医的观点："依据尸体检验情况和现场勘验

情况，我们判断作案人数至少有三人，且三人均为男性的可能性大，但三名案犯年龄较轻，体力一般，控制力弱，心理素质不强。还有一点，其中极可能有案犯受伤，比如案犯的头面部、颈部、前胸部、双手等部位，在排查的时候要尤为注意。"

郑阳问："哦？这个判断倒很有价值啊，有什么依据吗？"

郑阳言外之意，法医对案犯刻画的准确性和可信度有多大？因为这会直接影响案件的侦查方向和进度。

"郑局，是这样。史浩然生前和案犯进行了激烈的徒手搏斗，从损伤来看，史浩然当时至少在和两个人进行打斗，直到其中一人拿刀刺死了他。在这一切发生的过程中，必定还有人一直在控制着谭文梅，为了活命，谭文梅同样也在拼死反抗，最后被案犯掐颈窒息而死，可见三人以上作案的可能性最大。再有，史浩然身高只有170厘米、体态瘦弱，谭文梅身高只有162厘米，这一男一女，在三四个案犯面前，还能如此强烈反抗、搏斗，可见案犯体力不强、控制力弱。综合其他一些情况，也可以反映出案犯的年龄并不大，比如未成年男子。"

叶剑锋话音刚落，魏东升紧接着说："小叶说的情况，也是我们几个法医统一汇总的意见，综合刚才志国汇报的侦查情况和卫国汇报的现场情况来看，现在案情已经逐渐明了，我初步梳理了一下，谈谈我的看法。"

魏东升把眼镜拿下来用餐巾纸擦了擦，然后又戴上，接着说："我觉得这是一起抢劫强奸杀人案，接触阶段就是在东侧门的马路上，案犯最开始对谭文梅实施了抢劫行为，随后案犯又见色起意，几人采取拖、拽、捂口鼻等控制行为将死者强行带到了山林里，准备实施强奸，但实施强奸的地方应该不是最终杀死她的地方，而是史浩然死亡的位置。"

"哦？为什么一定是这个位置？"郑阳问。

"我问过陈主任，现场只有这个位置的围墙墙面有些擦蹭痕，而谭文梅衣服上的多处擦痕处泥灰迹与墙面泥灰迹吻合。"

"嗯，你继续。"

"案犯在这里已经开始实施撕扯死者内衣和强行扒拉死者裤子等行为，而且裤子已经脱到了膝盖处，但强奸未遂，未遂的原因是因为男死者史浩然的出现。史浩然路过附近的时候，显然听到异常声音，也许是呼救，也许是叫喊，为了制止正在发生的犯罪行为，他与案犯殊死搏斗，而且双方势均力敌，史浩然的右手掌骨折，就是拳击案犯所致，可见程度激烈，其中一名案犯见占不到任何便宜，一怒之下，掏出匕首刺死了史浩然。从谭文梅尸体上看得出，她原本脱到膝盖处的裤子又重新被提到了裆部位置，但未完全穿好，我分析这是史浩然在和案犯搏斗的时候，谭文梅趁机提起裤子逃跑，但在跑到十几米远的时候被案犯抓住并掐颈致死。而从史浩然的尸体上看，他当时至少在与两名案犯搏斗，换句话说，史浩然在与两名案犯搏斗的过程中，第三名案犯则在控制或侵害谭文梅并将其掐死。"

"政委的意思是说，两名死者是同时被杀的。"郑局长递给魏东升一根烟说。

"可以这么理解，我反复推敲认为，两名死者几乎是同时死的，但谭文梅可能被杀得稍微早些。谭文梅是被掐颈窒息死亡，杀死他的案犯明显没有凶器，谭文梅心脏的那一刀是死后补上去的，而且是在尸体被拖移之后的位置补的一刀，因为移尸的这一趟草皮上没血迹。这说明，谭文梅没被移尸的时候，刺死史浩然的案犯还在和史浩然打斗，如果他先杀死的史浩然，自然会接着拿刀再杀死谭文梅，毕竟用刀杀人比徒手掐颈方便多了。"

"哦，我明白你的意思了，案犯刺死了史浩然，接着就叫另一名案犯把谭文梅的尸体拖过来，随即补上一刀，这也是怕她还没死。"郑阳完全听明白了。

"应该是这样，案犯是三名以上，但我个人认为三人的可能性最大，如果是四个人的话，那么史浩然对付起来要难得多，三个人更合理些。还有一点，刚才叶法医没提到，我仔细看了看谭文梅颈部掐痕，尤其是指甲形成的几处表皮剥脱，从这些损伤看，这个案犯手不大，比较瘦，这也是比较符合未成年人的一个特征。"

魏东升这一大段的叙述，也算是简单地进行了一次现场重建，作为一名省内的刑侦专家，在座的各位领导不仅关注他的依据和理由，更注重最后的推论。

魏东升的这些观点显然得到了大家的肯定，崔耀军更是直接地说："法医刻画案犯可能是未成年人，我仔细想了想，很有道理，也符合当今社会上未成年犯罪的特点，结伙作案、劫财劫色、易冲动、易激怒、不计后果。下一步工作首先重点调查外来务工人员的子女和在校学生，年龄段我看暂且可以划定在14~20岁的范围，香山北侧的那所职业技术学校是重中之重。还有就是，有些问题也要加大力度搞清楚：第一，案犯来去是否乘坐交通工具；第二，案犯什么时间来的现场；第三，案犯是有预谋蹲点守候，还是偶遇死者；第四，死者的包和手机还要继续查找。现场勘查工作，明天麻烦陈主任还要扩大范围、深度勘验，看能否找到些新的线索。"

叶剑锋知道，崔耀军所提到的现场勘验，也是自己明天必须要参加的，他自己也迫切想再深入到现场，寻找蛛丝马迹需要反反复复、不厌其烦。

"从现在来看，此案的突破口不少，我相信此案必破，究竟是明天，还是后天，或是更久，这个就看在座的各位。同志们，老百姓在看着我们、死者的家属在看着我们、死者的冤魂在看着我们，我们必须快速破案，给死去的人、活着的人一个交代，给社会一个交代。"郑阳局长以此段话作为今天案情汇总分析会议的结束语。

第二天，一觉醒来又是新的一天，会给此案的破获带来希望吗？

太阳刚刚升起，叶剑锋和魏东升、陈卫国几个人就早早地来到了现场。

昨夜起风，现场又落了更多的桂花和树叶，花花绿绿，厚厚一层。复勘现场，重点是寻找那些不易被察觉、容易被忽略的一些隐蔽性的位置和细节，复勘方式就是地毯式搜寻，不过一半的时间都耗费在清除飘落的枯叶和花草上。

经过一个上午的不懈努力，终于又有重大收获，一是在东门北侧水泥墙面上发现了4根长度在6～8毫米的毛发，经分析可能是其中一个案犯头部触碰了墙壁，头发嵌进了水泥墙体上；二是在东门北侧墙角的草丛里发现了两处带有血迹的唾液，最有可能的就是，其中一个案犯嘴部受伤，随口将带血的唾液吐在这里。

与此同时，宋志国的侦查组已经把嫌疑对象划定在了平江县职业技术学校，该学校于2008年从平江县迁移到林阳集镇新建的校址，距离案发现场约5千米路程。据调查，案发当日是学校假期的最后一天，大批学生开始返校，很多学生都去集镇上的饭店聚餐。学校要在晚上9点关门，所以9点之后进出学校的学生都是偷偷地从南侧铁栅栏翻越进来。得到此信息，宋志国去经常翻越的地方看了看，结果发现了铁栅栏的栏杆上有些比较新鲜的泥草迹，宋志国立刻将此情况通报给了魏东升。

此处栅栏高近两米，栅栏外是居民区的一条小弄堂，紧贴着栅栏内侧种满了一排广玉兰，因为此处有一盏路灯，这也给翻越栅栏的人提供了很大的便利。

栏杆旁已经架好了竹梯，魏东升毕竟年事已高，爬梯子的任务只有交给叶剑锋了。陈卫国在勘验地面和栏杆，叶剑锋则爬上梯子检查树叶和路灯。

"重大发现啊，师父！"叶剑锋在黑色的路灯杆上发现了指甲大小，很像血迹的印痕。

"哦，是血迹吗？仔细看看。"魏东升也很惊喜。

叶剑锋又仔仔细细地看了看说："应该是血印痕，印痕一边很直，另一边半月形，看纹路像是衣服上的血迹沾染上去的，我看应该是袖口的血迹。"

"嗯，还有其他的痕迹吗？"

"其他都是擦蹭的泥迹。"

"卫国，你们处理下吧，我们去学校里转转。"魏东升同时也叫上了宋志国。

现在学校正是上课时间，魏东升带着大家直接来到了宿舍楼。

"政委，看你这架势像是去抓人啊？"宋志国开玩笑地说。

"你说对了。"魏东升笑了笑说。

"真的啊？现在？"宋志国他们满脸狐疑。

"不过，还是要看运气啊。"魏东升说完，转而又对叶剑锋说，"小叶，看看宿舍前晾晒的衣服哪件纹路比较接近。"

"好几千人的学校，那么多衣服，很难认定啊。"侦查员小于感叹道。

"放心吧。肯定不多！至少能把范围缩得很小。"叶剑锋不以为然。

"哦？导师有何高见。"小于瞪大了双眼问道。

叶剑锋说："一是基本可以排除女生宿舍；二是学生刚放假回学校，不会有很多人在这几天换洗衣服的，现在学生放假哪个不是带一大包脏衣物回家洗干净了再带回来？尤其是男孩子。所以俺师父敢断定昨天洗衣服、现在晾洗衣服的人中很可能有案犯。"

这么一说，大家茅塞顿开。

"乖乖，导师也不简单，这你们都能想得到啊。不过，案犯也有可能直接把衣服扔掉。"

"这不能排除，但我分析案犯衣服上的血如果不多，不会轻易把衣服扔掉的，而是会洗干净照样穿。能干得出这种事的学生，经济条件也不一定好，不会舍得把衣服扔掉的。"

"希望如此啊。"

"所以说，看运气了啊，大家都看仔细点啊。"魏东升看上去信心十足。

3000多人的学校，两幢七层男生宿舍楼，从楼下一眼望去，就能看见宿舍楼层阳台上晾晒的衣物。衣服的确不多，但是走进楼内逐一检查却未发现符合的衣服。难道真的这么倒霉吗？

"大家别灰心，别忘了还有一个地方——洗盥室。"魏东升一句话提醒，大家各自分头寻找。

真是印证了那句老话：法网恢恢，疏而不漏。

最后在2号男生宿舍楼三层的一处洗盥室找到了一盆泡在水里的上衣和牛仔裤，还有一双红色运动鞋。衣物、鞋子浸泡在水里，已经看不出血迹，但还是能看得出鞋底嵌着极少量的泥草和桂花，这盆衣物的所有人嫌疑最大。宋志国他们很快就查出这个人叫沈金强。

为了不打草惊蛇，将这伙凶残的案犯一网打尽，专案组立即对抓捕和突审工作均做了细致周密的预案和部署。

一张无形的法网已经悄然无息地张开。

当晚，专案组以迅雷不及掩耳之势，顺利将嫌疑人沈金强、程月雷抓获。但可惜的是，另一名嫌疑人朱振兴在案发后不见踪迹。

沈金强，男，17岁，身高173厘米，体重58公斤，体态偏瘦，左眼和左面部瘀青肿胀。程月雷，男，17岁，身高171厘米，体重54公斤，体态偏瘦，颈前和胸口前有明显的抓痕。叶剑锋在讯问室分别看到了两人的信息和损伤，这完全符合当初对案犯的刻画，他认定这两人就是凶手。

九死求一生，是大部分杀人案件中案犯的心理，审讯最初，都是抱着侥幸心理，要不就是百般抵赖、相互推诿，要不就是装聋作哑、三缄其口。连夜突审，沈金强、程月雷都是胡说八道、避重就轻。

公安机关破案的标准是，有证据证明犯罪事实是犯罪嫌疑人实施的。现在主要犯罪事实已经基本查清，基本证据已经获取，犯罪嫌疑人或者主要犯罪嫌疑人已经抓获。

所以能否真正破获此案，最重要的是要取得沈金强、程月雷的如实供述和尽快将朱振兴抓捕归案。

江川市局刑科所的同志们一直在加班加点，对不断送来的所有DNA检材进行比对检验。经检验，谭文梅的指甲内发现了程月雷的DNA，现场墙上的毛发和草丛的带血唾液与朱振兴宿舍内用过的牙刷、穿过的衣物上提取到的DNA认定同一，这足以说明朱振兴的确就是第三名案犯。校园路灯上的血迹印痕与死者史浩然DNA认定同一，而谭文梅的阴道里只有赵玉其的精液。

在大量证据、事实面前，程月雷、沈金强的心理防线完全崩溃，在案发后的第三天，两人对自己犯下的罪行供认不讳。

根据两人的口供，结合现场、尸检和侦查，整个犯罪事实和真相基本上大白于天下，作案过程与当初魏东升在案情分析会上所推论的基本一致，最大的出入是，他们最初的作案动机并不是谋财。

9月20日，朱振兴、沈金强、程月雷三人下午返回到学校，先是在网吧上网，直到晚上8点多钟，感觉很饿，就一起来到了林阳集镇的一家饭店把酒言欢、推杯换盏，三人共喝了1瓶白酒、1箱啤酒，酒酣耳热之后，快到晚上10点，三人浑身燥热，色性大起，朱振兴提议去天香镇找几个小妹一起出来玩玩。因为没有出租车，三人只好在集镇上叫了一辆摩的，这辆摩的算上驾驶员，一共挤了四个人，谁知跑了不到4千米，摩的就爆胎了，三人只好步行到天香镇。

三人一字排开，晃晃悠悠走到香山东侧门附近，正好遇到谭文梅。据沈金强和程月雷二人交代，朱振兴看到美貌性感、孤身一人的谭文梅，于是见色起意，就上前搭讪并调戏了几句，结果谭文梅破口大骂，朱振兴感觉颜面尽失，一把抱住了谭文梅，强行吻她，沈金强和程月雷见状也一起抓住谭文梅，把她拖到了香山树林里，谭文梅激烈反抗，她的挎包被拉断。

到了树林深处，沈、程二人按住谭文梅，朱振兴则开始扒拉她的短裙、裤袜，但是谭文梅一直不停地反抗、叫喊，朱振兴打了谭文梅几拳。就在这个过程中，突然从东门跑进来一个男子，他就是史浩然。

史浩然大声呵斥："搞什么！住手！"并且冲了上来，两脚狠狠地踹翻了沈金强和朱振兴。

朱振兴立刻爬了起来骂道："想死啊！再不滚，弄死你！"

酒令智昏，三人毫无顾忌，并没有畏惧史浩然的喝止而逃跑，相反，还和史浩然厮打起来。这个时候，谭文梅见状，爬起来提起短裙和裤子准备逃跑，结果被发现，朱振兴叫程月雷赶紧抓住她。

但是谭文梅依然拼着命叫喊，并且和程月雷厮打起来，双手抓伤了他。程月雷一个人难以控制谭文梅并且恼羞成怒，就用双手掐住了她的脖子。

而与此同时，史浩然激烈地与朱振兴和沈金强搏斗，两人都挨了史浩然好几击重拳，见自己吃了大亏，朱振兴更是情绪失控，掏出随身携带的一把匕首连续刺向史浩然。等到史浩然突然倒地不动后，朱振兴就让程月雷把已经没有呼吸的谭文梅拖过来，然后朝着她左胸部捅了一刀。

在逃离现场的时候，朱振兴还不忘拿走丢在东门口谭文梅的挎包，打开挎包，拿走了包内的一沓人民币，每人分了1000多元。其他的物品，包括手机和杀人的匕首全部扔到了河里。

9月30日，国庆前的最后一天，"9·23"特大杀人案最后一名案犯朱振兴被抓获。

而叶剑锋并没有如释重负的感觉，七天假期，大部分时间都要在办公室度过，在报捕之前他必须要把这次特大杀人案件的法医卷宗全部制作完毕，更让他憋屈的是，原本答应好带着妻儿出去旅游的计划全部化为了泡影，但一想到，能为见义勇为而罹难的英雄沉冤昭雪，能让罪恶的歹人得到应有的严惩，叶剑锋也就释怀了。

06　行李箱碎尸案：蛆语追踪第一杀人现场

"漾"在平江县本地方言里的意思就是小的湖泊。在平江县境内有十多个大大小小的"漾"。其中最大的一个"漾"位于县城东侧，面积约5平方千米，形状似鱼尾，故名"鱼尾漾"。

鱼尾漾的水质鲜活清澈，这里养出的淡水鱼肉肥味美，产量高、效益好，附近的村民祖祖辈辈都靠这片湖水以养鱼为生。

宋大强家的养殖区在鱼尾漾的东南侧，也就是鱼尾的"东尾"。像往常一样，大强撑着木船在湖面上巡视自家的这片网围养鱼区，当他驾船经过东岸边的一片芦苇丛时，闻到了一阵随风吹来的恶臭味。

"找死，谁把死猪扔到这里了！"大强憋着一肚子火，强忍着阵阵恶臭，朝着飘忽而来的气味寻了过去。

他把船慢慢地撑到了芦苇丛里，寻找着恶臭的来源，摸索了十几分钟，恶臭味一阵一阵，来得更加频繁，更加浓烈，宋大强看到了前面不远处芦苇丛的叶子趴满了苍蝇，他用撑船的竹竿拨开芦苇，一堆苍蝇"嗡"一声飞散开了，仔细往里一瞧，一个破旧的行李箱半浮在岸堤下的芦苇丛里。

行李箱的一侧有部分拉链是敞开的，宋大强又大胆地靠近些，费了半天劲，用竹竿捅开了箱子里的塑料袋，捅开后，一向胆壮气粗的宋大强顿时大惊失色，这箱内恶心的东西不像是死猪、死狗，更像是一个人的身体。

宋大强惊慌地回到家后，越想越不对劲，越想越害怕，于是报了警！

叶剑锋接到电话是在上午9点钟左右。

"看清楚了吗？不会是死狗、死猪吧？"在去现场的路上，叶剑锋还是一直怀疑案情的真实性。

以前经常有群众报警称，在河里或者鱼塘里发现一些装有尸体的塑料袋、塑料桶，结果跑去一看，不是死狗、死猪，就是死羊、死猫什么的，大家往往白忙活一场。

"狼来了"的故事不止一次地上演。

"我也希望不是，这样大家都安耽。"陈卫国说的是一口江浙普通话，他说的"安耽"，意思就是"安心"，但他心里很清楚，这次很可能是一起大案，一般人不会用行李箱装死去的家畜。

是或不是？这都要看行李箱里的东西究竟是何物了，大家都等着叶剑锋去确认，处理这些可疑的腐尸，是法医的职责。

四五月份的鱼尾湖碧波荡漾，湖岸边的芦苇青翠茂密，湖面清风拂面。

叶剑锋顾不上欣赏这优美的湖面风光，在宋大强的带领下，大家坐着水上派出所的小艇来到了发现行李箱的芦苇丛里。

刚准备靠近行李箱，突然，四周黑压压、成千上万只苍蝇群魔乱舞般飞来。不时有苍蝇撞击着叶剑锋的面部和全身，这些嗜腐为命的苍蝇对人类的打扰显然比人类对它们的厌恶程度还深。

叶剑锋一边驱赶着这些苍蝇，一边靠近了行李箱。

行李箱拉链上有两个拉锁，但是距离侧面箱子底部14厘米处的拉链上有三个拉齿是坏的，所以这个拉锁死死地卡在了这一侧的拉链上，这就是为什么箱子没有完全闭合的原因。

敞口处，箱内的塑料袋早已经被宋大强用竹竿捅破，通过这处破口，除了能看到里面有大量的蛆虫外，叶剑锋还看到了一处尸块的断面和阴毛。

"尸块！是女性尸块！"叶剑锋看了好几遍，又把手伸进去触摸了几下，完全可以肯定这是一具女性尸体的尸块。

"确定吗？"崔耀军眉头紧蹙。

"确定，分尸案！这下整大了。"叶剑锋失望地告诉他。

"那赶紧，勘查完想办法把东西捞上来。"

箱子不打捞上岸，是没法勘验的。是从这里用绳子直接拉上岸，还是搬到船上运上岸？叶剑锋要想出一个最佳打捞方式。

现场湖岸东面是一片香樟树林，和树林紧挨着的就是连接高速公路收费站与平江县城的一条新建公路。这是一起杀人分尸抛尸案件，而且从现场情况来看，箱子应该是从湖边的堤岸上扔下来的，为了避免破坏现场堤岸上的一些可疑痕迹，叶剑锋决定把箱子搬到船上，从其他的地方打捞上岸，再运到殡仪馆检验，不过什么时候搬，还要看陈卫国他们现场勘验的进度和领导的指示。

技术员在水上、岸上围着箱子勘察了半个多小时后，陈卫国才说："你们把箱子捞上来吧。"

箱子侧面的手柄已经断裂了，只剩下箱子正面的手柄和拉杆还很完整，叶剑锋和周权根两人，一个抓住提手，一个抓住箱子敞开处，合力将箱子拉到了船头。

1000米之外的桥边有个台阶，这里是最好的上岸地点，大家都早已等候在此。

箱子里只装着人体的部分尸块，非常重。在叶剑锋等四五个人的合力之下，才勉强把箱子完整地搬上岸头。

崔耀军看着湿漉漉的箱子，说："快，打开看看。"

每个人都急于知道箱子里到底有什么样的秘密。

叶剑锋捏住箱子另一个没有卡死的拉锁小心翼翼地把箱子拉开。等到他把盖子一掀开，一股沁人骨髓的恶臭扑鼻而来，靠得最近的叶剑锋差点没被这味熏晕。

警戒线外，本来还想拼命挤进来看热闹的群众，再也不用拦着他们了，一个个被这味驱散开来。

崔耀军和陈卫国也先是后退了几步，等这股子臭味完全散开来后，又靠近过来。

作为一个正常人，叶剑锋也怕臭，每次遇到高度腐败的尸体，最开始闻到的时候，他也感到恶心，尤其是在吃饱肚子的时候更有种想吐的感觉，但是作为一个法医，他必须承受这些，绝对不能表现出抗拒的行为，最多有些时候实在受不了，他会屏住呼吸。不过一旦长时间处在一个恶臭的环境里，人体会暂时适应这个环境，嗅觉似乎也不那么灵敏了，不再受到恶臭的刺激了，所以每次有人问到叶剑锋怕不怕臭，他只能回答：习惯了。

唯一喜欢这些腐尸的就只有苍蝇——这种完全变态的昆虫。

箱子里塞得满满的，正好容下这一整块躯干，头颅、四肢都已被肢解分离下来，尸块外还套了两层透明的塑料袋，箱子里、塑料袋和尸体上蠕动着大量的苍蝇幼虫——蛆，这些灰白色的蛆虫正在贪婪地吸食着这块无名尸块的腐肉。

苍蝇、蛆虫令常人厌恶至极，但在法医眼里，却如获至宝。它们很可能会告诉你一些很有价值的东西。

强烈的好奇心驱使着越来越多的过往路人和车辆蜂拥而至，虽然一个个都不敢靠近，但还是踮高了双脚、伸长了脖子翘首围观。这样一来，本来就不宽的马路立刻拥堵起来。

为了防止现场的事态进一步混乱，崔耀军当机立断，对叶剑锋说："赶紧先把东西运走，你在殡仪馆与支队杜所直接碰头。"

魏东升正在省厅举办的全省法医命案培训班上讲课，肯定一时来不了，另一位法医前辈早已"解甲归田"。现在市局只有叶剑锋的小师妹司徒爱喜在，她是刚刚经过特招，考进刑科所的，不过一进来就被DNA室徐主任挖走了。

"师兄，我们直接去殡仪馆等你吧。"叶剑锋刚准备出发，司徒爱喜就打来了电话。

"美女，做好心理准备啊。很恶心的。"叶剑锋不知道这位年轻的小师妹，看到这样的尸块是何反应。

"你以为小师妹我只是个漂亮的花瓶吗？"这师妹貌似并不在意。

"那是那是，美女多如牛毛，但美女法医，全中国就这么一个。"

"你就贫吧，你！"这么一说，司徒爱喜倒不好意思了。

"不扯淡了，你们什么时候到？"叶剑锋转入正题。

"估计十几分钟。"

"我们也刚出发，那殡仪馆见。"

司徒爱喜是坐着市局刑侦支队长余世春的专车来的，同行的还有市局刑科所所长杜自健。

市局领导第一站选在殡仪馆，可见他们急迫地想从尸块上得到死者的信息。叶剑锋他们一下车就直奔解剖室，见到领导们神情严肃，叶剑锋连寒暄都省去了，他介绍了一下基本情况，就立即着手尸块检验工作。

三个法医中，虽说司徒爱喜是市局上级法医，但毕竟参加工作才两年，只有叶剑锋的经验和资历最老，他也是江川市的刑侦行家能手，那么尸检工作肯定以叶剑锋为主要负责人。

箱子里的尸块不能急于剖验，因为整个箱子的里里外外还要再细细地检查一下，看看是否能发现些新的痕迹。

根据箱子的磨损程度和损坏的拉链，说明已经使用过很长一段时间了，箱子的品牌也很普通，不是什么名牌。箱子的表面除了有蠕动的蛆虫，黏附的泥迹，还有苍蝇叮附留下的密密麻麻的污渍。

"这个断裂痕新鲜吗？"余世春问起了箱子一侧断裂的手柄。

"这个看不出来了，这箱子本身在现场有一段时间了，被水泡过。"叶剑锋话锋一转，"不过，这个断裂口不像是直接扳断的，应该是扭断的，力道还不小。"

杜自健是搞痕迹出身的，尤其是对工痕颇有研究，他戴上了手套、口罩，凑近看了看说："这几个断裂口，扭断的痕迹比较明显，还有手柄的另一头，虽然没断，但是也有一段裂痕。"

"你看有没有可能是扔箱子抛尸造成的？"余世春问。

"不排除这种可能，不过还得去现场看看。"

"箱子是扔在一个湖岸下的芦苇丛里，没完全浸入水中，有一部分还漂浮在芦苇上，离岸边有点距离，但是不远，应该是从岸上抛到河里的。"叶剑锋简单介绍了一下现场。

杜自健提醒道："箱子外面没泡到水的地方还是要多擦拭几遍。"

虽说在箱子上提到生物物证的可能性已经微乎其微，做了，也许没有预期想要的结果，但是不做，什么也得不到！

杀人分尸，是一种手段残忍、情节恶劣、影响广泛的恶性案件。案犯分尸的目的就是为了隐匿自己的罪行，逃避法律的惩罚，所以杀人分尸案一般有三大特点：一是抛尸地点的隐蔽性；二是案发时间的滞后性；三是查找尸源的困难性。这些都会给案件的侦破带来很大阻碍和难度。一般分尸案件初步工作主要是围绕着尸块的法医学检验而展开，平江县的这起分尸案件也不例外。

一个人死后，尸体腐败变化有一定的规律，按照腐败的进程可以分为新鲜期、肿胀期、腐败期、后腐败期和残骸期五个阶段。眼前的这具尸块膨胀得很严重，整个躯干近似一个圆柱体，表皮被轻微触碰就会剥脱，而裸露出乌绿色的真皮层，显然这具尸块已经处在高度腐败期。在这种情况下，判断死者的死亡时间难度很大。

打开箱子，等待五分钟，里面的恶臭味散去很多，但是大家还是有些厌恶感，甚至是恐惧。这种感觉不是来自这具腐败的尸块，而是那些大量啃噬腐尸的蛆虫。

尸块阴部的蛆虫最为密集，成百上千，不仅在阴道口堆积成团，而且还有钻入外阴的皮肤下形成了气囊和密密麻麻的"蜂窝孔"。司徒爱喜看到这里忍不住说道："好恶心，头皮直发麻！"

"我还以为你们法医看着没感觉呢？"余世春更是感觉不适。

"都感觉恶心、发麻，我也是。这也算是密集物体恐惧症吧，这种感觉其实每个人都有，只不过有些人表现的症状很强烈，我看我们大家已经算好的了。"叶剑锋其实不光头皮发麻，他感觉全身都发麻，汗毛竖立。

"冲掉吧！"周权根提议用水冲掉这些蛆虫。

"嗯，不过先等等，提取些蛆虫。"叶剑锋赶紧说。

人死后不久，也许就在十几分钟，苍蝇是最先到达尸体并产下蝇卵的昆虫。这些蝇卵会接着发育成幼虫、蛹、成虫，这也是苍蝇从生到死的四个形态。其中幼虫就是大家最常见到的蛆虫，这些蛆虫从卵开始生长直到变成蛹，法医测量出蛆虫的长度，再根据蛆虫的生长规律，可以分析推算出死亡时间。

叶剑锋只需要测量出那些最成熟的蛆虫长度，指的是蛆虫伸展时的最大长度，而蛆虫在不停地蠕动。于是叶剑锋抓获了一些看起来最粗长的蛆虫放入盘内，然后倒入酒精将其杀死，这时候再去测量它们的长度既能得到想要的数据。

"有结果吗？"余世春看到叶剑锋测量完后就急着问。

"最长的也就0.6厘米。"

"现在能推算出时间吗？"

"这个，只能算个大概。"

"那大概是多少？"

"现在是四月底，算春季，一般来说这个季节蛆虫平均每天生长0.1厘米多，按照这种算法，死亡时间在六天左右吧。"叶剑锋也只能给出一个不确定的结果。

"有个大概范围吧？"

"5～7天吧。"

"不能再精确点吗？"

余世春知道三天的误差在正常范围，但他肯定希望再精确点，虽然都想再精确点，但就目前来说，叶剑锋也无能为力。

不过叶剑锋又取了一些蛆虫，放在塑料杯中，并写好了标签。

"叶法医，这是准备当宠物养啊？"余世春不解地问。

"差不多，备用，说不定能用得着。"叶剑锋没有全部说出他的用意，如果能把这些蛆虫饲养成成虫，也就是苍蝇，那么推算死亡时间的准确度会更高。因为这需要很长时间，叶剑锋根据案情的需要，再考虑是不是必须要这么做，但是有备无患还是必要的。

"把蛆虫冲掉吧，一定要慢点，水速不能太急啊。还有，特别要注意几个创面。"叶剑锋收集完这些蛆虫，叮嘱了周权根几句。

蛆虫太多了，用水冲是个简便快速的方法，但这也不是说随便拿水龙头这么一冲就完事，流量要适中，速度控制得要稳，冲力降到最小，这不仅是为了防止冲出的水四处飞溅，更重要的是防止把尸体上关键的物证冲走。

随着缓缓的水流，蛆虫渐渐被冲散，剩下那些潜伏在皮下和组织深处的，只有用手慢慢除去。

虽然只有一块躯干，但是尸检工作并不比完整的尸体来得快、来得简单。

首先五处被分解的部位要逐一检验，这是分析分尸工具和方式的重要依据。

"从颈部离断面开始吧，仔细点，我来记录。"这次，叶剑锋让周权根和司徒爱喜两人操刀，他则在一旁细细观察，这不是偷懒，而是可以兼顾全面、综合地分析各个部位损伤的特征形态，好有个更加合理的推断。

一时间，解剖室里只有相机"咔咔"的拍照声和叶剑锋他们低声讨论的说话声。

"这里有个金属碎片，赶紧拍照，拍完取出来看看，要小心啊。"

叶剑锋小眼睛贼尖，一眼就看出来尸块左大腿处断面的肌肉里镶嵌了一块米粒大小的金属异物。

"什么东西？"余世春急忙问。

叶剑锋叫周权根把东西取下来放在了一张白色 A4 纸上，拿起放大镜看了看说："像是一个长 0.4 厘米、宽 0.2 厘米的银白色金属碎片，而且已经扭曲了，应该是从分尸工具上掉下来的。"

"估计是个什么工具？"余世春是不会放过这个问题的。

"我看菜刀的可能性大。"叶剑锋对自己的这次推断挺有自信。

"哦？"

叶剑锋听出了支队长语调带有些质疑，便说出了理由："这尸块的五处离断面周围的皮肤伴有浅表切创和多处的皮瓣创，这是切割时造成的，而骨骼上有多处砍痕，这又是砍击时造成的，可见案犯肢解尸体的方式是先切割开皮肤、肌肉，然后再砍击骨骼，那么可以分析这个工具既可切割也可砍击。"

"那有没有可能用了两种工具？先拿一种工具切割，再拿另一种工具砍击。"余世春又问。

"不是说一点可能性没有。但是，在每一处离断的骨骼上又有多处深浅不一、方向较为一致的砍痕，这是在分离每一处的骨骼时多次砍击造成的，每处至少砍击了四下，左下肢的这处股骨甚至砍了六下，而且还有一块断裂的金属碎片，这说明该工具的质地和硬度并不适合砍击四肢坚硬的长骨，所以工具的刃口在砍击时造成了扭曲断裂。"

"这么说来，菜刀还是比较符合的，两位小年轻怎么看的？"余世春基本上认可这一推论，转而问爱喜和权根。

"差不多，我认为菜刀比较符合。"司徒爱喜肯定地点了点头。

周权根倒是多说了一句他的想法："可能还是一把多次使用的旧菜刀，证明案犯是就地取材。"

"是啊，想肢解一具尸体对于常人来说并不简单，无论是心理上还是行为上，分尸必定要有封闭、不会被人轻易发现的适合场所，比如密闭的房间、卫生间。一般人家里，菜刀是随手可得。"一直沉默的杜自健所长做了简短而又精辟的补充。

"杜所说得在理，这个案犯明显手法生疏、心理慌乱。你们看，他在分离四肢的时候并没有从关节处下手，而都是在靠近关节的位置，直接拿刀硬砍断了骨头，其实一般的菜刀砍断四肢的长骨真不是件容易的事，经常做饭的人都知道，这和剁猪骨头差不多。"叶剑锋似乎有切身体会。

"师兄会做饭？"司徒爱喜倒有些意外。

"那当然喽！做法医之前，我是厨师。"叶剑锋一直自称是烹饪高手，最擅长烧鱼和炖骨头煲。

"大忽悠。"司徒爱喜知道叶剑锋又在瞎掰。

叶剑锋肯定没做过厨师，但的确烧得一手好菜，只不过没他自己吹嘘的这么夸张。领导还在这里，叶剑锋不便再说题外话了，转而进入到下一步工作。

余世春和杜自健两位领导不可能一直待在解剖室，杜自健带着包装尸块的行李箱和两个塑料袋跟着余世春赶往现场，对这两样包裹物的研究还要更加深入，他需要带回物证室交给痕迹人员去慢慢处理。

"师兄，我和周师兄两人解剖吧。"司徒爱喜想多多练练手，提出自己解剖这具尸块。

解剖技术的好坏、快慢，其实并没太多讲究，主要还是熟能生巧，解剖的尸体越多，技术自然越娴熟，最后才能达到游刃有余的境界。

想当初，叶剑锋刚入行时连头皮都剃不好，他也是经过了十多年的磨炼才渐渐达到今天驾轻就熟的程度。

"那好，以后你正儿八经搞DNA，就没机会练手了，让你过过瘾。"叶剑锋又叮嘱了几句，"切开的时候慢点啊，离远点，先放气。权根，等等别忘了把耻骨联合锯下来。"

人死后，尸体内会有各种腐败细菌大量地生长繁殖，尤其是在胃肠道处会产生大量的腐败气体，整个腹腔形成一个高压的状态，一旦将腹腔剖开一道小小的切口，腔内处于高压的腐败气体就会喷射而出，如果不注意，喷到解剖人员脸上，可能会造成伤害。所以，解剖腐败的尸体，法医首先要有自我保护意识，在刚切开腹腔的时候，法医一般会远离尸体，等到腹腔内的气体基本排除，压力减小后再继续剖下去。解剖胸腔也同样如此。

"放心吧师兄，我会把自己保护得好好的。"司徒爱喜毫无畏惧。

"权根，还记得上次吧？"叶剑锋又要把权根的"典故"搬出来说。

"哦，什么情况？快说说。"司徒爱喜很是好奇。

"让权根自己说呗。"叶剑锋一阵窃笑。

"不堪回首啊，太恶心了！"周权根故作呕吐状，"上次河道里一具高度腐败的无名女尸，指甲都脱落了，因为急着提取肋软骨做DNA，一刀下去的时候，一个不注意，胸腔里的臭气喷我一脸，我用了一瓶酒精擦脸，一盒牙膏刷嘴，作孽啊。"

"你没戴口罩啊。"司徒爱喜也感觉一阵恶心。

"戴了，那也恶心死。"周权根也很无奈。

"所以说，连权根这样的老江湖也有失误的时候。"

"叶大师不也一样，上次缝合的时候，缝合针一不小心戳到手上，吓得他一夜没睡，怕自己成为烈士。"周权根也不甘示弱，揭露叶剑锋的糗事。

"常在河边走，哪有不湿鞋啊，法医绝对是个高风险的职业。不过看到俺们爱喜这样漂亮的妹子也拿起解剖刀，还有啥资格抱怨。"叶剑锋自嘲道。

"唉——都是《鉴证实录》给害的。"司徒爱喜一声叹息。

"不过师妹，你去实验室做DNA也不错的，不用经常跑现场，不用日晒雨淋的，女人干一辈子现场法医，可比男人付出的要多得多哟，等你以后结婚生子，有了家庭就明白了。"

叶剑锋一直不赞成女孩子做现场法医，不仅是作息不规律，而且对身体伤害也不小。最简单地说，连搬运或翻动尸体的体力都不够，毕竟不是每具非正常死亡的尸体都会有人愿意帮忙搬抬的。

"师兄说的我都懂，但干现场法医过瘾刺激啊。"司徒爱喜知道叶剑锋说得很中肯，只不过刚参加工作时间不长，她可没想那么远，而且她还是一个法医专业的研究生，并没有真正学过物证，不想荒废7年大学寒窗苦读学到的专业知识。这点和当年刚参加工作的叶剑锋一样，充满了激情。

闲聊了几句后，大家之前高度紧张的情绪缓解了很多，对于司徒爱喜这样的新人，她更喜欢在轻松的气氛中去工作。

不过平江县的解剖室，少了一件很不起眼的东西——垫脚踏板。它可以让身高偏矮的人站在上面，与解剖台保持最合适的高度以方便检验。

这件东西对叶剑锋他们这样的七尺男儿毫无用处，但是对司徒爱喜这样身材娇小的女孩子尤为重要，所以她的动作有些迟缓。

相比之下周权根的刀就快了很多，胸腹腔很快被完全打开。腐败，让这些五脏六腑如同肉泥一般；腐败，让一些原本有价值的征象随之消亡，更让一些真相随之消亡。这比恶臭更加让人痛恨。

人体内器官组织的腐败速度有所区别，一般胃肠腐败得最快，毛发、骨骼保存时间最长。虽然这具无名尸块的各个器官都已经高度腐败，但可以看得出并没有破损。

相对肺和肝来说，心脏的腐败程度要好些，在死者心脏的表面还可以看到很多出血点，这一点足以让叶剑锋想到了死者最有可能是死于窒息，究竟是勒颈？还是掐颈？已经无法去判断了。

死亡原因固然是法医尸检最为重要的任务，但仅通过对一具尸块的检验是难以实现的。一个问题解决不了，那么就解决下一个问题，叶剑锋把重点任务放在了死亡时间和身份识别上，这两个问题直接决定了案件能否侦破。

"师兄！"

"啥事？等等，马上。"正在卫生间方便的叶剑锋听到司徒爱喜在叫他。

"快拿个平口袋，装胃！"

叶剑锋急忙提起裤子，快步来到解剖室递给师妹一个平口袋。

"你继续忙，我来检查胃内容物。"叶剑锋带上一双乳胶手套说。

检查胃内容物要一闻、二看、三摸，死者胃里的食物成糊状，叶剑锋靠近鼻子用手挥了一下，只嗅得一股令人作呕的味道，他屏住呼吸仔细辨认着胃里的食物残渣。

看完胃内食物残渣，叶剑锋问司徒爱喜："十二指肠里有什么东西？"

"没有明显的食物。"

"米饭、菜叶、肉沫都没发现吗？"叶剑锋在胃内发现了大量的米饭、蔬菜、鸡蛋和肉沫，可见死者最后一餐吃的是一顿普通的饭菜。

"没发现。"

"看来是餐后没多久死亡的。等一下小肠也要剪开。"叶剑锋根据胃内容物的状态推算出死者是在吃完人生最后一顿饭一个小时左右后被杀害。

叶剑锋脑子里忽闪出一个新的想法，从这最后一餐吃的食物来看，不像是早餐，一个女人早上是不会吃这么多白米饭的，而且足足有1斤，看来这最后一餐吃的不是午饭就是晚饭。是午饭，还是晚饭？只能看上一餐死者吃的什么，这要等剪开整个小肠才会知道。

人的小肠盘踞于腹腔之中，成人的小肠一般长5～7米，吃进的食物经过胃的初步消化后，随即下传到小肠进一步消化，食物会在小肠的蠕动下，以一定的速度向前慢慢推进。

周权根和司徒爱喜相互配合，从屈氏韧带处把整个小肠取出了，以一米一段的长度折叠排列开来，剪开一段肠管后发现了大量不易消化的食物残渣和颜色变化。

"死者上一餐吃的有香菇、软骨、辣椒类的东西。"

周权根提取出一些残渣放在白色托盘上。

叶剑锋看了看这些残渣，又测量了肠管内食物推进的距离说："看这些食物残渣，看来死者上一餐吃的是午饭，不会是早饭，而且在死前的五六个小时左右吃的。"

"这么说，死者最后一餐吃的是晚饭，她是在晚饭后被害的。"周权根说。

司徒爱喜是女孩子，她更了解女孩子的饮食习惯，于是叶剑锋问她："爱喜你认为呢？"

"嗯，都消化这么长时间了还有这么多香菇、软骨，不会是早餐，我也觉得是午餐，如果是晚餐或夜宵，那最后一餐吃的东西就不合常理了。"司徒爱喜说这话也是经过深思熟虑的。

叶剑锋想了想说："我们不能说一定是，但这是最合理的解释，从时间上看也说得通，死者午饭后五六个小时左右吃晚饭，晚饭后一个小时左右被害。"

"嗯。"周权根和司徒爱喜同时点了点头。

大家的意见一致，这是让人欣慰的。

还有最后一项工作，就是之前叶剑锋交代的锯耻骨联合。周权根像个木工一样，拿着短锯"吱吱"地锯着耻骨联合，叶剑锋在一旁时不时地矫正他的手法，自己的手机铃声突然响起。

原来是师父魏东升打来的。

"喂，师父。"

"小叶，怎么样了？"

"哦，快收尾了，正在锯耻骨联合。"

"那你们先忙，好了给我打电话。"

"您今天来吗？"

"再看吧，我这里还有好多事。"魏东升在省厅培训班的课还没结束，回不回来要看具体情况了。

"那再联系吧，再见！"

刚挂完电话，周权根已经完工了，一块还连着肌肉的骨头完全被离断下来。

个人识别即身份的识别，是法医尸检工作的一项重要任务，尤其对这样无名的尸块，可以说是首要的任务。

通过尸体的各种骨骼去推断死者的性别、身高、年龄，是个人识别中一种最主要的方式。法医业内人士给这项工作取了一个很文雅的名字，称之为"识骨追踪"。

检验耻骨联合，就是为了推断死者的年龄。

要知道骨质特征，必须除去骨骼上的软组织，叶剑锋用的方法很简单——水煮法。

这和平常人家炖排骨差不多，不过他这锅里加的可不是味精和细盐，而是加酶洗衣粉，因为洗衣粉中碱性蛋白酶的活性，可加速软组织的软化，唯一需注意的是，要掌握好火候，保持恒温状态。

用手术剪剔除大部分肌肉，周权根将耻骨联合扔进了锅里。这口锅虽然是放在解剖室外面，但锅里飘出的千万种味道还是随风而来，他们几个法医倒还能顶得住，但其他的几个负责摄像和拍照的技术员实在是受不了，咽喉处已经在作呕了！

叶剑锋看到他们痛苦的表情，就劝道："列位，你们还是去隔壁办公室躲躲吧。"

刚说完，技术员小李真的跑出去"哇哇"地吐了起来，他这么一吐，似乎引起了连锁反应，另一个技术员小杨也跟着呕了起来。

看到他们两个的狼狈样，几个法医都哈哈大笑，叶剑锋在里面大喊："吐啊吐，慢慢吐，吐完了就习惯了。"

"还笑，哪能和你们比，非正常人类！我再也不敢吃排骨汤了。"小李哭笑不得。

小杨捏着鼻子说："真受不了你们，怎么不拿回你们物证室去煮？"

"那哪来得及啊。"叶剑锋知道这么重大的案件，领导肯定急着要结果，该做的活儿还是要快点做完。

现在还有个问题让叶剑锋很棘手，只有这么一块躯干如何推断出死者的身高？

他没有更好的办法，于是就按照一般人体各部位尺寸与身高的比例来推算，虽然准确性不一定高，但还是可以推算出个大概，除非这个女人是侏儒。

据统计，亚洲女性肩与肩之间的距离一般占身高比例的21.3%，这具尸块的肩距是34厘米，这样算出来的身高是159.6厘米，这倒在正常女性的身高范围之内。叶剑锋把上下误差算作5厘米，那么死者的身高应该在155～165厘米之间，考虑到测量时尸体已经高度腐败和膨胀，数据可能偏大，这样死者身高最接近于155～160厘米。

他觉得这个身高应该错不了。

三个小时的尸检工作终于结束了，收拾好一切检材、工具，三个人在办公室里简单汇总尸检分析意见。

解剖室也安静下来，只有外面钢锅里沸水"咕噜咕噜"翻腾的声音。

"师兄，差不多了吧？"司徒爱喜看了下时间，提醒叶剑锋，耻骨联合估计煮好了。

叶剑锋一直在写尸检分析报告，就说："权根去看看咋样了。"

正在这时，司徒爱喜的手机铃声响起，她拿起电话一看，有些诧异地对叶剑锋说道："是你们崔局长的电话。"

"快接！"

"喂！崔局，您好！"司徒爱喜恭恭敬敬地应声道。

"爱喜，你好！剑锋手机怎么关机了？你们那边好了没有？"

"啊？可能他手机没电了吧，我们快好了。"司徒爱喜一边说着话，一边用手示意叶剑锋看看自己的电话。

"怎么样？有初步结论了吗？"

"差不多了吧，我叫师兄接电话。"说完，司徒爱喜把手机递给了叶剑锋。

叶剑锋接过手机连忙说："不好意思，崔局，我电话没电了。"

"怎么样？"

"刚搞完。我们初步分析，死亡时间估计5～7天，死者可能是在晚饭后一个小时左右被害，分尸工具应该是把菜刀。"

"5～7天？那死者的年龄、身高现在有个初步判断吗？"

"身高不好判断，不过我个人估计在155～160厘米吧，应该是一般女性的身高。至于年龄，我们还要看耻骨联合情况，崔局你们那边进展如何？"

叶剑锋知道排查失踪人口也是当前侦查必需的工作。

"查到有两个前几天失踪的，一个是17岁的女孩，3天前失踪，还有一个是5天前失踪，是个45岁的妇女。"

"哦？那等耻骨联合的结果出来，再告诉你。还有，就是死者最后一餐吃的是米饭、菜叶、肉沫，上一餐吃的是香菇、软骨类的食物，你们也问问看吻不吻合。"告诉崔耀军这些是为了他们能快速筛查出这些失踪人员，当然这些只是初步的排查工作，最终还是要靠DNA的比对，这是最可靠的，也是唯一可以确认的方法，DNA检验需要一定的时间，但侦查工作不能滞后。

"那先这样，你们辛苦了。"

叶剑锋知道他们还没有新的发现。

刚挂完电话，周权根就走了进来。

"好了？挺快的嘛。"叶剑锋看到他已经把耻骨联合一分为二，肌肉、筋膜已经剔除得差不多了。

"嗯，腐败了，容易剥离，就剩点软骨膜了。"

"那再剔剔干净，可别破坏联合面。"

过了半个多小时，周权根终于将耻骨联合剥离干净。

耻骨联合由左右耻骨联合而成，其联合之处就是联合面，联合面上有很多凹凸不平的沟脊，人越年轻沟脊越明显，随着年龄的增长沟脊慢慢会变得平坦。

周权根手上的耻骨联合面沟脊很明显，被残忍分尸的这个女子看来很年轻。具体多大，叶剑锋他们还要根据整个耻骨联合每个不同的特征来推算。

打开随身携带的笔记本电脑，对照各项指标，最后测算出死者年龄在22～24岁之间。这个误差一般很小，保守点估计年龄在20～25岁之间。

叶剑锋立即把这个结果告诉了崔耀军："崔局，年龄应该在20～25岁之间。"

"准吗？"这个对崔耀军很重要。

"差不多，误差不大。"叶剑锋相信死者年龄就在这个范围。

"看来那两个失踪的都不符合啊。"崔耀军有些失望。

"是不符合，不过你们还是再调查调查，再采点他们父母的血样，以防万一，事无绝对啊。"

"嗯，这个我会安排。你们赶紧去吃点饭吧，时间不早了。"

现在已经是下午1点多钟，叶剑锋赶紧招呼大家去吃饭，司徒爱喜虽说是他小师妹，但人家毕竟是上级法医，于公于私都不能怠慢，等会儿还要带她去现场。

吃完午饭，叶剑锋安排周权根去市局送检，自己则回单位换了块手机电池，然后带着司徒爱喜赶往现场。

下午2点半，案发现场的树林外围仍有些零星的群众驻足观望，陈卫国带着几个技术员还在搜索树林。

叶剑锋站在路边朝陈卫国喊了一嗓子："主任，能进来吗？"

陈卫国回头看了一眼说："你们从北面进来。"

发现尸块是在树林西南侧的湖里，陈卫国他们已经确认树林北侧没有可疑的痕迹，这里可以自由进出。

这片香樟树林，高直挺拔，树叶茂密，现在正值树的花期，花叶清香扑鼻，让人神清气爽。树林的地面铺盖着成年累月脱落的老叶，看上去似乎很平坦，其实掩盖了坑洼湿软的泥土地，两人走起来并不顺畅，尤其是司徒爱喜还穿着5厘米高的粗跟高跟鞋，更不方便。

叶剑锋看到她笨拙的样子，笑了笑说："笨丫头，下次出现场，穿双休闲鞋，这样就方便多了。"

"这不是显得我身材高挑吗？"对于女孩子，这个理由很有说服力。

"哎哟，身材已经很完美了。"叶剑锋顺着司徒爱喜的意思夸赞了一句。

"还是师兄会说话。"这小师妹听到这个评价，不管是真是假，看上去是乐开了花。

说笑间，两人很快就来到了陈卫国这里。叶剑锋急切地问陈卫国："主任，咋样？是从这树林里进来的吧？"

"是从东侧的公路进来再穿过南面的树林抛到湖里。"

"案犯对这里很熟啊，不然怎么知道这里有个湖。"一般人的确不知道穿过树林还有一个大湖泊。

"我看不一定。"陈卫国却不这么认为。

听他这么一说，叶剑锋倒来劲了，定要问个究竟："为啥？"

陈卫国带着叶剑锋和司徒爱喜往南侧树林深处，走了一小段路停了下来说："从东侧的公路进到树林往西有箱子的拖痕，一直到这里为止，断断续续有20多米，然后凶手又把箱子往南面拖了一段路。"

陈卫国说完又带着大家继续沿着拖痕向南面走了约15米，他指了指眼前的地面说："看这里的地面，有几处压痕比较深，这是箱子压在地面上形成。"

除了箱子压痕外，还有很多凌乱的踩踏痕，叶剑锋蹲下来看了半天说：

"主任的意思是，案犯原本把箱子扔在了这里？"

"是的。"

"那也许是案犯很累了，想在这里休息，所以停留了一段时间。"

"停留是肯定的，但是我认为不应该是休息。"

"主任高见？"

"你们想想，案犯如果很熟悉这里，并且有意把箱子扔进湖里，他应该从公路一直把箱子拖到往西侧的湖边，再扔掉。完全没必要把箱子拖了20多米后，再往南拖15米，然后又拖往湖边，这不是舍近求远吗？再说，在树林里拖这么重的箱子并不容易。"

听陈卫国这么说，叶剑锋完全开窍了，他拍了拍脑门说："我懂了，你的意思是说案犯原本是把箱子扔到了这里，结果偶然发现了西边有个湖泊，所以又把箱子扔到了湖里。"

"所以说，案犯不一定就熟悉这里，他开始并不知道穿过树林有个湖。还有，你们看，从这里恰好能看到前面湖泊的水面。"

的确如陈卫国所说，虽然这里距湖岸还有20米的距离，但前面湖岸正好有一片空缺的芦苇丛，可以看到远处的湖面。不过叶剑锋还是有点不解，继续问道："你这是在大白天，光线充足。我估计案犯一般不会在大白天抛尸，太显眼。如果是晚上的话，很难看得见吧。"

"晚上也能看得见。"陈卫国很肯定，"你们能看到湖那边的居民区吗？"

陈卫国所说的居民区，正是湖东北岸的一大片新农村建设的居民区。

"看得到。"

"晚上居民区的灯光倒映到湖面上，稍微留意看一下，便知前面有水域。"

"乖乖，狄阁老在世啊。"

"神断！"

听到这里，叶剑锋和司徒爱喜由衷佩服陈卫国的见识和推理。

"这没什么，这是生活常识，平常要注意多观察、多琢磨，自然就知道了。"

陈卫国说得很谦虚，但这是成为一个高人的特质之一，平时善于观察、善于思考，做个有心的人，慢慢就会储备很多看似不起眼的经验。其实这就是一种最简便最有效的知识储备方式，这点以前魏东升也经常对叶剑锋说，的确受益匪浅。

"对了，箱子是在哪里发现的？"司徒爱喜还没到过中心现场。

"案犯后来就是从这里到湖边的，叫你师兄带你去吧，注意地面痕迹，绕开走。"

司徒爱喜跟在叶剑锋后面，踩着厚厚的枯叶、松软的泥地，来到箱子的发现地。

其实，叶剑锋也是第一次站在湖堤上查看中心现场，从这个角度看，下面一览无余。

发现箱子的位置，现在几乎都看不出了，周边的芦苇倒伏得很厉害，而且杂乱无章，叶剑锋估计这一片水域已经被痕迹人员仔细搜索过，便朝着陈卫国那边喊了一嗓子："主任，箱子周围你们已经搜索过了吗？"

"搜过了。"

"有什么发现没？"

"没，不过水上派出所已经到其他地方去搜了。"

看来这里除了那个装着尸块的箱子，其他一无所获，现在只能寄希望能否在湖泊其他地方或周边再发现死者其他身体的部分，如果有，那又多了一条线索。

现在没什么重要的任务，午后的阳光明媚温和，叶剑锋对司徒爱喜说："想去湖上看看吗？他们在搜索其他的尸块。"

"好啊，反正暂时没什么事，去看看也好，顺便还可以欣赏下湖光美色。"

"让你观赏下一半湖色一半城的美景。"

两人走到原先打捞尸体的桥下，叶剑锋便通知了在船上的水上派出所民警老王，等着小快艇来接他们。这里有个45度的斜坡，既方便船靠岸，也方便人上船。

破旧的小快艇刚靠岸，叶剑锋让司徒爱喜先上船，他自己跟着就跳了上来，可能是动作太猛，小艇摇晃得很厉害，差点把司徒爱喜摔到河里，叶剑锋见状一把拉住了她。

老王则拉住了叶剑锋，说："叶法医，你猴急啥，不知道照顾下美女啊。"

"对不起，对不起，急了点，爱喜没吓着吧？"

这老王"奸笑"地说："我看你就是故意的，是不是想乘机'吃豆腐'？"

老王一句玩笑话说得司徒爱喜脸都红了，也让叶剑锋略显尴尬。

"咋会呢！兔子还不吃窝边草呢！我就是有贼心也没贼胆啊，这可是上级派来的。"

"哦，刚分来的，也是法医？那可要照顾好。"

"嗯，这是我师妹，来市局一年多了。"

"哦，幸会幸会。"

"前辈好。"司徒爱喜有些惊魂未定，还是微笑着打了个招呼。

两人跟着小艇沿着湖岸继续搜索，过了一个多小时，可惜还是没收获，腐烂的死狗倒是发现了两只。

阳光倒映在平静的湖面，水波荡漾，让人流连忘返。但是一个电话，他们不得不立刻赶回去。

电话是崔耀军打来的："剑锋，你们还在现场？"

"嗯，跟着水上派出所在搜索。"

"那你们回单位吧，你师父马上来了，你跟他汇报下。"

叶剑锋这才想起来，忘了给师父打电话了，赶忙打去一个电话："不好意思，师父。一直在忙，忘了给您电话了，您已经到了？"

"爱喜已经打过电话了，我还在路上，等等直接去你们单位。"

"那好，我们在单位等您。"挂完电话，叶剑锋对司徒爱喜说，"回去吧，政委快到了。"

一直等到下午5点半，魏东升才匆匆赶来。

打过招呼，崔耀军就说："政委，辛苦了，先去吃饭吧。"

魏东升摇摇手："先不急，看看尸检情况。"

这位老专家这么急着从省城赶回来，可不是只为了吃这顿晚饭的。

大家都拗不过他，叶剑锋连忙打开电脑和尸检记录本，一一向他汇报。

从魏东升的表情，看得出他对三人的法医尸检工作还是比较满意的，基本认同了他们的分析意见。

唯一没有下结论的就是死亡时间。

听完汇报后，魏东升对叶剑锋说："这样，你明天去省城一趟，把提取到的这个小金属片送到省厅。再把蛆虫送到南江大学昆虫研究所，我等等和他们所里的胡教授联系一下，你明天直接去找他。"

金属成分分析决定着分尸工具，蛆虫研究决定着死亡时间，甚至是死亡地点，这些都需要权威、专业的部门才能完成。

魏东升交代了这两项任务后，大家才赶到食堂吃晚饭。

第二天，叶剑锋早早地带上检材赶往省城，陈卫国陪同魏东升和其他几个市局领导去复勘现场，看完现场后，大家紧接着前往指挥部召开案情研讨会，会议断断续续一直开到下午3点。

等叶剑锋从省城回到平江，满大街已经贴上了协查尸源的通告。

法医所推断出的死者身高、年龄还有性别等身份信息均写在了通告上。广告天下，充分发动群众的力量。

只在小小的平江县排查死者身份远远不够，魏东升与陈卫国这两位刑事技术专家有一个大胆的推测，有三个理由支撑着他们的观点。

第一，案犯并不熟悉此地。第二，这也是魏东升从很多起杀人分尸案中摸索出的案犯抛尸规律，分尸后，案犯抛扔尸块一般先近后远、先易后难、先头后身，而平江县"鱼尾漾"只发现了装着躯干的行李箱。由此，他推断这里很可能是最后的抛尸地点。第三，抛尸必有交通工具，而且汽车最为理想。从抛尸地点来看，案犯选择了西侧树林，而没有选择公路东侧的树林，说明案犯驾车是从北往南行驶。根据这几点来研判，上海、江苏、安徽是重点协查地区，杀人分尸案第一现场很可能就在其中。

动用一切可能的手段和资源来查找尸源，是侦破此案的核心任务。

根据"4·26分尸案"专案组的工作部署，除了视频组、技术组，还往周边省市派出了四个侦查组日夜加班加点地进行摸排工作。这样的工作一直持续下去，直到破获此案，看来五一假期是要泡汤了。

叶剑锋不需要整天待在专案组，平江县法医日常工作还需要运转，每天不间断的活体损伤需要检验鉴定，每次非正常死亡也需要勘查检验，但他和周权根都处于24小时待命状态。

时光在一天天地流逝，距离案发时间已经过了两个多星期，案件还是毫无进展，刑侦大楼里每天除了三四个值班的侦查员以外，其他人都很难碰到。

江川市与平江县两级政府和公安局领导多次来到专案指挥部，慰问全体参战人员，同时也下了一道死命令，此案必须限期破获。

大肆宣传的协查尸源通告，毫无结果，送上来的失踪人口DNA信息不下百个，但都被一一排除。现在，平江县大街小巷，包括周边地市，每个人都知道了这起分尸案件，每个人都有心无心地在议论着，专案组的压力日益倍增。

叶剑锋一直坚信这个案件是肯定能破的，但是否能在限定的期限内侦破，谁都不能打包票。每次有人好奇地问他："案子能破吗？"他都会说："我相信肯定能破，只是个时间问题。"

专案组的每一个人都是这么认为的，这也是他们夜以继日不停战斗的一个信念。

送往省厅的金属碎片已经有结果了，这是一块镍铁合金的金属片，也正是菜刀的金属成分，现在就等着送到南江大学的蛆虫检验结论。

崔耀军打了好几次电话问叶剑锋，蛆虫研究结果出来没有？叶剑锋也只能硬着头皮催促昆虫学研究专家胡教授。

送到南江大学昆虫研究所的蛆虫在17天后羽化成成虫，经过研究所的鉴定，这些成虫为红头丽蝇与大头金蝇。根据这两种苍蝇的繁衍规律，胡教授带着他的研究组经过认真演算后，认为叶剑锋送来的这些蛆虫在尸体上的发育时间为4～5天，从而确定死者死亡时间应该是在6～7天。

胡教授把这个结果第一时间通知了魏东升和叶剑锋。

6～7天，叶剑锋取样的时间是在4月26日上午10点多钟，结合解剖的情况，这样来推算死者在4月19日或20日晚饭后被杀的可能性最大。

机会总是给有准备的人。

说是巧合也好，说是幸运也罢，上海的某居民小区内一个正在行窃的小偷被当场抓获。

小偷深夜连续在这个小区盗窃了三家住户，派出所在调查取证时发现，该小区33幢1单元102室的住户始终联系不上，在经过仔细询问和走访调查后，发现102室的住户是一个叫胡芸的租客，据房东反映，这个胡芸已经有

153

三个多星期没有来住过，其身高、年龄，还有失踪时间都与平江县"4·26"分尸案中协查通报上所描述的极为吻合。

调取胡芸的户籍资料后，上海警方及时通知了平江县公安局。

叶剑锋跟着江川市局与平江县局两级领导率领的专案组大队人马，火急火燎地赶往上海。

专案组将案情向上海警方做了详细的介绍，经过协商，胡芸出租房的现场勘验以上海警方为主。叶剑锋当然求之不得，上海警方无论是财力、物力，还是技术水平，肯定不在江川市之下。

经过连夜勘验，上海警方得出的结论是，胡芸的出租房可能不是第一案发现场，换句话说，这里并不是杀人分尸的现场。

这一结论，让人大失所望。

难道胡芸不是死者？这个质疑，很快被DNA的检验结果否定了。在102室提取到胡芸日常用品中的DNA与"4·26"分尸案死者的DNA同一。

侦查方式是多措并举、多路并进，一条路子走不通，一个方案行不成，还有其他很多方法措施。外围侦查员们围绕着死者胡芸生前活动情况和关系人的侦查多管齐下。

现在，侦查上也基本可以确认胡芸在4月20日之前已经被害，这也进一步印证了她4月19日晚饭后被杀的可能，根据这个时间段，侦查员们在胡芸众多的关系人当中排查出了四个嫌疑人。

这个时候，离胡芸被害已经有一个多月了。

这四个人当中，有两个还住在上海，另外两个已经离开了上海，一个在苏州，一个在东莞。四人中谁的嫌疑最大？

为了不贻误时机，必须快速锁定案犯，大家都忙成了一锅粥。在案情分析会上，叶剑锋感觉有些英雄无用武之地，他不是专职侦查员，只能在一旁静静地看着。

叶剑锋想错了，他忽略了一个重要的线索。

"上次胡教授培养的苍蝇是不是有大头金蝇？"魏东升突然问叶剑锋。

"对，大头金蝇与红头丽蝇。"

"这四个人有谁是居住在鱼肉市场、污水沟渠附近？"魏东升又问了一圈专案组的人。

大家一时被问得丈二和尚摸不着头脑，不过大家都知道他肯定话有所指。

"哦，是这样。"魏东升向大家进一步说明他的意思，"在尸体上发现的蛆虫是两种苍蝇产下的，一种叫大头金蝇，数量不少。这种苍蝇常见于人类居住的场所，尤其在鱼肉市场、屠宰场、污水坑、茅厕附近非常之多。我们发现尸块的地方，是在野外湖边，应该极少有这种大头金蝇出现，所以我们大胆设想一下，是否在杀人分尸的地方有大量的这种大头金蝇出现呢？"

"政委什么时候对苍蝇这么感兴趣了？你刚才还说了一种什么蝇来着？"崔耀军听得很入迷，他还从来没听说过苍蝇有这么多的学问，他感到意犹未尽。

"我们法医学还有一门特殊的学科叫"法医昆虫学"，我只懂些皮毛而已，这些都是从南江大学的胡教授那里了解到的。我刚才说的还有一种是红头丽蝇。"

"这个又有什么说法吗？"

"在我们这里，一般尸体上最常见的苍蝇主要是丝光绿蝇和红头丽蝇，这两种苍蝇最大的区别就是，丝光绿蝇喜欢有阳光的地方，红蝇头丽蝇喜欢阴暗的地方。这具尸体最开始在只有红头丽蝇，没有丝光绿蝇的地方，这同样印证了死者是在室内被杀害的。"

"那么麻烦在座的各位领导和同志们了，帮忙看看这四个人当时在上海的居住地情况。"崔耀军代表平江县局请求上海方面给予大力协助。

上海警方一位姓王的副局长连忙说道："崔局见外了，都是兄弟单位，不必这么客气，我们马上部署下去。"

四个人中，一个叫丁洪乔的男子疑点逐步提升，他当时就是住在上海一个鱼肉交易市场附近的出租房内。

两个星期前，也就是案发后的一个星期，他到了东莞。

要完全确定丁洪乔就是这起分尸案的案犯，还需要大量的证据。要知道，前往千里之外的地方去抓一个案犯并不容易，不仅需要当地警方的大力配合，更需要消耗大量的财力、人力。

平江县公安机关就那么点财政经费，是不容白白浪费的，换句话说，不能浪费纳税人的钱。

时隔多日，再去寻找当时点点滴滴的线索，有些困难，不过在这最为关键的时刻，大家的情绪分外高涨，他们心里都很清楚，现在每一步工作、每一点线索都意味着离案犯越来越近，离破案也越来越近。

魏东升带着叶剑锋跟随上海刑事技术人员，赶往丁洪乔当时的出租房。在路上，叶剑锋就一直在想，如果凶手是这个姓丁的，他一定要在丁洪乔的租房找到证据。

好在这间类似单身公寓的简易出租房还没有被租出去，里面设备很简陋。众人均把勘查重点放在了只有6平方米的卫生间内，这里空间不大，但是足以把一个160厘米的女人分成几块。

卫生间已经被打扫得干干净净，这里是否是案发第一现场，很快就见分晓。

特殊的化学试剂，会将肉眼无法看出的残留血迹显露无遗，答案就在喷完试剂的墙面、地面、浴缸上显现出来，如果显现出蓝紫色的荧光，就很可能是血迹，那么这里就很可能是第一杀人现场。

叶剑锋和上海警方的田法医，相对其他人都算年轻体瘦，他们更方便在狭小的卫生间寻找蛛丝马迹。

蹲着看、趴着找、站着瞧，不断变换各种姿态。卫生间的地砖缝隙、马桶脚、浴缸边、天花板都是重中之重，米粒大小的可疑组织、针尖大小的可疑血迹，一一被发现，量不多，但是一旦能够比对上胡芸的DNA，那就足以能认定这里就是杀人分尸的现场。

就在DNA结果出来的当晚，崔耀军与市局刑侦支队长余世春亲自带队，连夜赶赴东莞，将"4·26"杀人分尸案元凶丁洪乔抓捕归案。

当平江县警方出现在丁洪乔的面前时，他没有过多反抗，也没有多说一句话。

丁洪乔不说话，不是因为他有多少狡辩心理，而是他自己心里很清楚，平江县警方在千里之外将他缉拿，肯定已经掌握了大量证据。他不说话，是因为他不想说。

丁洪乔被押解到了平江县。刑侦大队长宋志国根据侦查掌握的诸多证据，旁敲侧击、心平气和、推心置腹地和他聊起了天，烟一根一根地抽，话一句一句地说。

丁洪乔开口说话时已经声泪俱下。

10年的同窗，8年的感情，6年的打拼，胡芸宁愿做别人的小三，也不愿再跟着丁洪乔。

4月19日晚上7点多，丁洪乔约来胡芸，再一次苦苦哀求，但也无法挽回这段感情，他如此爱她，刻骨铭心。

爱之深切，由此生恨，丁洪乔失去理智的双手紧紧掐住了胡芸的脖子。

当发现自己亲手杀死了最爱的人，他极度恐慌与懊悔，他把尸体藏在了卫生间，不停地喝酒、不停地抽烟，他想随她而去，但生存的本能还是让他选择了逃亡之路。

准备好一切，在杀死胡芸的第二天晚上，丁洪乔拿起菜刀将胡芸的尸体大卸八块，包装好各尸块，用租来的汽车，沿着高速一路狂奔，一路抛扔尸块。

4月20日晚上10点，丁洪乔驾车到了平江县境内，这时的他又渴又饿又累，下了高速后开车二十几分钟，他看到了公路两侧大片的树林。停下车，他拎着装有最后一块尸块的行李箱走进了树林深处……

07 河岸弃尸案：腋窝下的鱼鳞甚是蹊跷

"嗡嗡……"

正在沉睡中的叶剑锋被枕边震动的手机惊醒，虽然还处在梦醒迷糊之时，但职业的惯性思维让他意识到：完了，又出事了。

他下意识地拿起手机，吃力地睁开双眼，一看，才凌晨4点20分，是陈卫国的电话。

"主任，又死人了？"

"渔家坝河边发现一具尸体。"

"男的女的？"

"男的。"

"身份清楚不？"

"清楚，尸体可能已经被家属拉回家了。"

"那你赶紧叫他们先别急着给尸体换衣服，还有，尸体千万不要再动了。"

"这个我已经和派出所交代过了，他们在死者家里等着我们，你赶紧准备下。"

"唉，今天又是你值班吧？你个霉人啊。"叶剑锋在这个时候，总是有些怨气。

"霉人"即"倒霉的人"。称陈卫国"霉人"，只是玩笑。其缘由是，自从陈卫国荣升为主任后，近些年平江县的大案要案很多都发生在他当班之日，这样一来，很多人都要跟着加班，而且经常是一个通宵。所以大家戏称他为"霉人"。

当然，这只是一种巧合，不过的确有些诡异。这种诡异的巧合也在叶剑锋和周权根身上发生过。

有很长一段时间，只要叶剑锋一拿指甲钳剪指甲，必定会报来一起死亡案件，正如有些同事所说的那样，这哪里是剪指甲，简直就是要人命。而对于周权根，这四五年里只要他外出培训，平江县必定会发生命案，有几次还是死亡两人以上的案件。对于这些巧合之事，大家只叹无奈，却不迷信。

渔家坝，是平江县东城镇的一个自然村，从平江县到渔家坝也就半个小时路程。

半个小时后，叶剑锋和陈卫国在渔家坝死者家中与派出所民警碰面。

大家在死者家门口的凳子上围坐开，陈卫国首先向东城派出所教导员邵博文了解详细情况。

"邵教，什么情况？"

"死者叫杜宁国，男，41岁，渔家坝人，这里就是他的家。昨天晚上11点半，他离开家去查看承包的牛蛙塘一直未归，直到今天凌晨4点多钟，有人在村北一条河的岸边发现了他的尸体，尸体已经被拉回家了。"

"谁发现的？"

"是他大哥和他老婆。"

听到这儿，陈卫国问了一下附近围观的人："哪位是杜宁国的老婆和他大哥。"

"我。"人群中两个身穿丧服、眼挂泪水的一男一女同时回应道。

"尸体是你们拉回家的吗？"

"嗯。"

"那麻烦你们等一下带我们去现场看看。"

"领导，你们能不能先抓紧把尸体看一下，我们马上要换衣服啊。"死者大哥想抓紧时间操办丧事。

"是啊，是啊。"旁边众多亲朋也都随声附和。

处理非正常死亡的现场和尸体，其中一条原则就是要尊重当地的民风习俗，有些所谓的民风习俗带有迷信的思想，又不能强行禁止，这些民风习俗会对死亡案件的处置带来一定的消极影响和阻滞。

对于一个法医来说，叶剑锋当然不想在死者家中检验尸体，现场昏暗的光线、亲友们的哭闹声，甚至家属的阻挠，这些都极大地干扰着尸检，即便是最初步的尸表检验。

但是，现在叶剑锋也只能顺从民意，先抓紧时间检验，以后再见机行事。

时间紧迫，不容耽搁，尸检越早越好，得到的线索也许更多。

东方的天刚泛出一点鱼肚白，屋子内仍旧昏暗，在一盏暗淡的白炽灯下，杜宁国的遗体被家人直挺挺地摆放在临时搭好的木板上，上面严严实实地铺盖着印花大床单。

掀开床单，叶剑锋问死者妻子："昨晚你老公出去就是穿的这身衣服吗？"

"是的，不过鞋子不见了。"

"出去的时候穿的是什么鞋？"

"酱色的塑料拖鞋。"

"随身带着什么东西？"

"我只看见他带着手电，其他没注意。"

"手电找到了吗？"

"没有。"

现在正值夏季，炎热高温，杜宁国上身只穿着一件黑色短袖汗衫，下身只穿着一条平角内裤和灰色长裤，衣服已经全部被水浸湿。

"你们发现他是在水里还是岸边？"

"河岸边。"

"什么姿势？"

"仰面朝天躺在岸边，头和身子在岸上，只有小腿都是在水里。"

"那你们发现时，他的汗衫和裤子都是湿的吗？"

"湿的！他肯定是掉到水里去了，肯定是被人害死的！"

说到此处，死者妻子又大哭起来。

"这样吧，麻烦你们再拿一盏大功率的灯过来，现在这个光线没法检验。"叶剑锋一边穿上手术服，一边对家属说。

很快，村里人拿来一盏150瓦的白炽灯，重新挂在尸体上方的横杆上。

死者父母和亲属一直在旁边哭喊着，在民警和亲友的劝说安慰下，情绪才稍微有些缓和。

"叶法医，麻烦抓紧时间吧，天已经亮了，等下很多亲友估计都要过来了！"派出所教导员邵博文心急如焚，待会儿亲友就陆陆续续赶过来，而且会越来越多，时间拖得越长，家属情绪会越激动，万一场面失控就麻烦了。

"放心吧，我尽量麻利点。"叶剑锋也知道乡下的风俗，丝毫不敢急慢，最主要的是，这乡下农宅里的蚊子简直嗜血如命，真让人难以忍受。

叶剑锋一边强忍着蚊虫的叮咬，一边检查尸表。

尸表损伤并不多，只有头皮、腰背和左小腿的几处损伤花费了不少时间。

死者大哥见叶剑锋已经检验完尸表，急忙问："法医，怎么样？"

"现在还不好说，但体表没有致命损伤，麻烦你赶快带我们去现场看看。"

不勘验现场，叶剑锋无法回答任何有关尸体的疑问。

渔家坝村北面有一条河道，河流自西向东。在死者大哥和几个村民的带领下，众人穿过村西头一座石桥，往北再转向东侧，沿着农田埂大约走了400米才到达发现尸体的位置。尸体躺卧的地方是在河道北岸，渔家坝村东面200米处，一块种有蚕豆和长满青草的斜坡上，斜度不大，高度两米多。

现场将近四五平方米范围内的蚕豆和青草被踩踏严重。

现场原貌基本被破坏，陈卫国想尽量搞清楚现场的原始情况，他指着斜坡，问死者大哥："你来看看，你弟弟是在哪个位置被发现的？"

"就在这下面，这个树桩旁边。"死者大哥指了指枯萎的树桩东侧。

"发现的时候，尸体是什么姿势，你比画下看看。"

"仰面朝天，上半身在这个岸上，小腿基本都在水里，两只手都是在身体两边，两条腿稍微岔开，膝盖是弯曲的。"

死者大哥一边比画一边介绍。

"当时嘴巴和鼻子外面有白色泡沫吗？"

"没有，脸上都是水，全身都是湿的。"

陈卫国又问了当时帮忙抬尸体的人："还有，你们来的时候，有没有发现河岸边的蚕豆和青草被踩过的痕迹？"

"没注意。"

"没有踩过。"

"应该都是好好的吧。"

……

大家七嘴八舌，也没一个准头，想想也是，在那种情况下，谁会在意这些细节呢？

"你们抬尸体的时候有没有拖拉过尸体？"陈卫国还是想尽可能搞清楚。

"没有，我们是直接抬到床单上的。"

"那按照你们所说，当时除了尸体周围，其他地方应该没被踩过了，这些踩踏痕，可能是你们后来搬运尸体造成的。"

听见陈卫国这么一说，村民都不再说话了，他们现在才知道好心办了坏事，把现场给破坏掉了。

再次向几个人确定了尸体的位置，陈卫国和叶剑锋才开始勘查现场。

除了那些凌乱的踩踏痕，尸体所在地还能看得出原始状态，这片青草原来被压在杜宁国身体之下，明显向上倒伏，草上还有很多湿漉漉的河泥。

这里的确就是尸体被发现时的原始位置。

"这样看来，死者是从水里被拖上岸的。"叶剑锋轻声在陈卫国身边说，"倒伏的青草、河里的淤泥，还有杜宁国背部衣物和皮肤上的擦痕都能印证这一点。"

"嗯。"陈卫国低头沉思了一会儿，"而且当时杜宁国很可能已经死亡，看得出没有挣扎的迹象。"

"那只有两种可能，一种是落水前已经死亡，被人抛进河里；另一种就是落水后死亡，那是谁把他从河里捞上岸的呢？这又是什么意思？"叶剑锋百思不得其解。

"是啊，天晓得！尸体损伤如何？"现场也看不出有价值的东西，陈卫国想听听叶剑锋的意见。

"背部不用多说，肯定是在现场的拖擦痕，最为可疑的就是左小腿后外侧，有一处3.5厘米×2.5厘米大小的皮瓣创，皮瓣吻合后，隐隐约约能看到近1.5厘米×1.5厘米的擦挫伤，这里距离足跟大概25厘米高度，这明显是遭到某类钝性物体快速作用后撕裂开来，整个作用力的方向肯定是自后向前。"

"你是不是怀疑车祸？"叶剑锋还没说完，陈卫国就立刻想到了损伤原因。

"厉害！"叶剑锋向陈卫国竖起大拇指说，"主任看是哪种车可能性最大？"

"摩托车，挡位摩托车。"陈卫国刚才就见过这处损伤，再听叶剑锋这一描述，他也猜了个八九不离十。

"对，我也高度怀疑是摩托车的脚踏杆造成的，因为按照这个高度，只有挡位摩托车的脚踏杆是最为突出的，车速还有点快，正好剐蹭到死者小腿，不然不会造成皮肤撕裂。"

"尸体还有其他损伤吗？"

"没有。"

"头皮呢？"

"肉眼看是肯定没有，除非解剖。"

"那溺水死亡的可能性更大了？"

"现在看是这样，至少从体表看不出严重外伤致死和机械性窒息致死，除非中毒或者死者本身还有什么疾病，比如心脏病、脑出血之类的。"

陈卫国点点头，说："走，再去其他地方看看。"

从现场到死者承包的牛蛙塘，再从牛蛙塘到死者家中，再返回到现场。这样来来回回、反反复复走了好几趟后，一路上既没发现摩托车的刹车痕、撞击痕，也没发现与死者落水处有关的痕迹。

没发现车祸的痕迹，并不奇怪，因为杜宁国的伤最符合两轮挡位摩托车的脚踏杆撞击形成，尸体其他部位并未有撞击痕，这说明摩托车在高速行驶时，比车身更为突出的脚踏杆从后面撞到杜宁国的左小腿外侧，摩托车车身也许并未撞击到死者，或受到撞击，那么车辆没有掉落碎片，地面没有撞击痕或刮擦痕也很正常。

按照这思路，进而再深入分析下去，两人一致认为，杜宁国是被摩托车撞击后，严格来说是擦蹭后，直接掉入河中，因为杜宁国全身几乎没有摔伤的痕迹。

哪里撞击？哪里入水？

在排除了其他所有可能的地方后，陈卫国将目光锁定在渔家坝村北侧河道的村西头的那座石桥上。

这座石桥南北两头横跨在河道之上，长40余米，宽不过就5米，是杜宁国从家到牛蛙塘的必经之路。

石桥两侧为栏板式的水泥栏杆，高有1.1米，每个立柱之间间隔1.5米，建有钢筋水泥挡板，足以保护一般的行人失足坠入河中。但是，桥西边河道正上方有一个立柱和相邻的两块挡板缺失，这样一来，这个位置足有3米多的距离没有任何防护，据村民所说，这是在三天前被一辆小货车撞断的，还没来得及维修。

3米多的缺口，没有任何防护，这里是最符合杜宁国被摩托车撞击后落水的地方。

考虑这很可能是一起交通事故，叶剑锋向交警大队分管事故的副大队长郭远征汇报了此事。

郭远征带着民警匆匆赶来。他们的任务很明确，就是要找到那辆肇事的摩托车。

根据桥面的情况，叶剑锋和陈卫国判断，既然杜宁国是在靠近桥西边栏杆往回走的时候，左小腿被摩托车脚踏杆自后向前撞到而坠河，那只有一种可能性，摩托车行驶方向与杜宁国一致，也是渔家坝村的方向。

杜宁国是半夜11点半才出门的，看完牛蛙塘再赶回来起码要到12点半，这么晚还有摩托车进村，外来的可能性很小，那么摩托车极有可能就是渔家坝本村的村民所有，因为西面进村的路只有这一条。

调查范围限定在最小的范围，这辆肇事的两轮挡位摩托车很快就被郭远征他们查获。

渔家坝村民朱青山在一个码头做搬运工，据他自己回忆，昨天晚上做完最后一份工后，搬运队的工头请大家吃饭。晚上11点多酒足饭饱之后，朱青山就骑着那辆两轮摩托车回家。可能是酒精的作用，朱青山的车速不知不觉就快了起来，刚骑到进村的石桥上时，摩托车因为颠簸了一下，方向有些偏，不巧擦到了一个人，等他反应过来回头看时，没看见桥上有人，但听见了桥下河里有"扑通、扑通"的声音。

"扑通、扑通"，这是杜宁国入水的声音。

朱青山一口咬定杜宁国落水时肯定是活着的，因为他听见水里那个人在骂骂咧咧的，后来听出是杜宁国的声音，怕找他麻烦就急忙跑回家了。

家属和村民都一致反映，杜宁国会游泳，而且水性不差，几年前还救过一个落水的孕妇，这个有据可查。

根据现在所掌握的情况，叶剑锋十分为难，杜宁国到底是车祸伤致死，还是落水后溺死？

郭远征也是一样，不弄清杜宁国的死亡原因，难以准确认定朱青山所要承担的责任。对于家属来说，不弄清死因，杜宁国难以入土为安，更重要的是，可能得不到应有的经济赔偿。

叶剑锋唯一要做的就是找出死亡原因，他向郭远征和家属提出希望能立即解剖尸体。

解剖杜宁国的尸体，肯定要提取所有的组织器官并送到权威的部门做毒物检验、硅藻检验和病理检验。

杜宁国亲属们一听要解剖尸体，还要挖空五脏六腑，就如同被扔了一磅炸弹，他们坚决不同意。

杜宁国尸骨未寒，家属们正处于极度悲伤的状态，现在不同意解剖是叶剑锋和郭远征意料之中的，但是，必须要把理由一一说给他们听。

"你们的心情我们理解，但作为法医，我们只能在解剖、化验后才能弄清死亡的原因，不能让死者死得不清不白，希望你们能理解我们，我们也是按照法律法规办事，我吃这碗饭，就是要干这份活。其实，我也不愿意在这么热的天干这么累的活，谁不想在办公室吹着空调喝着茶，但你们要知道我们是为了还死者一个公道，给活人一个说法。"叶剑锋苦口婆心地向家属解释。

听他这么诚恳的一番话，有些家属情绪稍微稳定了下来，但是还是有很多家属不能理解，吵吵嚷嚷就一句话：说什么都没用！

叶剑锋毕竟年轻，而且还是个法医，肯定不善于做这些基层的群众工作，要完全做通家属的思想工作还要靠交警队的郭远征和派出所的邵博文。

叶剑锋无奈地对他俩说："郭大、邵教，要靠你们两位了，我去车里等你们。"

说完，他就钻进车里避暑去了，忙了大半天，终得一时清闲。

足足等了一个多小时，叶剑锋都有些昏昏欲睡了，这时郭远征敲敲警车的窗户。

"同意了？"

"同意是同意了，但现在肯定不行，家属要办丧事。"

"那只有后天早上了？"乡下习俗，死者在家留三天再送去火化，叶剑锋很清楚。

"家属同意后天早上送殡仪馆再解剖。"

"那只好这样了，不过叫家属这几天用冰棺冰好啊，这大热天尸体腐败得很快。"叶剑锋就怕尸体腐败了，这样会失去很多有价值的线索，对结论的准确性影响很大。

"这个你放心，冰棺他们已经租好了，马上就来。"现在乡下出租冰棺的人很多，这个不难办到。

对于家属和公安来说这是目前最好的处理方式了。

叶剑锋怕有变，又再三交代了几句——继续安抚好家属情绪，解剖一旦定下了就不能再反悔，明天晚上冰棺就要撤掉，尸体要提前解冻。

折腾到下午两点，叶剑锋和陈卫国先撤离了，郭远征和邵博文则留下继续深入调查。

按照约定，尸体解剖如期在平江县殡仪馆解剖室进行。

这几天持续高温，杜宁国的尸体被零下10摄氏度的冰棺冻了两天，虽然保存得很好，但还没有完全化冻。

再次经过一个上午的解冻后，下午1点，叶剑锋和周权根才开始正式的尸检工作。

再进行一次全面的尸表检验，然后一字切口开膛剖腹，剥离头皮环锯颅骨，按部就班，一切进行得异常顺利，可等到心、肝、脾、肾、肺、脑、胰、脊髓、胃一一检查完毕，一一提取之后，叶剑锋依然没发现能查明死亡原因的依据。

没有任何窒息的征象，没有任何溺水的征象，更没有致命的损伤。

干性溺死？心脏疾病？中毒？死因不明？叶剑锋脑瓜子"嗡嗡"的，闪现一个又一个的可能性，就是没有确定性。

难道是中毒？如果是中毒，那必定是一起投毒杀人案了，这可与之前的调查、检验大相径庭，但在没有得到化验结果前，叶剑锋不会轻信一切猜测。

尸检工作一结束，叶剑锋立即将检材送往市局刑科所。

今天是周末，市局刑科所只有少数几个值班的人，正常情况下，毒物化验可能要等到星期一才有结果。叶剑锋可等不起，他软磨硬泡地将毒化室崔主任请回市局加班，同时也向师父做了汇报，这样做的目的有两个：一是让师父了解一下这件目前看来有些蹊跷的案子；二是让师父知道他的下属为了这个案子在辛辛苦苦地加班。

平江县公安局刑侦大楼里，大队长宋志国也一直关注着整个事态的进展情况。

"毒化结果出来了，宋大。"叶剑锋接到崔主任的电话后，对宋志国说。

"怎么样？"

"没有。"

没有中毒，那可以排除投毒杀人的可能性，宋志国倒是松了一口气。叶剑锋却高兴不起来，排除中毒，意味着可能是其他的死因，但目前一点依据都没找到，找不出死因，就成了整个案子的死结！

"那硅藻做了吗？"

"没，市局已经不做硅藻了，现在都送到高校专门的鉴定中心做，我明天一大早就把硅藻和病理检材送到上海，请专家们看看。"

这是找出死因的最后一丝希望。

复旦大学上海医学院司法鉴定中心聚集了国内数一数二的法医病理学专家，是国内几个比较权威的法医鉴定中心之一。

江川市公安系统和他们有多次的业务来往，自然熟悉得很，交流起来也很顺畅，叶剑锋每去一次都能学到不少知识，受益匪浅。

复旦大学的沈教授接下送来的所有检材，叶剑锋紧跟在他后面来到了检材处理室，逐一检验着每一个器官。

病理学检验要经过大体检验、固定、病理切片、染色等一系列工序，最后才能在显微镜下呈现微观组织，检查每一块异常的组织细胞，整个病理学检验结果至少要过三四个星期才能知晓。

沈教授现在所做的只是整个流程的第一步，器官的大体检查，这个检查完全靠肉眼直接观察，那些细微的病变和损伤无法发现。

"小叶，溺水征象明显吗？"

沈教授在大体检查时也没有发现可疑的情况。

"几乎没有，胃内没溺液，各级支气管也没有溺液，双肺没有水性肺气肿，就看你们硅藻的检验结果了。"

沈教授也不禁皱了皱眉："没明显的溺水征象，估计做出硅藻的可能性很小，我这几天抓紧时间先把硅藻做了，一有结果我马上通知你。"

"多谢多谢，还得麻烦沈教授尽量快点。"

"这个案子是有些急，我会亲自盯牢的，你们放心，有什么情况我们及时沟通。"

因为要做病理检验，叶剑锋送来的硅藻检材只有左侧肺、部分肝脏、左侧肾脏和现场水样，虽然没有提供全部的检材，但这几样已经足够。

杜宁国尸体被叶剑锋完全掏空后，居然还找不出死因，家属自然不能理解，一直都在吵着要找公安、找法医讨个说法，而且一听说做什么病理检验还要等一个月，更是闹翻了天。

得知此消息后，叶剑锋中午请沈教授简单吃了顿便饭后，就匆匆赶回平江，以防止事态的进一步恶化。

事态上报到指挥中心，平江县公安局领导，指示刑侦大队和交警大队一起协作，查清此案。如果不搞清楚，家属多日积攒的悲愤情绪一旦失控，很容易发展成群体性事件，那就难以收场了，政府和公安系统都会处于极被动的状态。

事发后，交警大队副大队长郭远征一刻也没闲着，反复询问朱青山当晚的很多细节性问题。但可能因为当天喝得有些上头，很多细节朱青山自己也说不清楚，他只反映了一个比较可疑的情况，当晚他隐隐约约听到桥东面的河道上有船的马达声。

平江县境内河道众多，多数村落都依水而建，很多村民家中都有小渔船，闲暇之时喜欢驾船捕鱼，夜晚十一二点，如果渔家坝村北面这条河道里有船，一定是条渔船。

由宋志国带队的刑侦大队主要的任务之一，就是查找出案发当晚可能经过这段河道的渔船。

一条渔船，难道杜宁国死亡与它有关？杜宁国没有致命伤，没有中毒，也没有淹死的迹象，这条若有似无的渔船又怎么能造成他的死亡？这是条什么样的渔船？

叶剑锋懒洋洋地斜靠在值班室的床头，贪婪地吞吐着香烟，脑袋里却充满了问号。他思来想去，也想不出个所以然，只有等着侦查那边的消息。

宋志国不愧于"破案神手"的称号，从他接手此案，经过缜密的侦查，不到四天，就带领着刑侦大队的弟兄们找到了那条可疑的渔船。

"宋大，厉害啊，这么快就找到了！"

叶剑锋得到消息，急忙打通他的电话。

"那是啊，你以为兄弟们都是吃干饭的？你赶紧来吧。"电话那一头，宋志国颇为得意。

"不敢，不敢，你们在哪儿？"

"陈主任知道，让他带你一起。"

宋志国发现的渔船就停在王家兜村王宏家门前的小河边，这条贯穿王家兜村的小河与渔家坝村北侧河道相通，距离杜宁国尸体的位置有3000米水路。

看上去，这也就是一条普通的水泥机动渔船，船尾装有一台柴油机，并没有什么特别之处。叶剑锋问宋志国："宋大，你们能确定就是这船？"

"大法师，没在乡下待过不知道吧？"宋志国又在调侃叶剑锋。

没等叶剑锋开口，陈卫国就说道："这条船是用来电鱼的。"他是平江县本地人，对乡下村民的生活情况自然一清二楚。

"对，还是陈主任厉害啊。"

"是啊，俺们主任可是500年难得一遇的人才啊，这可不好比。"叶剑锋嘴上说着玩笑话，心里却"咯噔"一下。电鱼？他似乎想到了什么，急忙又问道："那电鱼的工具呢？"

"在王宏家里。"

"去看看。"

王宏家的后院里，有一只上面写着"16V"的电瓶，一个变压器，还有一个捕鱼的网兜，这就是一般电击捕鱼的一套设备。

"这个是怎么用的？"叶剑锋见过这种电鱼的设备，但对它捕鱼的原理却不甚了解。

陈卫国指着电鱼设备说："这个电瓶接上变压器，电流从电瓶出来经过变压器变成交流电，变压器上电流的两极，一个接在网兜上，一个插入水里，如果这个网兜放到水里，就会立即形成电流的回路，那网兜就会有电，可以拿它电鱼，如果网兜离开了水，就会立即断电。"

变压、交流电，这是高中物理知识，叶剑锋立即联想到了杜宁国的死因，干脆打破砂锅问到底："这电瓶只有16伏的电压，经过变压器后电压是多少？"

"据我所知，不低于300伏。"

"300伏？足以电死一个人啊。"

"大法师是怀疑杜宁国被电死的？"宋志国听出叶剑锋的话外之意。

"这个还不敢确定，我没在杜宁国身上发现任何一处电流斑。你看这网兜是钢丝圈成的，另一极也是用钢丝做的，这两极任何一处接触到杜宁国的身上，应该都会有电流斑。"

"那如果没有直接接触身体呢？"宋志国突然问。

"宋大的意思是杜宁国在水中被电到？"叶剑锋想了想说。

"是啊，水里触电会死亡吗？"

"理论上会，这电极在水里的电压是多少？"对此情况，叶剑锋没有太多的经验。

"这个不是很清楚，陈主任知道吗？"

"我也不了解，那要看两个电极的距离和水域范围吧？我看这个还是请教电力部门的专家吧。"这个问题陈卫国也无法回答，他转而问宋志国，"对了，王宏自己怎么说的？"

"他说不知道，没注意水里有人。"

"那他承认前几天半夜去抓鱼了吗？"

"这个倒是承认了。"

"那天都抓的什么鱼？"

"这个倒没问。"

"人在哪里？"

"在所里做笔录。"

"那现在问问看他那天抓的都是些什么鱼？"

打完一通电话后，宋志国说："抓的主要是鲫鱼、仓条鱼，还有黄刺鱼。"

"当晚还有其他的人在这一带抓鱼吗？"

"应该没有了。"

174

叶剑锋听着他们这一番对话，突然感觉恐惧不安，他发现自己当初有个重大的失误，这个失误不是在现场，而是在尸体上。

带电的捕鱼器能否造成杜宁国死亡，还不得而知。但根据现在所掌握的情况来看，杜宁国被电击致死的可能性是有的。

叶剑锋立刻做了一个假设性推理。

如果杜宁国是被王宏的捕鱼器电击致死，那么将尸体拖上岸边的一定是王宏，他抓鱼的手上会黏附很多鱼鳞，在接触尸体的时候很可能会将这些鱼鳞转移到杜宁国的衣物上，尤其是腋窝的地方，量不多，但应该有，而叶剑锋在第一次检验的时候，没有仔细检查衣物隐蔽的位置。

好在叶剑锋养成了一个良好的习惯，每次尸检时都会将死者的衣物分别装在物证袋里，再带回物证室，这样做就是为了能及时弥补在初步检验时被忽略的细微痕迹。

叶剑锋不动声色地走到一旁，给在单位上班的周权根打了一个电话，让他务必将死者的衣物仔细检查一遍，特别是容易被忽视的位置。

半个小时后，周权根来电，杜宁国的汗衫腋窝处的确有鱼鳞，都是些很小的鱼鳞，数量不多。

听到这个消息后叶剑锋总算舒缓了一口气，现在还不是自责的时候，他立刻将这一情况汇报给宋志国。

杜宁国的死亡时间、地点、衣物上的鱼鳞都将疑点指向王宏。

仅凭这些能让王宏开口说出真相吗？

审查，是宋志国的本职，他想来个突击审讯，而叶剑锋则认为时机还不成熟，他同时把新发现的情况告诉了复旦大学的沈教授。

沈教授没有在杜宁国器官中发现与现场水样一致的硅藻，结合之前的解剖，可以完全排除杜宁国是溺水死亡的，那最为可能的就是触电死亡。

叶剑锋认为，当务之急就是弄清王宏的捕鱼器能否导致杜宁国在水中触电，他建议尽快做侦查实验。

侦查实验，是公安机关为了证实在某种条件下，某种事情或某种现象能否发生和怎样发生，以及发生后产生的后果，采用模拟和重演的方法，将事实和现象再现的一种侦查措施。

这次实验的主要目的就是测试捕鱼器的两个极点在入水通电后，周围水域的电压。

做此实验有一定的危险性，且专业技术性强，同时又涉及一条人命，必须由专业和权威的部门来操作。

在南江省，只有南江电力试验研究所才具备这样的仪器和实力。能请动省电力试验研究所的专家们可不容易，需上报省厅刑侦总队。

一个星期后，经总队的介绍，省电力试验研究所的几位专家才赶到平江县。

电力专家在渔家坝村北侧河道中对王宏捕鱼时用的电瓶、变压器分别做了测试。

捕鱼器输出电压为308伏，两个极点入水后，以每个极点为中心，周边1米范围内电压为90伏，电流为0.65安，在这一米范围内间距0.8米时电位差为38～43伏。这就是科学的测试数据。

"这么低的电压会导致一个人的死亡吗？"宋志国和王宏的家属一样，都持怀疑态度。

"一般情况下不会，但在特别潮湿的环境中是有可能的。"叶剑锋说。

"为何？"

要回答这个问题，电力专家更为专业和准确。

不过，既然领导问叶剑锋，他只好就其所知详尽地解释一番："人在水中，身体与水接触有0.6～1米的跨距，这个跨距在现场水中有38伏的电压差，这样一来会有电流通过人体。一般情况，下这么小的电流不会电死人，但如果这电流经过心脏，对心脏损害极大，可引起心室纤维性颤动而导致死亡。"

"哦……看来杜宁国很有可能是被电死的，这也太巧了吧？"

"是不是，最终还要看病理结果，还要排除其他可能性的死因。"

"病理结果还要一个多星期吧？"

"那是病理检验报告，病理结果不需要这么长时间，他们一有发现会打我电话。"

沈教授去美国参加完国际法医学术交流会，就匆匆赶回国内忙于杜宁国尸体的病理检验。

沈教授和其他几位病理专家，一起看过切片，又经过一番分析研讨，最后把检验结果在电话里告诉了叶剑锋。

沈教授把每个病理切片的镜下所见，都详细地告诉了叶剑锋。有很多极专业的病理学名词，叶剑锋也不是很理解，这无关紧要，因为沈教授最后告诉他的一句话是：杜宁国各个脏器，尤其是心脏有符合电击死的病理学改变。

虽然这些病理改变并不是电击死所特有的，但在排除了其他可能的死因后，叶剑锋给杜宁国定的死因是：符合电击致死。

有了这一结论，宋志国自信满满地出现在审讯室，直面王宏，铿锵有力地说："现在可以确定杜宁国就是电击致死，经过我们电力部门专家的研究，他是被你那套捕鱼的设备电死的！你用捕鱼器电死他后，就把尸体拖上了岸，杜宁国衣物上还有你留下的痕迹。"

说到这里，宋志国一拍桌子，突然大吼一句："王宏！你为什么故意杀死杜宁国！"

"不！不是我杀的，我没杀他啊！领导，你可别瞎说啊。"王宏被宋志国这句话吓得不轻。

"你不老实交代，谁能相信你？凭什么相信你？"

"其实我也不知道他怎么就死了，那天晚上10点多，我开船出去电鱼，到了渔家坝村后面的时候，因为拉肚子，我就把船停在了桥东面的河埠头边，然后跑到岸上方便。"

"那你没听到或者看到有人落水？"

"真没听到，更别说看见了。当时我是在一个竹林里，离船估计有十几米。还有就是，船的马达没有熄火，响得很，也听不见其他的什么声音。"

"那后来呢？"

"后来我方便完了，就回到船上，发现一个人上半身趴在我船上，下半身浸在水里，一动也不动。"

"当时人死了吗？"

"估计是死了。"

"你估计怎么死的？"

"我看了下，我那个电鱼的网兜掉到水里去了，我就怀疑这个人被电到了。我记得走的时候网兜是放在船上的，我赶紧把电源切断，把人拉到船上。"

"那个网兜怎么会掉到水里去了？"

"我也不清楚，开始我还以为是小偷要偷船。后来我猜是那个人想爬到船上，在爬的时候不小心把网兜碰到水里，网兜一进水，水里就会有电。"

"那后来怎么处理的尸体？"

"我把人拉到船上，怕被路边桥上的人看到，就运到很远的地方，把人拖到岸上，还抢救了一下，后来看着实在不行了，我就赶紧跑回家。领导，我可真不是故意的啊。"

"只要你说的都是实话，我们自然不会冤枉你！"

"句句属实，绝无谎言！"

杜宁国是被王宏的捕鱼器电死的，但这并不表示是被王宏故意杀死的。

所有证据显示，王宏所交代的情况完全合情合理，都可得到印证，顶多按照过失致人死亡来定罪量刑。

这点宋志国心里是最清楚的。当初，他之所以当着王宏的面说杜宁国是被他故意杀死的，完全是一种声东击西、出奇制胜的策略。王宏一听公安机关给他定了"故意杀人"的罪名，顿时心慌意乱，故意杀人可是死罪，很可能要掉脑袋的！为了保命，王宏不得不把实情全盘托出。

死亡的真相被完全揭开，而此事远远没有结束。

杜宁国先被朱青山酒后驾驶摩托车撞入河中，之后又意外地被王宏的捕鱼器电死，他们两人的罪责在此案中如何认定？经济赔偿又该如何承担？还有那没有及时维修的桥，又该由谁来负责？这都是摆在政府和司法机关面前的难题。

叶剑锋心中倒不再为此而纠结，因为这剩下的难题不必再由他破解了，他自己都不知道又会有什么难搞的案子在等着他。

08 马路谋杀案：冲动在沉默中爆发

"黄怀忠？就是西柳镇上河村的那个黄怀忠？"看到交警大队事故中队中队长吴宏彬手里的死者户籍资料，叶剑锋有些意外。

"叶法医认识这个人？"对于叶剑锋的话，吴宏彬更是意外。

"谈不上认识，但我知道这个人。你还记得三年前西柳镇的杀妻案吗？"

"三年前？"

"就是老公发现老婆偷情，然后用打狗的弓弩杀死老婆的那个案件。"

"哦……听你说过，你不是为此还受到过嘉奖吗？"

"嘉奖就不提了，当时和那个女人偷情的就是这个黄怀忠。"

"就是他啊，我听说当时他还用手机拍了张合影发给那女的老公。"

"对，不然那女的老公也不会杀人了。"

"也难怪，哪个男人能受得了这种屈辱，简直就成了'绿黄瓜'！"

"当时幸亏这小子跑得快，不然也难逃一死。"

"真是石榴裙下死，做鬼也风流，这下倒真成鬼了。"

"这家伙的确很好色，据说还有个外号叫'黄坏种'，意思就是又黄又色又坏。"

"难怪死者家属一直哭喊着说他是被害死的。"

"家属的心情可以理解，像他这样的人，估计欠了一屁股风流债，是值得人怀疑。你们交警现在怎么认定的？"

"110接到报警是晚上10点51分，西柳派出所值班民警先到，然后是120，派出所民警简单看了后，怀疑是交通事故就转到我们事故中队了。从目前调查和现场上看，初步认为可能是一起单方事故，但还不确定，按我们大佬指示，请你们技术上把把关。"

"你们郭大也在现场？"

"郭大亲自带队。"

此刻已是凌晨时分，吴宏彬将载着叶剑锋的警车停在了北桥村村部。

深秋寒夜，冷风瑟瑟，叶剑锋刚打开车门，就一阵哆嗦，乡下的夜晚真是"美丽冻人"。叶剑锋耸了耸肩膀，缩着脖子，带着技术员小杨跟着吴队长朝着北桥村南面的村口走去。

刚下车就听见前面不远处传来一阵啼哭声，哭声并不大，但在这样静谧的深夜，显得尤为刺耳。只穿过几家农宅，很快就看到村口的路边有几个手电的光影在晃动，从现场稀疏的人影中走过来一个身材匀称、体态中等的人。

这就是吴宏彬口中的"大佬"，交警大队副大队长郭远征。

"大法师，不好意思了。"郭大队长从紧绷的面孔里挤出一丝笑容。

叶剑锋苦笑一声，应道："那咋办呢？大佬都亲自带队了，还说啥，赶紧介绍下情况吧。"

"情况是这样。"郭远征介绍了他所掌握的信息，"死者叫黄怀忠，男，

42岁，就住在前面的上河村，是一个拆迁队的工头。今天晚上7点多，他在西柳镇做完活后和工友在饭店里喝酒，喝到9点多，在洗浴中心洗了一个澡，然后就一个人骑摩托车回家，据说他喝了有七八两白酒。晚上10点40分多点，一对暂住在上河村的外地夫妻下夜班，回家路上发现了死者，于是就报了警。"

"尸体被动过了吗？"

"只有120医生接触过，确定死亡后，我们就没再动过。死者家里有老婆、儿子和父母，在那边哭的是死者的姐姐和母亲，其他几个估计在村委会做笔录呢。"

"现场发现什么可疑的东西没？"

"地面除了摩托车倒地时的刮擦痕，没发现明显的刹车痕，也没发现其他车辆的碎片、油漆片等可疑物品。"郭远征打着强光手电，指着地面上的痕迹说，"这条出村口的路正好是一个接近90度的弯道，路面又不是很平整。从现场看，我们初步认为可能是死者酒后高速驾驶摩托车，在这里转弯的时候，造成侧翻摔倒，然后连人带车一起撞到了弯道西侧的树上。死者可能主要伤在头部，而摩托车的破损处很明显就是在摔倒后与地面接触的部位以及撞击到树干上的部位。"

一辆摩托车，一处弧形的地面划擦痕，一具尸体，这是叶剑锋在深夜有限的光源下所看到的现场整体概貌。

在郭远征的介绍下，除了尸体以外，现场的情况基本上已经尽收眼底。尸体比摩托车抛得稍远一些，距离不过两三米，在叶剑锋看来，尸体和摩托车的位置的确符合交通事故现场的一般状态。

地面正如交警勘验的情况一样，基本上可以排除外来车辆与黄怀忠所骑摩托车刮擦、撞击的可能，但叶剑锋还是在没有接触到尸体的情况下，发现了不太寻常的地方。

"郭大，麻烦确认一下，除了120医生，到底还有没有人接触过尸体？"
叶剑锋围着倒地的摩托车转了好几圈后急迫地问。

郭远征本想随口说没有了，但从叶剑锋提问的语气里他明白了这个问题要谨慎回答才是。

打完几个电话，十来分钟后，郭远征几乎肯定地说："派出所朱队长和我，还有死者父母都近距离观察过，但是没触摸过尸体，只有120两个医生接触过。"

"120来的时候，当时你在现场不？"

"我不在，朱队长在。"

"朱队人呢？"

"在村部给报警人做笔录。"

"麻烦叫他来一下吧，我要问一下医生接触尸体时的进出路线和其他变动情况，还有，你们几个从哪个位置靠近的尸体？"

对于叶剑锋如此关注的问题，这次郭远征想都没想就答道："不用找朱队，这个我都问过了。朱队第一个到的现场，立刻就叫人做了保护措施，我们所有人都是从尸体东南侧的外围进去的，现场西侧这半条路我们一直保护封锁的，除了我和小钱勘验现场外，基本没人进来。"

"那摩托车周围120医生是肯定没靠近过了？"

"肯定。"

"那这就有些异常了。"

"怎么？有问题？"听到叶剑锋一说有异常，郭远征心里一惊。

"不确定，等看完再说吧。"叶剑锋没急于表明可疑之处。

"听大法师的意思，可别是个命案吧？"

"那你郭大队长就解脱了，不过现在你是跑不了的。"

叶剑锋说这话，是因为他和郭远征都清楚，如果这不是交通意外的话，那整个案件的调查、侦办工作就要全部移交到刑侦大队，交警队不说抽身事外，但肯定不是主办，顶多是协助，那可省去不少人力、精力了。

当然，郭远征此刻并没有其他多余的想法，和法医、技术员勘验好现场，才是他唯一该做的事。

秋月幽幽，树影森森。摩托车、地面、尸体、树木，整个现场的一切，只呈现在有限的光照下，在有限的范围内只能先查验那些重点部位。

反反复复，来来回回，转了几遍之后，叶剑锋当即做出了判断，他轻声对郭远征说："郭大，这事看来真不简单了，有很大疑点。"

"不会真被我猜中了吧？"郭远征虽有些心理准备，但还是吃了一惊。

"是不是命案，还不敢打包票，但有两个疑点很难用交通意外来解释。"叶剑锋走到摩托车旁说，"第一个疑点，摩托车油箱朝上的一面有一滴可疑血迹。"

"就是这个吗？看上去很像机油。"郭远征指着蓝色油箱上一滴有些发乌的污迹。

"暗红色的血落在蓝色的油箱上，两种颜色叠加，可能看上去有些变色，我刚才用白色棉签轻轻擦拭了一下，的确是血红色，而且还挺新鲜的。还有，就是从它的形态上看，不是在静态情况下滴落上去的，量也不多，说白了，就是一滴血在运动状态下滴落到油箱之上，运动方向恰恰就是从尸体的位置过来的。"

"那有没有可能是尸体碰撞到树上的时候，溅落过来的血？"吴宏彬问。

"绝无可能。"

"这么肯定？"吴宏彬难得听到叶剑锋说话如此坚定。

"那当然。第一，如果是尸体碰撞时飞溅出来的血，不会只有孤立的这一滴，或者说一处；第二，从血迹形态上看，这滴血不是在高速运动的情况下飞落的，因为若血飞溅的速度很快，在成一定夹角的情况下落下时会被拉

184

伸得又窄又长，而这处显然都不符合。"

郭远征听到这里，说道："叶法师的意思，我算明白了，你是说这处血迹，是别人留下的。"

"可以这么理解吧，我在想最有可能的原因，要么就是他人身上有些破损和少量出血，经过摩托车时滴落上去的，要么就是工具上沾染了死者的血，经过这里时滴落下来的。"

"工具？"吴宏彬又吃一惊，问道，"你是说死者被其他东西打击过？"

"对，这就是我接下来要说的第二个疑点。"叶剑锋稍微向尸体位置移动了几步，用手电照着尸体说，"尸体头部的损伤目前看不清楚，但至少在三处以上，它分布的位置很难用一次外力作用来解释，倒更像是受到多次外力作用形成，当然其中可能也有撞击形成的损伤。但最为可疑的是，死者双上肢和双手的内侧有很多细点状的溅落血迹，这极有可能是死者在头部受到打击时，双手做出本能的防护抵抗，这样血才有可能溅落上去。还有就是，不仅死者的手上，死者头部旁边的地面和一些灌木丛的枝叶上也有多处溅落的血迹，这种血迹本身也提示着，死者头部不止受到一次外力作用，大胆推测，符合多次打击形成。"

听到叶剑锋这样详尽而又形象地分析了他的理由，郭远征和吴宏彬不再有任何迟疑，立即掏出口袋里的手机，跑到一旁向大队和局里的有关领导汇报这里的情况。

叶剑锋更是不敢迟疑，他也立即向陈卫国汇报了这里的情况。

35分钟后，刑侦大队和派出所里两辆警车同时赶到。

42分钟后，刑侦大队里第二辆警车赶到。

55分钟后，副局长崔耀军的专车赶到。

"要真是个命案，算是这个村的第三个了吧？"这是崔耀军下车后说的

第一句话。

"三个？上一个是三年前的杀妻案，我是知道的，那第一个是什么时候的？"叶剑锋好奇地问道。

"第一个是六年前的杀夫案，剑锋不记得了？"陈卫国在一旁说。

"杀夫？我怎么没什么印象？"

"这么健忘？就是老婆在老公稀饭里投毒那个案件。"

"哦……想起来了，那次我在警衔晋升培训，这个案子没参加，我记得那年周权根刚参加工作，是我师父赶过来的。"

"嗯，锋哥是不在，我那时候刚来不到三个月，那还是我第一次跟魏老师一起解剖。"周权根倒记得很清楚。

"我听说，那个案件是'潘金莲杀夫'的翻版吧，那个女的是为了要和另外一个男人好，狠下杀手的。"叶剑锋完全回忆起来了。

"知道那个女的是为了谁杀老公的吗？"崔耀军神秘地问了一句。

"不知道。"叶剑锋摇摇头，迟疑了几秒之后，他有些失色地指着尸体说，"不会也是他吧？"

"就是他，黄怀忠，这里之前的两桩命案都和他有关，这回把自己搭进去了。"

听完崔耀军的这一句话，在场的人不由感觉背脊有些发凉，真的有如此蹊跷的事，它真真切切地摆在眼前。

"这也太诡异了吧！"一直沉默的周权根突然挠挠脑袋说。

崔耀军一直绷着脸，正言厉色道："好了，大家动起来，先把能勘验的验掉，能提取的提掉。另外，所里派人做好家属的善后工作并通知家属，这具尸体马上拉到殡仪馆解剖。"

凌晨两点，尸体被停放在了平江县殡仪馆的解剖台上。

"权根，我估计死者死因和死亡时间应该都没什么太大的争议。相对来说，尸表比解剖还要重要，致命伤基本上在头部，等下解剖你主刀颈、胸、腹，我主刀头部，小杨拍照时多留心，尤其是有血迹和污迹的部位，概貌、细目都要拍好。"

叶剑锋再三叮嘱后，大家迅速行动起来，一次尸体检验，需要团队全力合作。

不仅仅是尸检，现场、侦查都同时开辟了自己的战场，对于公安干警，这的确是一场战役，战役能否取得胜利，相互协作也是一个关键因素。

解剖室里，叶剑锋遇到了一时无法解决的问题，即打击死者的致伤物。

世界上的致伤物不计其数，对于造成人体机械性损伤的致伤物，法医把它们大致归为三大类：锐器、钝器、火器。

锐器，一般指带有锐利刃缘或尖端的物体，常见的有刀、匕首、斧头、剪刀等。

钝器，很笼统，是指有钝圆、钝棱、钝角而无锐利锋刃或尖端的物体，可以这么说，日常生活中除了锐器之外几乎都可以算为钝器。

火器，就是指枪弹火炮类，它是大家熟知却不常见的致伤物，不仅是杀人的利器，更是发动战争、改变世界格局的武器。

推断致伤物，依据对每一处损伤的检验，对损伤每一步的分析。

黄怀忠的体表有多处损伤，面部、四肢、腰背多为擦挫伤，显而易见，这些都符合黄怀忠从摩托车上摔下来时形成的摔跌、磕碰伤，造成这些损伤的正是现场不平整的地面和杂物，这是能认定黄怀忠之前发生意外的一个关键因素。

黄怀忠致命的损伤集中在头面部，分布在顶部、右颧弓处、右眉弓处、左额颞部，一共有七处挫裂创。

最长的有4厘米长，创口的形态犹如星芒状，最短的也就1厘米，呈椭圆形，其他创口长度为1.5～2厘米不等，有短条状、撕裂状，还有弧状。多数集中分布在左额颞部，结合现场死者的姿势，可以确定死者最后被打击的部位正是在这里，虽然这里创口只有四处，但打击次数至少有五下，因为这处星芒状的创口，至少有两下连续的打击。

这些创口明显属于钝器损伤，从创口的形态来看属于不规则的损伤，法医很快就看出了创口的种类和形态，虽说简单，但这是推断致伤物重要的两点。

根据这两点，可以推断这个致伤物是一个具有不规则小平面的钝器。

"不会是石块类的工具吧？"虽然头皮还没剥离，颅骨还没暴露，但周权根有了初步推断。

"嗯，的确与石块类损伤相似。"叶剑锋点点头，然后对小杨说，"小杨，你打个电话给主任，让他们扩大搜索范围，看能不能在附近找到可疑的工具，尤其是砖石类的东西。"

"不过这一处创口估计是摔跌时碰撞形成的。"周权根指了指左顶部一个孤立的创口说。

"对，肯定是碰到树干上的，你看创腔内有些很细微的树皮屑，而其他的创腔内都没有。"

"估计撞击力不算很大，至少死者当时还有些行动能力，不然死者被打击的时候就不会有抵抗行为了，只不过这种抵抗能力被削弱了很多。"

"说得没错，除了双手擦伤，那些皮下出血，就是抵抗伤，还有那些溅落血迹。对了，双手有骨折吗？"

周权根仔细检查了四肢说："只有右大腿股骨粗隆附近有骨擦感，其他暂时还没发现明显骨折。"

"等下解剖后再看看肋骨和脊柱。"说完后，叶剑锋又继续检验死者的头颅，但没有急于对头部进行解剖。

人体头皮的血管极为丰富，头皮破损后，血流较多，即使在死后，破损处仍会有渗血，虽然不多，但渗出的血液会掩盖住创口周围一些细微的损伤特征，即便擦除后，还会有少量血液渗出。所以，待周权剖开胸腹部，剪除心、肝、肺后，才会缓解头皮创口渗血的情况。

为了能准确推断出致伤工具，浪费些时间还是值得的，叶剑锋的确发现了一些不寻常的特征。

"锋哥，主任电话。"小杨将刚接通的手机递到叶剑锋的耳旁。

已经剥离头皮、正在观察颅骨的叶剑锋，立刻停下手里的活，歪着脑袋将右耳紧贴着手机："喂，主任，怎么样？"

"附近石头倒有几块，但是都没移动过，其他的可疑工具暂时也没发现，你们是怎么怀疑死者是被石头砸的？"

"原先是怀疑，头皮损伤与砖石类的损伤有些类似，不过现在有了新的发现，我看石块的可能性不是很大，估计是金属类的钝器，具体特征我们还要再研究一下。"

"那先这样吧。"陈卫国匆匆挂断了电话。

致人严重损伤，甚至可以致命的钝器，从质地上可以分为两大类，金属类和非金属类。

金属的硬度一般比人体骨骼要强，"两物相碰软则凹"，金属类的钝器打击头部时造成的骨折，有时与那些硬度相对小些的钝器所造成的骨折特征有所差别，尤其是局部凹陷性的骨折。

黄怀忠头部有两处凹陷性且粉碎性骨折，一处是星芒状挫裂创下，长有3厘米，宽有1.5厘米，还有一处位于左颞部耳朵之上2厘米的位置，长有1.5厘米，宽有1厘米。伴随这两处凹陷性骨折区域边缘还有些细小的骨裂纹，这两处骨折特征符合金属类钝器打击形成。

致伤物的质地为金属类。

那么最关键的一步，就看能否分析出这种致伤物的接触面特征了。

对于眼前这具尸体身上的损伤，要做到这一步，不单单在解剖室就能解决好，叶剑锋和周权根也只有在紧张的尸检过程中挤出时间来分析这些损伤的共有的特征或特有的形态。

从细微的表皮剥脱到皮下出血，从不规则的挫裂创面到骨折，它们有一个共同的特征就是呈短条状，从两处骨折的大小特征，可以判断这个致伤物有一个宽度在1厘米左右的接触面，或者说这个致伤物可能有1厘米左右的厚度，这一个特征在左耳上2厘米处的骨折表现得更为典型。

重新复检四肢皮肤的周权根，指着死者左肩部说："锋哥，你看看这个环形的挫伤，直径1.1厘米左右。"

"其他部位还有吗？"

"左前臂也有一处，不过是弧形，从弧度和宽度看和这个估计差不多大小。"周权根提起死者左前臂说，"你看。"

周权根所说的这两处损伤立即引起了叶剑锋的关注，不仅如此，他将尸体头皮缝合好之后，又将上肢和双手的其他挫伤逐一验过。

"小杨，把这一处损伤细目多拍几张。"叶剑锋指着右手背一处很不起眼的皮下出血说。

"这处挫伤会不会也是这种工具的一个接触面特征？"周权根也指着右手背这处损伤说，"有些三角形的感觉。"

"虽然不能肯定，但确实感觉这个致伤物接触面似乎有一个类似V形的夹角，现在看来这个工具还有一定的钝性边缘，你看这处挫伤的皮下出血外缘的颜色明显要深一些，还有头皮上有些挫裂创，两侧创缘的挫伤带不是很明显，还有部分创口的创缘比较整齐，这都很像是具有钝性边缘的工具打击形成的，钢管肯定可以排除。"

"那现在看来，打击死者的是一种具有边缘、夹角、圆弧等不规则接触面的金属类钝器。"周权根掰着手指总结道。

"还有两点，这个致伤物一是易于挥动，二是质量相对来说不算太重，也就是说这极可能是一种体积不大、便于携带的某种工具。不过这些都是抽象的东西，我这一时也搞不清到底是啥。"

叶剑锋感到很沮丧，直到尸检工作全部结束，他和周权根也没能完成致伤物推断的最后一步。

究竟是何种工具？这也是崔耀军和他的专案组迫切要得到的答案。

自打刑侦部门接手了这个案子之后，侦查工作就紧锣密鼓地开展起来。

在方圆十里八乡老百姓的眼中，黄怀忠不过就是一个风流成性、性情暴躁的顽劣之徒，平时村里人对其都避之不及。这些年他搞了一个小拆迁队，钱倒是赚了一些，但大部分都花在了女人身上，对家里的妻儿老小不管不顾，他的老婆为了自己的孩子，一直任劳任怨维系着这个看似完整的家。

案发当晚，黄怀忠是给一个需要重建的庙宇拆迁，三天活干完后，他自费请手下的四个工友吃饭喝酒。这次扣除工钱后，他自己拿到了3000多元，自然是高兴至极，酒桌上喝了大概七八两白酒，外加四瓶啤酒，直到晚上9点多才结束。

饭后，黄怀忠在一个店门紧闭的水果店门口闹了一通后，又跑进了镇上一家洗浴中心歇脚。直到晚上10点15分，黄怀忠走出洗浴中心，驾驶着摩托车朝着镇西头奔驰而去，这是他回家的方向。

黄怀忠身上的口袋没有被明显翻动，手机、打火机和香烟都在，但随身的钱财不见了。

针对钱财丢失这一工作，侦查上做了大量的调查走访，有两点可以确定，一是黄怀忠平时随身都携带着一个棕色的钱包，案发当晚，他的工友、洗浴中心吧台监控都可以证实他的外套左内衬口袋有一个鼓鼓的钱包；二是当天黄怀忠应该拿了3100元工钱，除去请吃饭、洗浴的费用，至少还有2500

元，这还不包括钱包里原本有的钱。

犯罪升级，一起意外的单方交通事故，看起来已经升级为一起抢劫杀人案。

当然，这不是板上钉钉的结论，质疑声还是有的，叶剑锋就心存疑惑。

如果是想劫取钱财，又何必非要弄死他？从现场和尸体看，当时黄怀忠已经失去有效抵抗力了。还有一点，不能排除在出车祸的时候黄怀忠的钱包甩落出来，被人捡走。

叶剑锋还是倾向于熟人作案，动机可能是谋人，换句话说，可能是仇杀或情杀，毕竟黄怀忠也不是个好人。

谋财也好，谋人也罢，都是主观的推断，一切还是得靠证据。

案发第二天上午，是一个难得一见、万里无云的好天气，陈卫国带着周国安和交警事故中队一起对现场、摩托车以及现场周边的环境、车辆行驶路线重新进行了勘查和评估。

从西柳镇进入北桥村再到死者所在的上河村是一段村级公路，这不是私营厂区和集市的主干道，居住在现场周边的无非是一些村民和暂住在这里的外来务工人员，夜晚9点以后路上车辆不会很多，尤其是大型车辆和小轿车。

案发地点及附近除了摩托车倒地时的刮擦痕和一些摩托车碎片外，再也找不出其他可疑的撞击痕或者其他可疑车辆的碎片，也没有发现可能因车祸而掉落的钱包。

在案情分析会上，崔耀东首先便问："能排除人为车祸的可能吗？"显然，他是怀疑车祸都是有预谋的。

陈卫国说："就目前从现场和周边调查的情况来看，基本可以排除交通肇事的可能。从当时的现场环境、地面条件、摩托车摔跌痕、撞击程度综合分析，可能是死者在大量饮酒后，驾驶摩托车疾驰到弯道时造成车辆失控发生的一场意外。"

"那就是说可能在发生单方事故之后，又被他人趁火打劫？"

"单方事故定性基本没问题，是不是趁火打劫还不好说，但至少是乘人之危吧。"

"我看很像是趁火打劫。"宋志国说，"我知道有人说，在死者抵抗能力丧失的情况下，劫财何必要置人于死地，我觉得这很好解释，案犯很可能与死者是认识的，或者是死者认出了案犯，而被灭口。"

宋志国说得不无道理，虽然这与谋人的观点不一致，但二者也算是殊途同归，都指向熟人作案。

这样一来，专案组把侦查范围划定在现场周边的村落，把重点排查对象划定在可能与死者有过节的人，专案组迅速梳理出了几个有嫌疑的人。

吴根林，北桥村人，三年前因儿媳和黄怀忠有染，儿媳被儿子一怒之下杀死，家破人亡，此后他和老伴心力交瘁地带着6岁的孙女勉强度日，他有杀死黄怀忠的充足理由。

吴金平，上河村人，在西柳镇经营一家摩托车修理店，六年前自己的嫂子因黄怀忠而投毒杀夫，此后他对黄怀忠一直怀恨在心，他和他的父亲多次扬言非要弄死黄怀忠不可，杀人动机不言而喻。

余永新与陈玉是云南人，就是那对报警的夫妇，那晚他们夫妻是最后接触死者的人，有机会也有条件作案。更让人怀疑的是，余永新去年因纠纷被黄怀忠打伤了左眼，医药费到现在还没结清。

那个被黄怀忠当晚闹腾的水果店店主是一个叫"花花"的女人，她在老家经历了一次失败的婚姻之后，来到西柳镇开了一家水果店，她与黄怀忠一直有染，但她现在找了一个可靠的男人，正竭力想摆脱黄怀忠的纠缠。

还有黄怀忠的妻子，一个有怨无悔的母亲，一个忠孝节义的儿媳，一个忍气吞声多年的女人，也会在沉默中爆发出杀人的冲动。

"嫌疑对象不少啊！"崔耀军听着侦查员排查出的一个对象，不禁摇摇头，又问道："这些人当晚的行踪轨迹都调查清楚了吗？"

"正在调查，可能没那么快。"宋志国说。

"想让他死的人是不少，但真正下得去手杀人，恐怕没几个。"陈卫国仔细看了一下这些人员的情况，在一旁突然说，"既然黄怀忠骑车摔倒是个意外，说明案犯杀人没有预谋性，可以说是偶遇碰巧，趁着黄怀忠无力反抗之机，不管出于什么目的，应该是临时起意而动了杀人之念。我在想，黑灯瞎火的，他是如何知道当时倒地的就是黄怀忠？他又为何不顺手捡起身边的石块砸死他，而是特意拿个工具？这个人，不仅与黄怀忠很熟并对他恨之入骨，更重要的是随身还携带着一件可以置人死地的工具，如果能排除尾随的话，就是正好路过此处。"

陈卫国显然把调查范围又缩小了。

叶剑锋紧接着也说道："还有一点，我提醒一下各位，你们在接触这些人的时候，留意一下他们的衣物和鞋袜上有没有可疑的血迹。如果案犯作案后衣服没有全部换洗的话，也许有些部位会留下些血迹，尤其是袖口、衣领这些不起眼的地方很可能会溅落上一些血迹，不光是外衣，内衣的袖口也要注意。"

宋志国点点头说："这样好了，你们法医到时候给带进来询问的人做一个人身检查不就得了。"

"没问题！"叶剑锋说，"不仅如此，这些嫌疑对象的家里最好也要去一下，万一有换洗的衣物或工具呢？"

崔耀军这时突然问："剑锋，你们那个致伤物分析得怎么样了？"

叶剑锋有些惭愧地说："还没头绪，不过我准备马上去支队会诊。"

"那你赶紧去，这边的工作交给权根。"

致伤工具问题必须解决。

叶剑锋认为如果再给他多一点时间，也许他能破解这个谜题，但在侦破命案的战场上，可不是要个人英雄主义的地方，一旦有所延误，战机会稍纵即逝，时间紧迫，他需要师父的支援。

不是所有的命案都能准确地分析出致伤工具，也不是所有命案的破获都靠致伤工具，但这一次，致伤工具很可能就成为案件破获的突破口，迫在眉睫。

魏东升身为刑侦支队政委，办公室设在市局行政办公楼，办公室格局不大，布置精简，但净洁明亮，不说其他，单看地板砖就几乎一尘不染。

敲开办公室的大门，魏东升正在伏案疾书，叶剑锋站在门口叫道："首长好！"

魏东升俯首停笔，抬眼一瞧，说："快进来，站在门口干吗？"

"师父，要脱鞋吗？"

叶剑锋装得还挺像，有进办公室脱鞋的吗？

魏东升知道这个徒弟又在耍贫嘴，他本想说，"你小子又没个正形"，但这回却顺着叶剑锋的话说了一句："那你脱吧！"

"算了，我怕脚臭熏到您。"话音刚落，叶剑锋已经走到了办公桌对面坐了下来。

魏东升把半包烟扔到叶剑锋面前，说："茶自己泡，烟自己拿，你等我先忙完。"

若无外人，叶剑锋在师父面前毫不拘谨，他很"自觉"地坐在一旁抽着师父的好烟，品着师父的好茶。

一根烟的工夫，魏东升将圈圈点点的一沓材料整理好之后，说："好了，东西拿来。"

魏东升问的"东西"，实则是拷满照片的U盘，他将照片拷贝到自己的电脑里，然后边看边听着叶剑锋的介绍。

从现场到尸检，从概貌到细目，照片质量参差不齐，有些照片是重复拍摄，叶剑锋也没来得及整理好，所以魏东升花费了很长时间才将现场和尸检情况一一梳理清楚。

将案件性质、打击方式、死亡原因简单地商讨一番之后，魏东升精选了几张四肢和头部的损伤照片，专心研究致伤工具问题。

叶剑锋站在一旁，向魏东升详细介绍屏幕前的每一张尸体损伤照片。

反反复复看过后，魏东升用手指点了点屏幕说："你们对损伤和工具的特征分析得很到位，像这种接触面形态不规则的工具，一般很难准确地推断出具体是哪种工具，你们能推断到这一步算是可以了。"

"看来我们每一步推断的方向还是对的。"

叶剑锋很欣慰师父对他们工作的肯定，但他刚说完，师父突然话锋一转，说："但是，眼前这个致伤物，你没看出来是哪种，我觉得小叶你有些不应该啊。"

听到师父这么一说，叶剑锋心里慌了，这不仅是因为有些汗颜，更是觉得有些意外，意外的不是师父看出来致伤工具，而是这么快就看出来了。

"我推测是一种金属类工具，但在这一步卡壳了，感觉脑子一下短路了，就是想不出来。"叶剑锋一脸憨笑。

"你啊你，你就是缺乏生活经验，这东西我估计你肯定用过。"魏东升说话的同时，打开了电脑里自己建立多年的文件夹，然后双击一张图片说，"你觉得是不是这东西？"

"活动扳手！"叶剑锋几乎跳了起来，拍了一下后脑门嚷道，"俺的亲娘四舅奶奶！"

"用过吗？"

"用过！用过！"

"这是用来紧固和起松螺母的一种工具，活动钳口开口大小可以调节，钳口闭合就成三角形，钳头两个侧面是螺栓的圆孔，圆孔大小和扳手的厚度一般差不多。你看看死者头部、手背的损伤是不是符合扳手不同的接触面打击形成？"

"越说越像啊。"

"还有一点你没看出来，扳手上有一个可以旋转的调节螺母，一般螺母有四个平行突出的螺纹，这个特征就在死者右手背三角形挫伤的下面。你看到没有？"魏东升指着重新打开的死者右手背损伤图片。

右手背原先发现的三角形挫伤，其实就是活动扳手闭合钳口平面打击的印痕，在这印痕下2厘米的位置有三个纵行排列长约0.5厘米、宽0.1厘米、间隔0.3厘米的短条状轻微擦挫伤，叶剑锋的确忽略了这一点。

"原来这就是螺母上螺纹的打击痕。"叶剑锋这才恍然大悟。

"怎么样，你觉得我的看法合不合理？"

"合理！合理！"叶剑锋除了内心的敬仰，无话可说。

"你啊，平时还是要多注意观察，做个有心人，生活的累积和阅历对做好一个法医也是不可忽略的因素，我不是常说吗，法医其实也是一个'杂家'，尤其是像我们这样跑现场、做尸检的法医，除了专业技能以外，不可能做到样样精通，但是最好要做到样样都懂。"

"是，是，是！"

师父这一席话不止说了一次，这一次叶剑锋又受教了。

刚走出师父办公室，叶剑锋就打电话把这边的意见给到了专案组，致伤工具极可能是一把活动扳手，这成了甄别嫌疑人的一个重要线索。

回到专案组，叶剑锋就迫不及待地问道："怎么样，有眉目了吗？"

一直在外排查的宋志国也是刚回到专案组会议室，他说："根据作案时间、地点，还有你所说的血迹、工具，目前基本排除了先前的几个人，倒是又发现一个可疑人员。"

"谁？"叶剑锋急忙问。

"死者的儿子，叫黄大志，才17岁，他在一家摩托车修理铺帮工，他自己的摩托车后备厢里有些五金类工具，还有一个大号的活动扳手，这是其一。其二，他昨天所穿的衣物已经全部换洗掉了，包括内衣内裤还有鞋子。不过，案发当晚6点多钟，他就收工回家了，家里人和村里一些人都可以证明，但后来是否出去过，不得而知，现在还在调查。"

"那扳手上有血迹吗？"

"明显的血迹没有，如果有的话，估计被清洗过了？"

"他换洗的衣物和那个扳手呢？"

"叫权根送到市局DNA室了。"

"根据你所说的，他倒是真有些嫌疑。"

"疑点是肯定有，但没证据都白扯，希望市局那边能检出点东西来。"

"他人呢？"

"刚带回所里。"

派出所副所长办公室的沙发一角，倚靠着一个泪眼婆娑的女人，办公桌对面的木椅上斜靠着一个低头不语的少年，他们就是死者黄怀忠的妻儿。

"那天晚上10点以后宋阿德打你电话干什么？后来你又去哪里了？赶紧说说清楚！"章所长不断地重复着这个问题。

看来这个叫黄大志的作案时间不仅没排除，可能这段时间也正好外出过，他的疑点增加了。

但看着眼前这个惶恐不安、沉闷寡言的少年，叶剑锋不敢相信，也不愿意相信是他下的毒手，他会亲手杀死自己的父亲吗？这可能吗？

就在24小时传唤时间即将结束之时，这一切不得不让人相信。

市局检查室在活动扳手螺栓和螺母的一些夹层里检出了微量的血迹，经

198

DNA 比对正是黄怀忠的血迹。

"不是我儿子做的！不是他！是我，是我啊！"

当黄大志的双手被戴上手铐的时候，他的母亲瘫软在地上歇斯底里地喊着。

但一切都改变不了这个残酷的现实，黄大志的确杀死了自己的亲生父亲。

那晚10点多钟，家住镇北的宋阿德准备外出时，发现自己的摩托车出了问题，怎么也发动不了，轮胎也似乎被什么卡死了，没有办法，他只好打电话给黄大志，黄大志便立即骑上自己的摩托车去他家。

黄大志在回家的路上，到达北桥村村口时看到了一辆摩托车倒在路边，车牌为"江D E0077"，这不是父亲黄怀忠的车子吗？黄大志又靠近了些，确定了这个倒在地上动弹不得，但嘴里还在骂骂咧咧的人正是自己的父亲，他只是迟疑了一会儿，便走到自己的车旁，从后备厢摸出一个东西砸向了父亲的脑袋。

难以置信，很多人都难以置信！这是为什么？为了抢自己父亲的钱吗？

黄大志说，黄怀忠死了，他和他母亲就解脱了，他是无意中发现露在黄怀忠外套口袋里的钱包的，这么多年，父亲几乎没有给母亲、给家里拿过钱，他顺手拿出钱包，拿出里面一沓钞票后，回家就把钱包和里面的证件全部烧毁了。

黄怀忠的妻子晓雅，在17年前正当谈婚论嫁的时候，却遭到了黄怀忠的强暴。为了一生的名节，晓雅和她的家人没有报警，最后妥协的结果是黄怀忠必须娶晓雅，晓雅痛苦地离开了相恋3年的男友，一个人生的恶果就这样被种下。

婚后不到一年，黄大志出生了，孩子并没有给夫妻二人增添更多感情，黄怀忠甚至怀疑黄大志不是自己的亲生儿子。从小，黄大志就没有得到过多的父爱，好在母亲对他倾尽所有。而黄怀忠还是一如既往地在外浪荡，母子二人不仅得不到黄怀忠的任何关怀，反而遭到他的一次又一次家暴。

黄怀忠醉酒后经常将晓雅绑在床上施暴，这是最不能让人容忍的。黄大志很小的时候，有一次无意中撞见了这可怕的一幕，这在他的内心留下了挥之不去的梦魇。这么多年，他不知如何摆脱这个梦魇，现在他觉得自己做到了。

"可是他毕竟是你的亲生父亲啊。"

当叶剑锋把亲子鉴定的结果告诉黄大志的时候，他一直低头不语，只有几滴泪珠溅落在有些颤抖的双手上。

09 蜡化男尸案：凄惨的真相大白于天下

雨水年年有，今年特别多。九月，夏末初秋，长三角地区进入这一年最后的汛期。

抗洪抢险是平江县政府机关压倒一切工作的首要任务。

叶剑锋是一名法医，更是一名警察，他也参与到这次防汛任务中，下驻青龙派出所，在青龙古镇上随车巡逻，检查和排除街面险情。

洪峰过去，连续两天的巡逻任务也即将结束。早已疲惫不堪的叶剑锋在赶回去的路上，突然接到技术室副主任周国安的电话。

"剑锋，你还在古镇吗？"

"没，我在回城的路上。"

"那你赶紧掉头吧，青石沟的一条河边发现了一具尸体。"

"青石沟？具体哪个位置？"

"山北。"

"哦，知道了，你们在哪？"叶剑锋昨天还在那一带巡逻过，因此比较熟悉。

"我们在路上了。"

"权根来了吗？"

"在。"

"那我在现场等你们。"

说罢，叶剑锋调头转向，将车开往青石沟方向。

尸体发现处，并不难找，车一直往青石沟北面开，远远望去很多人头攒动的地方肯定就是了，人们对新奇事物总有强烈的好奇心，何况还是骇人听闻的一具尸体。

"麻烦大家让让，这有什么好看的啊？"叶剑锋一边拨开人群一边挤进现场。

"叶法医，我们又见面了。"派出所刑侦副所长宋益达迎上前。

昨天还和他在一起，今天换个场合又见面了。

"缘分，缘分。"叶剑锋苦笑一声问，"尸体在哪？"

"那块石头下面。"

宋益达指向河岸浅滩下几块自山脚处凸向河床的巨石。

巨石下积满了淤泥和杂物，从岸上望去，这中间勉强能看出一具裹着淤泥、形状近似人形的东西。

叶剑锋怀疑这是不是一具尸体。

"好眼力，谁发现的？"

"一个抓鱼的。"

"抓鱼？这种天还出来抓鱼？"

"他也是报案人，这个人就住在青石街，昨天下午河水退潮之后就跑到这小河沟里抓鱼，你别小看他，昨天一下午就抓了20多斤，卖了400多元钱。"

"这么赚钱？"

"全当作野鱼卖，据他说，其实昨天他就发现这个了，但因为只顾着抓鱼，也没在意。今天上午，他又来抓鱼的时候，仔细看了一下好像是人的尸体，就报警了。"

"别好像啊，能确定不？"

"那倒不能确定，这人没敢靠得太近。"

不会又是个服装店的模特架吧？叶剑锋这么想，不无道理，昨天在防汛巡察时，他就在一条河道边发现了一具粘满淤泥的服装模特架。

叶剑锋决定先下去看个究竟。乳胶手套，他随身挎包里就有，可如何靠近尸体是个难题。

这是一条山涧小河，自青龙山经过青石沟再流至青龙古镇，河床宽，岸堤坡度小，河床中间是一条宽15米、深2米多的深河沟。平时，河水只流经这条小河沟，可一旦遇到雨季汛期，那暴涨的河水会漫过河沟，涨到两侧缓坡河床之上。现在，洪峰过后，潮水退去，部分河床裸露出来，留下积满泥水的浅滩。

"宋所，那个报案的人呢？"叶剑锋想到了下去的办法。

"在家吧。"

"帮忙问问，他家有下水裤吗？有的话借来穿一下，我先下去看看。"

下水裤，就是具有一定防水效果的服装，最常见的由橡胶制成。一般渔民家中都有，想必那个抓鱼的人也会有。

果然，宋益达几个电话一打，派出所的协警就很快送来两套下水裤。

叶剑锋笨手笨脚地穿好下水裤，戴上乳胶手套，深一脚浅一脚，步履艰难地向浅滩深处走去，等到手指能触及这具可疑的尸体时，泥水已没过了他的膝盖。

这的确是一具尸体。叶剑锋已经闻到阵阵夹杂泥腥味的尸臭，但这臭味并不像一般高腐败的尸体那样强烈，还夹杂着酸臭味。

尸体漂浮在浅滩的泥水上，仰面朝天，轻轻拨开头面部的杂物，只能看出人脸的轮廓。尸体未被淤泥覆盖的地方，裸露出灰白色的皮肤，轻微用点力，就能从皮肤上抠下几块石灰样的东西，但和石灰不一样，这些东西既硬又脆，一捏就碎，而且这碎末很滑，和肥皂一样滑。

工作十来年，这样的尸体，叶剑锋只见到过一次。这不是一具普通的腐败尸体，这是一具已经几乎完全蜡化的尸体。

处理此类尸体要格外小心，一个不小心就会破坏尸体，尤其是在打捞和搬运环节。叶剑锋不敢再去触碰一下，只等着大队人马到来。

刚返回岸边，宋益达就问道："叶法医，怎么样？"

"等下让你见识下什么叫'蜡人'。不过，麻烦大所长先做两件事。"

"什么事？说。"

"再找三套下水裤，然后叫辆殡葬车。"

"三套？这恐怕难办。"

"那至少要再找两套。不然这尸体不好搬。"

"那我去想办法。"

"你快去吧，我在这里等周法医他们。"

宋益达走后，叶剑锋马上问旁边群众："请问下，这河上游有几个村庄？"

"有四个。"

"不止四个，绿林县那边还有几个，应该有五六个村。"

"差不多五六个，有100多户。"

热心群众七嘴八舌，各种说法，倒把叶剑锋弄糊涂了，到底几个？肯定好几个。

大家叽里呱啦说着，人群突然被分开，从中间走进来的是周权根和周国安。

"就你们两个？"叶剑锋希望多来些人。

"哪有人啊，都在外面忙，有你们两个大法师在，还怕搞不定？这尸体有问题吗？"周国安嘴里嘟嘟囔囔的。

"尸体都没看，鬼知道啊。"叶剑锋递给周国安一套下水裤，"搞不搞得定，你先穿上我这行头下去试试就知道了。"

周国安属于痕迹技术员，但就他一个人，只好兼职现场照相的任务。

严格来说，勘验死亡现场，除了法医之外，还有痕迹技术员、照相技术员、指挥员。但在这县区级公安基层的技术中队里，技术人员紧缺，按照这种人员配置，不可能完成所有案件的勘验和鉴定任务，各专业的技术人员往往要兼职其他专业的工作，那些原本搞痕迹、文检、影像的人也就不分彼此。

现场多、任务重的时候，法医有可能也要顶上。以前，魏东升在平江县任法医的时候，经常作为技术员勘查盗窃现场。然而法医这个专业更为特殊，人手再不足，也不可以由其他非专业的人来顶替。

小河沟里的这具尸体，很明显是在汛期被潮水冲到这里的，现场环境虽然复杂，但勘验工作量并不大，几乎没有什么有价值的痕迹可勘验，也没有什么有价值的物证可提取，周国安一个人完全能胜任。

其实最有价值的线索，都来自这具无名尸体，第一个重任完全落在了法医的肩上。

周国安的现场勘验即将接近尾声，宋益达又带了两套下水裤匆匆赶来，他自己也穿了一套，准备亲自下河帮忙搬运尸体。

一切准备就绪，殡葬车也正好赶到。

四个人穿着笨重的下水裤，缓慢跋涉到尸体旁边，两人分别抓住尸体双脚，两人分别抓住尸体胳膊，费了九牛二虎之力，才将尸体抬上岸，放进裹尸袋里。

一上岸，宋益达便退到远远的地方，看了几眼，捂着鼻子说："这人身上怎么这么多石灰渣啊？"

尸体表面除了淤泥，还夹杂着很多灰白色的碎末，看上去的确像石灰渣。

围观的老百姓不约而同地四下散开，很快又在远处重新聚集，跟着宋益达的话茬，又纷纷议论开来。

"这是掉进石灰池淹死的吧。"

"不是，估计是死后土葬，埋的时候洒了好多石灰。"

"不会吧，衣服都没换，就这样埋掉？八成是被人搞死，扔到河里的。"

……

叶剑锋听到这些，并没有觉得他们的话可笑，倒觉得有些分析还是很有道理的，群众的智慧果然是无穷的，但对宋益达的误解他还要澄清一下。

叶剑锋把宋益达拉到人群之外，故作神秘地说："宋所，这可不是石灰。"

"不是？那是什么？"宋益达深呼一口气问。

"尸蜡！"叶剑锋答道。

"尸蜡？"跟在身后的周权根居然比宋益达还吃惊，"尸蜡我还是第一次见，而且还是全身尸蜡。"

"周法医也没见过？"宋益达很意外。

"没见过也不奇怪，我也就是第二次见，第一次见还是刚毕业那会儿。"

"新奇！看来真是难得一见啊！那我也算是大开眼界了，这尸蜡是什么玩意儿？"

何谓尸蜡？这个在"法医病理学"的教科书上介绍得很详尽。在现场，叶剑锋只能简单地做个说明："尸蜡就是尸体在腐败的过程中，皮下脂肪组织被分解为脂肪酸，这种脂肪酸一部分溶于水，和水里的钙、镁结合形成脂肪酸盐，变成皂化物，还有一部分脂肪酸经过氢化作用后沉积下来，和脂肪酸盐共同形成了尸蜡。"

"太过专业，有点迷糊，我见过很多水中的尸体，好像没怎么见过你说的尸蜡。"

"那是因为形成尸蜡要特定的环境条件，尸体在水中或湿土中，皮肤被水浸软变得疏松，尸体腐败停止，这种情况下才有可能形成尸蜡，但也不一定形成，一般形成尸蜡要三四个月。"

"这具尸体看得出多长时间了？"

"全身都有尸蜡的话，一般要一年或一年半，要麻烦你们，调查看看这附近有一年前失踪的人没？"

"这是肯定的，不过我总要知道死者的性别、身高、衣着什么的吧？"

"那是，马上给你。"

眼前死者身上的衣物经过尸体的腐败和泥水的浸泡，大部分已经褪去原本的颜色，柔软的棉料更是变得像油纸一样，不过还是可以看得出死者上身穿着一件蓝白条纹的短袖汗衫，下身穿着一条灰色秋裤。撩开裤子，看得出这是一名男性，但年龄不详，身高估计在170厘米以上，死亡时间估计一年到两年。

目前，宋益达只能根据这些零散的信息去调查尸源，这项工作，他从现场就开始了，可问遍周围凑热闹的群众，没一个说知道的，也没有人提供有价值的线索。

再待在这里也是浪费时间，尸体要尽快检验，叶剑锋决定转移阵地，目标是殡仪馆。

尸蜡的味道和一般高度腐败尸体的臭味不太一样，它有股酸臭味，到了解剖室，这味道越发明显，患有急性鼻炎的叶剑锋对这味道尤为敏感，接连打了好几个喷嚏。

叶剑锋的鼻子一时难以适应这味道，于是就让周权根先把尸体上的淤泥和杂物清除干净，他则在一旁做"监工"，再三叮嘱周权根冲洗尸体时应该注意的问题。

尸体最外层的黑色淤泥慢慢被冲掉，呈现在叶剑锋面前的尸体除了那些被蜡化的皮肤和破损的衣物，四肢和面部的皮肤组织也是破损的，甚至有些组织已经完全缺损，部分骨头也暴露在外。

"锋哥，要不要请市局也来看看？"周国安看得出这具尸体可能很难弄。

"不急，看看再说，先别轻易惊动领导，领导很忙。"在还没有深入了解的情况下就向上级汇报，叶剑锋觉得太草率，说不定还会挨批。

最起码，要把尸表仔细检查一遍。

尸蜡是高度腐败尸体的一种特殊产物和现象，它不溶于水，可以保存死者生前的损伤，如何鉴识这些损伤，是对法医专业能力极大的考验。这具尸体大部分皮肤组织都已被蜡化，从外到内，从头到脚都要反复检查，能否看出点名堂，着实考验一个人的功力。

细微的损伤几乎是不可能发现了，所有肉眼可见的痕迹和损伤才是重点。

叶剑锋和周权根经过一个小时的检验，说不上十分细微、面面俱到，但已经发现了几处极不寻常的现象。

第一，死者衣物穿着不寻常。死者下身没穿内裤，只穿着一条秋裤，一般情况下，一般人不会不穿内裤，除了睡觉，一般也不会只穿秋裤不穿外裤。另外，死者上身蓝白条纹的短袖汗衫很像水兵的"海军衫"，难道死者当过水兵？这年头，在本地，一般人也很少穿了，难道是外地人？

第二，尸表的附着物不寻常。死者的尸表外还黏附着一些黄色的泥巴，尤其是部分衣物已经被浸染成土黄色，说明尸体在很长一段时间内与黄泥曾紧密接触。这种黄泥，在皖南山区很常见，但在青龙山这一带很少，难道死者死后被掩埋过？

第三，死者右额颞部有凹陷性骨折。尸体头皮脂肪少，蜡化得不严重，头皮损伤显而易见，创口大小不一，这本并不算异常之处，这些损伤也许是在激流中与河沟里的岩石撞击形成的。但深入细致看，问题就出来了，额颞部有一处长5厘米、宽1厘米的不规则创口，此创口处的骨膜完全破裂，撑开创口，直接就可看到下面的颅骨，颅骨有6厘米×4.5厘米大小的凹陷区，形似卵圆状，凹陷区颅骨碎裂成多块，骨折边缘呈圆弧形伴有骨裂纹，这就是问题所在，更像钝器打击形成，当然也不能排除撞击。

为了完全搞清楚骨折的形态和特征，叶剑锋决定打破常规，先剥离骨折处周围的头皮，将骨折区完全暴露。

剥离这里的头皮需要格外小心，一不能破坏原发的损伤，二不能破坏骨碎片的形态。

叶剑锋紧紧抓握住刀柄，用力按住薄叶般的刀刃，在头皮上深深地划了道弧形切口，然后换成执笔式拿捏着刀柄，再用刀刃一层一层剥离下去。

叶剑锋一点一点将碎骨片上致密的骨膜剥离干净后，更多的骨碎片暴露无遗，没了骨膜附着的碎片好似剥脱的墙皮，稍微拨弄一下就会脱落。

叶剑锋让周权根拿来一块纱布，将剥离的骨碎片包裹好。

"幸亏形成了尸蜡，让晚期高度腐败中止，否则形成白骨化，这些骨碎片就没了。"周权根说。

"对，至少保留了骨折的细微特征，你也看看，分析分析是哪种工具、哪种方式造成的。"

"1、2、3……一共有6块骨碎片。"周权根正儿八经地数了数游离的碎骨片，"凹陷区边缘有多个弧形骨折缘，多处骨碎片塌陷，肯定不是一次外力造成的，多次打击肯定可以，但不知道能否排除多次撞击，比如与河里石块撞击。"

"不错，小伙看出点门道了。"叶剑锋说，"多次外力是肯定的，除非这个地方和石头的某个突出的部位多次撞击，但是尸体在水里时，同一部位多次遭到撞击几乎不可能。"

"对，对，对！"周权根脑子开窍了，"不仅是次数的问题，若致伤物是石头，造成的损伤与这个致伤物的大小、硬度、质地都不太符合，有些骨碎片很小，骨折边缘有裂纹，致伤物更是像硬度较高的金属类物体。"

"不仅如此，如果是被人持械多次殴打，这一处应该在固定部位。也就是说，此处极有可能在毫无反抗能力或已经失去意识的情况下被连续打击造成的。"

叶剑锋对这一处损伤快速做出了进一步的解读。

听两个法医这么一说，周国安坐不住了，瞪大了眼睛说："听你俩的意思，这人的脑袋是被人打的啊，那岂不是个命案了？"

叶剑锋脱下手套说："是不是命案不敢百分之百肯定，但至少是个疑似命案。案子肯定有问题，你向领导汇报一下吧，这尸体应该立即解剖。"

疑似命案，就是暂时未确定是否为杀人案，对于整个案件来说要做的工作比起真正的命案有过之而无不及。疑似，意味着还要多一项工作任务，而且是关键的任务，就是得先搞清楚是不是命案，这也不是单单通过尸体检验就能完全确定的，必须要结合侦查情况、现场情况综合来看。

尸体刚被运到解剖室，领导们的电话就一个接一个地打了进来，无一例外都是问尸体情况，只是每个人侧重点不一样。

刚接完几通来电，叶剑锋想喘口气，突然又接到师父魏东升的电话，他寻思怎么这么快就惊动师父了？

谁知师父找他另有重任，让他明天或后天去洪武县参加一个蹊跷的死亡案件法医会诊。

叶剑锋作为江川市刑侦专家，参加案件会诊责无旁贷，但他心里更清楚这是师父，甚至是上级领导借机来考验他，因为年初师父就有意向要把叶剑锋调往市局刑科所，也私下找他谈过。在外人看来，能上调到市局似乎是高升了，但叶剑锋至今不置可否，因为他怕自己能力不够，担不起整个江川市的法医工作，尤其是疑难案件。

不过人往高处走，师父一直劝叶剑锋眼界放宽点，眼光放远点，下半年整个江川市公安系统就要进行人事调整了，这是难得的机会。叶剑锋也知道师父推荐自己来刑科所，肯定会有闲言碎语的，到底是任人唯亲，还是举贤不避亲，全看自己表现了。

"师父，我现在手头有个案子，马上准备解剖，弄好了我再回电话给您。"

一听有案子，魏东升自然而然会多问几句："哦，你们也有个案子？我怎么没听说？什么情况？"

叶剑锋一五一十地把情况介绍给了师父。魏东升越听越起劲，临了叮嘱叶剑锋，解剖完了一定要把现场和尸体照片发给他。

即使这具尸体全身已经蜡化，但基本的解剖操作规范和程序都差不多。这具尸体，解剖的重点部位在头部。

叶剑锋将尸体颅骨锯开，里面是有些萎陷的硬脑膜，除了那片骨折区有些破损，硬脑膜几乎是完整的，因为硬脑膜是致密的纤维结缔组织，并不会因腐败而轻易被破坏，但里面被包裹的脑组织早就因腐败而液化，像乌灰色的烂泥一样，也许之前这里有出血、有挫伤，但已经被腐败破坏了。最后撕下紧贴颅底的脑膜，暴露出凹凸交错的颅底，颅脑的解剖才算大功告成了。

等到整个尸体全部检验完毕，唯一能够支撑死因的依据就是那处碎裂的头颅。从严谨的专业角度来说，在能排除中毒的情况下，头颅受到多次打击可以导致该无名男子死亡。

这样看起来，初步的死因暂且有了，接下来就是解决其他几个问题，首当其冲的当然是死者的个体特征。

在汇报之前，叶剑锋没忘记给师父打了一个电话，并将所有照片发给了师父。

"死者男性，身高大概在172～175厘米，年龄30岁左右，倾向于平江周边地区或外地人的可能，死因可能系金属锤类钝器打击头部致死，可能趁死者不备或失去反抗意识的情况下实施，死亡时间可能在一年至两年前，结合尸表和发现的情况，倾向于之前可能在黄色或砖红色黏土性质的土壤里埋过，因雨水冲刷或山体松垮原因冲到河沟里。"

和师父通完电话后，叶剑锋身为法医把该了解的情况毫无保留地汇报给了专案组，他认为法医方面给的参考信息已经够了，下一步就看调查访问情况了，如果给力，他相信很快就会真相大白。

完成自己辖区的案子，叶剑锋才抽身赶赴洪武县，之前受师父的指派会诊一个疑似命案，但这一次师父没有亲自来，师父又受省厅指派去外市，也是会诊一个案子。

这次去洪武县，由市公安局刑侦支队长余世春和刑科所所长杜自健带队，叶剑锋知道已经把自己推到风口浪尖之上，他来这里不仅要帮助解决问题，更要担当责任，他不想做给谁看，只想心无旁骛地完成任务，也是他的使命。

江川市洪武县公安局刑侦大队四楼会议室，上午9点，窗户的遮光帘被完全拉下，投影仪幕布上不停切换的幻灯片映出忽明忽暗的光线。

叶剑锋坐在会议桌旁，聚精会神地听取洪武县公安局对前天凌晨发生的一起死亡案进行情况汇报，一起没有定性的"疑似命案"。

一个膀大腰圆、剑眉星目的中年男人坐在电脑前慢条斯理地做着汇报工作，这是洪武县公安局刑事科学技术室主任丁旭华，叶剑锋曾经在全市技术例会上与他见过几次，不算陌生。

丁旭华一边操控鼠标一边介绍："死者叫薛家豪，男，42岁，家住洪武县开发区上沣村2组12号。我们到达现场是前天早上6时20分，120也同时到达，但当时人已经死亡。大家请看，这就是中心现场，位于我们县洪桥镇农贸交易市场一个门面房的门口，这个门面房是一家快餐店，位于市场3号楼最东侧的一楼下，店面的东侧是一条出入市场的马路，快餐店大门朝南，是市场南大街，后门朝北，现场就在后门口。这个门前有一块很大的自制油布雨篷，尸体位于门口雨篷的下方，头部位于西侧，距离雨篷外沿约36厘米，脚位于东侧，距离雨篷外沿约27厘米。"

"不好意思，我打断一下。"叶剑锋突然问了一句，"这是原始姿势和位置吗？"

"据报警人所说和现场勘验，基本上确定是原始姿势。"丁旭华继续说，"尸体当时呈仰卧位，头偏向右侧，头部地面有血迹，死者鼻腔出血，自鼻腔到右面部有流柱状血迹。尸体全身衣着整齐，但裤腰未系皮带，双脚未穿鞋子，现场及周围都没有发现皮带、鞋子，死者身上除了一串钥匙和打火机，也没发现钱包和手机，现场及周围也没有发现这些东西。死者外套和裤子后面，有大量与现场地面接触而黏附的油污渍，除此之外，袖口、裤腿还有很多灰迹，根据死者衣着上的油污渍分布，我们分析尸体位置没有变动过，还有死者双脚的袜底也有多量灰迹，但与现场地面的泥迹和油污不吻合。"

"看上去像抛尸，可谁又会把尸体抛在这里？这里丝毫没有隐蔽性可言。"余世春嘀咕了两句。

"余支说得是，我们也有些不理解，哪有抛尸抛在这么人员密集的地方，而且还是人家店门口。"

"死者与这家小店的人有矛盾吗？"

坐在丁旭华身边的刑侦大队长王华天说："根据目前调查，毫无关系，这家店主说完全不认识死者。他家其他人包括现场附近的一些商户、住户都说没见过此人。"

丁旭华接着说："目前，是不是抛尸我们还不能排除，但是根据现场雨篷下的物品摆设和地面痕迹，没发现明显的打斗痕迹，但在周围地面有几处足迹，类似皮鞋、休闲鞋的花纹，还不知道与此案是否有关。"

"有几种鞋印？"

"应该有很多种、很杂，估计大部分是案发前一天来来往往吃饭或过路买菜的人留下的。排除报案人的鞋印后，我们发现有一处鞋印比较可疑，是在死者屁股旁边地面的油渍上，从印痕看相对较新鲜，而且明显在其他鞋印之上，看上去一处鞋尖是朝向内侧，一处是朝向外侧，我怀疑是有人查看过尸体。"

"就这一种？"

"是的。"

杜自健突然说："现场还要再多看几遍，看是否还有其他可疑痕迹，尤其是鞋印，尽量辨别出新旧时间差。"

"嗯。"丁旭华点点头说，"都已经拍照固定了，有些我们还采了样，这个待会儿还要请杜所把把关。下面尸体情况，让小程来介绍下吧。"

丁旭华口中的小程，名叫程建斌，本地人，研究生毕业，是个刚参加工作的年轻法医，汇报工作时显得有些紧张，他操着一口平翘舌音普通话，憨憨地说："各位领导，我来汇报一下尸检情况。死者尸长172厘米，我们于6点30分进行现场检验尸体，尸斑开始产生，位于后颈部、腰背部，指压易褪色，四肢各关节尸僵开始出现，强度轻，角膜清透，瞳孔散大。根据测量的尸温推算，死亡时间是在9月8日凌晨1点30分至3点左右。死者衣着除了丁主任说的痕迹以外，右臀部裤子有一处破损，像是被东西钩破的。从后来的尸检我们发现，死者右颞部头皮有轻微的擦挫伤，左后顶部有一处2.5厘米的挫裂创，深达皮下，创缘不平整，创腔内有组织间桥，创口周围和左颞部有头皮下血肿。死者两侧面部淤血肿胀，左手背，左肘后皮肤有些擦挫伤，双膝前皮肤有些挫伤，其余体表没发现明显损伤。解剖后发现，死者左颞部至左颅底有一条骨折线，长7.5厘米，左颞部硬膜外血肿，左大脑半球蛛网膜下腔出血，第4颈椎骨折，伴随椎体前筋膜出血，但颈部皮肤肌肉没有出血损伤。死者胃内容空虚，没有食物残渣，其余脏器组织未见明显损伤。毒物化验未发现有机磷、毒鼠强、镇静安眠类常规毒物，只是心血酒精含量为每100毫升40毫克，量不是很多，也没有发现机械性窒息损伤及征象。我们分析认为，死者系头部遭受钝性外力作用致颅脑损伤而死亡。"

"其他还有吗？"叶剑锋问。

"没了，基本就这些情况，病理检材我们已经固定好了。"

"颈部脊髓取了没有？"

"这个没取。"程建斌感觉有些难为情。

"那没事，等会儿我们再去看看。"叶剑锋知道，程建斌还是个年轻的法医，考虑不到这点，情有可原。

听完法医的汇报，余世春双手交叉在胸前，身体向椅背靠了靠，然后对王华天说："说说你们侦查的情况。"

"死者叫薛家豪，有两个女儿，平时夫妻感情不错。薛家豪生前开了一家投资公司，其实暗地里一直在放高利贷，而且是三分利，去年因为开设赌场，被关了六个月。据调查，9月7日晚上他在洪武县丽都大酒店喝喜酒，吃完饭后，又去朋友的棋牌室玩了一会儿，晚上8点10分接到老婆电话，他就离开棋牌室回家，但后来就不知去向。直到第二天早上，也就是9月8日早上5点48分，被人发现死在洪武镇农贸市场一家门面房的雨篷下。手机关机是在9月7日晚上8点25分，最后一个电话就是他老婆打的。"

"这个薛家豪为人怎么样？"

"为人比较低调、圆滑，像他这样以放高利贷谋利的人，社会关系相当复杂，交往的人也比较杂，有做生意的、混社会的、本地的、外地的。"

"查出有哪些人欠他高利贷了吗？"

"现在就查出来六个，最大的一笔欠款是10万，最小的是2万。这六个人当中，目前来看一个叫李宏新的人最可疑，这个人是开挖土机的，是个赌徒，去年向薛家豪借了6万，现在一年多已经到了9万多了，一直没钱还，薛家豪为此还非法拘禁了李宏新两次。"

"这个李宏新昨天和死者有过接触吗？"

"据李宏新自己说，没接触过，薛家豪晚上8点左右打过他电话，又向他要钱，他把手机关机后，就躲到了一个工友的出租房里，只有这个工友可以证明他没作案时间，所以我们还在调查。"

"那有没有其他可疑人员与死者接触过？"

"晚上除了一起喝喜酒的，还有就是在棋牌室的几个朋友，但这些人目前已经排除了嫌疑。"

余世春调整一下坐姿，腰板挺直了说："你们要把范围拓宽点，最好能把他的社会关系都梳理出来，尤其这几天与他接触的人，还有9月7日这一天他所有的活动情况都要摸清楚。像他这样的人在外面肯定得罪了不少人，说句不好听的话，那些欠高利贷的人估计都巴不得他死，还有这些开赌场、放高利贷的人，要给我查一个抓一个。"

王华天没有吱声，心情有些复杂，一是听余世春的语气，有些对他们前期的调查工作不是很满意；二是如果按照余世春的指示去做，工作量会翻好几番。

余世春继续说："还有现场附近的住户、商铺都要走访到，下午再去仔细复查一遍现场、尸体，是不是命案姑且不论，该做的工作一件都不能少，甚至比命案还要多，要事无巨细，不管怎样，总得给个说法吧。"

听完余世春这番话，洪武县公安局刑侦副局长沈岳明说："刚才余支说得已经很明确了，侦查、现场、尸检这三大块工作，要继续深入开展，时间不早了，各位先简单吃点饭吧。"

虽然是简单的工作餐，但因为来的毕竟是市局领导，食堂给每人多加了一道荤菜，两荤两素一汤，十分可口。

吃完午饭，没人顾得上休息，又立即赶往案发现场。

现在正是中午，农贸市场人流量不大，大部分人在吃午饭或午休，但现场警戒线之外还是有些来来往往观望的人。

"怎么又来了这么多人啊？"

"估计是上面领导来了。"

"案子看来还没破，吓死人的！"

封锁了两天的现场，又来了好多人，老百姓很快又聚集在一起议论纷纷。

现场小店附近有好几处燃放的鞭炮和烧过的纸钱灰，这是附近的商铺为了驱邪而留下的，这里死过人，是生意人的大忌！

置身现场，更加直观，没有发现更多的可疑迹象，就是这个雨篷看上去和附近的商铺格格不入。别家的雨篷是统一规划的钢架结构，这家快餐店的雨篷却是油布和竹竿搭建而成，篷顶油布四个边的横梁都是竹竿，一边被固定在店门口的外墙上，而另一边一端固定在插进地面的竹竿上，一端绑在门前的电线杆上，篷顶由高到低有一定的倾斜度，雨篷结构简易，除了绑在竹竿上的一角有些摇晃外，整体上还是比较牢固的。

四处转了几圈，叶剑锋突然问丁旭华："丁主任，雨篷上面你们看过了吗？"

"稍微看了下，没发现什么明显异常。怎么，叶法医对这雨篷有想法？"

"那倒没有，我只是觉得最好再仔细看看。"

"小叶说得在理，雨篷的确也要仔细检查，不怕一万，只怕万一。"杜自健也在一旁说道。

"杜所可别这么说，我这是关公面前耍大刀。"叶剑锋嘴上还是谦逊的。

"小叶，你们还是抓紧时间把尸体看一下，政委可是特意交代了，尸检由你全面负责。"杜自健无形中给叶剑锋施加了点压力。

叶剑锋本想在现场再多待会儿，既然领导催促下了命令，他必须要抓紧了。

洪武殡仪馆解剖室刚刚重新修建，建筑面积足足有400平方米，无论是和平江县解剖室，还是市局的解剖室相比较，都可以说是"富丽堂皇"。虽然这个词用在这里很不合适，但看着这精致的装修、崭新的设备，叶剑锋的确感觉如此。

叶剑锋来到1号解剖室，他没有先看解剖台上的尸体，而是四周上上下下观摩了一番，尤其是看到器械架上的钛金电动理发器，不免发出"啧啧"的惊叹声。

见到叶剑锋在摆弄理发器，程建斌得意地说："怎么样，锋哥，喜欢吗？喜欢你就吭一声。"

"华而不实，剃毛，还是这把柳叶刀好使，价廉物美、方便快捷。"

"锋哥威武，不愧是'平江一刀'。"

对于程建斌这样能言善辩的年轻人，叶剑锋必须要压制一下，他说："真是巧舌如簧，还'一刀'呢！眼前这个先摆平再说吧。"

从先前的尸检照片可以看得出，程建斌他们的第一次尸检，有些部位检验并不是很细致，尤其是整个头部。

重新看过尸表后，叶剑锋让程建斌再次打开死者的头颅、颈部、胸腹腔。

从头皮到颅骨，其结构可分为表皮层、真皮层、皮下组织、帽状腱膜、骨膜和颅骨，在两侧颞部，颅骨上还有一层厚厚的肌肉，称为颞肌。死者右耳上方颞部头皮的擦挫伤，严格来说只是一些表皮剥脱，将这处头皮全层切开后并没有看到头皮内层有出血，头皮以下包括颞肌更是如此。

而死者左后顶头皮的这处损伤相对来说就严重很多，这处挫裂创的头皮层已经裂开，创口两侧表皮有对称性的擦挫伤，椭圆形，切开此处头皮，皮肤内层出血很局限，但这处出血和左颞骨骨折处的头皮下出血一样，已形成了厚厚的一层血肿。

颅骨唯一的骨折线并不在头皮的挫裂创下，而是自左颞骨至左颅底。

叶剑锋指着这条骨折线对程建斌说："你好好看看，这里内板和外板的骨折有何区别？"

程建斌看了好半天说："外板的骨折线好像比内板的要长些。"

"肯定比内板长，虽然颅底外板骨折线无法测量，但从颞骨这段内外板骨折的位置，可以看得出，外板比内板长。你再看哪段骨折线最宽？"

"最宽的应该是这里。"程建斌指着靠近颅底的一段骨折线说，"宽大概不到2毫米，接近2毫米吧。"

"这是外板上的，你再看看内板这个地方的宽度。"

"内板这里大概就1毫米。"

"想过这条骨折线是如何形成的吗？"

叶剑锋这么一问，程建斌有些不知所措，他瞅着这条骨折线，喃喃自语："如何形成？还能如何形成，不就是外力作用形成的吗？"

"废话，地球人都知道是外力形成，我现在问的是机理。"叶剑锋提醒他。

"哦！你的意思是这条骨折线不是外力直接作用导致的，而是整体变形所致？"经过叶剑锋点拨，程建斌如梦初醒。

"是的，这条骨折线外板比内板长，外板骨裂比内板也宽，骨折最宽处是骨折开始发生的地方，而这里的头皮却没有损伤。这是典型的整体变形。"

"你这么说，我就明白了，当时看到右颞部皮下这么多血肿，我也没想太多，以为这里也遭受到外力作用。"

"这里皮下血肿是因为骨折撕裂了血管而导致的，的确不易鉴别，你把这里的头皮全层划开，就清楚了。"

程建斌从左颞部头皮内层向外深深地划了一个十字切口，切口断面的头皮内层并没有明显的出血，这点可以证明骨折发生处的头皮没有受到巨大的外力作用。

"那造成整体变形的着力点是在对侧右颞部还是左后顶部？"程建斌问。

"当然是左后顶部。"叶剑锋翻开右侧颞部头皮说，"你看右侧只是头皮表面有些剥脱，而未伤及头皮内层及皮下，这只是受到过轻微的擦蹭。而要造成颅骨整体变形，一是需要较大的作用力，二是需要较大的作用面积，显然只有造成左后顶损伤的作用力才可以。"

"那也就是说，致伤物不仅有一定的分量，而且还有一定的接触面。"

"可以这么说，但这不是最重要的，现在最为关键的是要搞明白损伤方式，换句话说，这个整体变形是在什么情况下发生的？"

对于叶剑锋所说的这些，程建斌一时还难以消化，他没想到这几处看似简单的颅脑损伤，学问如此之深，还没等缓过神，叶剑锋就叫他把尸体翻个身。

程建斌长得人高马大、身强力壮，在他的协助下翻动一具尸体相当轻松。

"小程，还没取过脊髓吧？"

"没有。"

"这也难怪，我工作了十来年，其实也就取了几次脊髓。"

"你也就几次？"程建斌有些不相信。

"对，其实不是每一个死者的脊髓都必须取出，一般主要是颈椎骨折，需要查明具体死因或者死因不明等一些情况下才取出。比如这具尸体，我们必须要搞清楚颈椎骨折处的椎管内出血情况以及颈髓的损伤程度，不仅是为了判断是否可以致死，而且还要分析损伤方式。"

说话间，叶剑锋已经将颈椎后侧肌肉分离完毕。

看到叶剑锋拿起电动开颅锯，程建斌不解地问："就是用这个开啊？"

"对啊，这叫一物多用，拿钢锯条也行，只要能把棘突两侧的椎弓锯开就可以了。"

取完脊髓，将尸体再次翻过身后，叶剑锋又重新检验了颈椎椎体，这次骨折处的椎体暴露得更加清楚，并且有了一些新的发现，骨折的第4颈椎椎体有些压缩性改变。

看完所有的损伤，检验完尸体，程建斌迫不及待地问叶剑锋："锋哥，你觉得死者到底是怎么死的？"

叶剑锋笑而不答，倒是反问了程建斌一句："你是怎么想的？"

程建斌抓了抓脑袋，歪着脖子说："我啊，我怕是说得不对路哦。"

"没事，你说说看，又不是让你下结论。"

得到叶剑锋的鼓励，程建斌也就无所顾忌，他说："死者头部曾遭受到较大面积、较大外力的作用，这个作用力自上向下作用于左后顶部，不仅引起颅骨整体变形，而且也造成第4颈椎椎体压缩性骨折，再结合死者手背、膝盖的损伤，最有可能的就是因摔跌或碰撞而导致的。所以我分析死者生前可能遭遇过车祸或是高空坠落，然后被人移尸到雨篷下。"

"你的意思是无论如何，死者都是在伤后或者说是死后被人抬到了雨篷下的？"

"应该是吧，我也不是很肯定。"

"那我告诉你，肯定不是！死者就是死在这里的。"

"啊？你认为死者是在雨篷下被人用重物砸死的？"

叶剑锋摇摇头，微微一笑，说："不能只盯着头颅的这一处损伤，我们必须要结合其他的损伤、痕迹物证以及现场情况，甚至是侦查，综合全面来考虑问题，现在就看杜所长能否在现场找到新的线索。"

下午3点，正是农贸市场最喧闹的时段，商客众多，为了不受影响，现场勘验暂时中断。

余世春电话通知叶剑锋他们，直接前往案发地派出所，市局和县局的人现在都集中在那里。不过去派出所之前，叶剑锋又去了一趟现场，他只是再想做个求证。

叶剑锋也知道，杜自健他们肯定有些新进展，他希望能与自己分析的结果不谋而合。

会议室多了一位领导，市局刑侦副局长郑阳也来了，叶剑锋还没来得及向局长问好，杜自健一见到他就问："剑锋，怎么样，有什么收获？"

"莫急，杜所，您先说说现场有什么情况？"

"现场也没什么其他新的发现，就是电线杆上捆绑雨篷横梁的铁丝有些松动的摩擦痕，还有插在地上的竹竿有些新鲜的裂痕。"

叶剑锋心中一阵窃喜，趁热打铁，他紧接着又问："那雨篷顶上有什么可疑的痕迹没？"

"雨篷还算比较干净，没发现明显痕迹。你是不是认为这里有问题？"

"现在看来，薛家豪很可能是死于高坠。"

"高坠？"

"对，高坠，而且这就是现场。"叶剑锋说。

"现场，高坠？"余世春有些质疑。

"叶法医，说说你的看法。"郑阳倒是不急不躁。

"首先，我认为这是第一现场，理由很简单，死者头面部有两处出血，一是左顶部的挫裂创，二是左鼻腔，如果死者在受伤后被人移尸或抛尸，那么在移尸的过程中，创口的出血肯定会滴落在地面上，而现场附近无任何滴落血。还有就是死者鼻腔流出的柱状血迹，也不会单纯地由鼻腔流到右面部。"

王华天说："那万一移尸的时候，有人用东西包住了死者的头部，那血也是不会滴下来的。"

这个想法不无道理，叶剑锋之前也想到过这种可能性，但很快被他自己否定了，他解释道："这样的话，头部的血不会滴下来，但是鼻腔流出的血迹形态会有所改变，不可能只有单一的流柱状血迹，不管几个人，抬着一具尸体，行走并不顺利。再说了，既然是移尸，干吗把尸体抛到这么繁华的地段，太不合常理了吧。"

"我看移尸的可能性的确不大。"余世春说，"那会不会还有种可能，就是死者受伤后自己走到这里然后死在了这里。"

"这一点，我想也可以排除。因为，一是死者不仅颅脑损伤严重，而且颈椎骨折，椎管腔内有出血，这样的损伤也许不会导致人立即死亡，但说还有伤后行走的能力，几乎不可能。二是死者袜底只有少许的灰迹，并没有现场地面的污迹，再说，死者头颈部包括衣物上没有站立时头部的滴落血迹，口鼻部也是。"

"那死者有没有可能是在现场被人用重物砸中头部，然后倒地死亡，身上值钱的财物被洗劫一空。"

"这要有一定的前提条件。一是死者当时蹲着或坐着，体位很低；二是死者被完全控制，无法反抗；三是致伤物是一个质量大、质地硬，具有较大面积的物体，比如大石块、粗的棍棒等。还有就是，劫财有必要脱去死者鞋子和皮带吗？"

"小叶说得没错。"杜自健补充道，"从现场周围物品的摆设和地面的痕迹来看，基本排除有挣扎和打斗的情况。"

会场的头头脑脑很多，每个人都有自己的想法，假设性的问题也不少，但几乎都被否定了。

听到此处，郑阳若有所思地说："这么说，高坠的可能性最大了。"

"对。"叶剑锋语气更坚定了些，"我和小程将尸体重新看过，死者左后顶遭受过较大面积、较大力量的外力作用，这样的作用力不仅导致了死者颅内出血、颈椎骨折，而且还造成了颅骨整体变形，引起左颞部和颅底颅骨折，这一切都符合死者从高处坠落时，顶部与地面发生碰撞而形成。"

"你的意思是，死者左颞部的头皮血肿和骨折，不是直接打击导致的，而是顶部碰撞到地面间接形成的？那怎么这里骨折，顶部却没有骨折？"郑阳一时猜不透其中缘由。

不仅是郑阳，在场大多数人都不太理解。

叶剑锋摊开双手，掌心相对，做了一个球状的姿势，说："这种骨折在法医学上叫作颅骨整体变形。人的头颅近似一个球状，当人头部受到一个面积较大的作用力时，受到作用力的这个位置可能不会发生骨折，但这种作用力会瞬间引起整个颅骨形态发生改变。这就好比用一个东西压着皮球，受挤压两端之间的距离缩短，而没有受压的中间部分间距增大膨出，对于颅骨来说，膨出的部位骨板受到较大应力，一旦超过颅骨的弹性限度，那么就会骨折。我这是做了一个简单说明，大致就是这个机理。打个形象的比喻，就像用力拍击西瓜或把西瓜扔在地上，西瓜受力的部位也许不会裂开，但其他部分会裂开，只不过颅骨比西瓜要结实多了，而且颅骨不规则，尤其是颅底厚薄不均，凹凸不平。"

这是极其专业的一个法医学说，叶剑锋这段长篇大论的解释，也不知是否能让各位明白，在大家的沉默中，这个问题算是暂时解决了。

紧跟其后，一个新的问题就来了。

余世春又问："尸体没被移动过，是在现场发生的高坠，那怎么会落在雨篷下面？难道会瞬移？"

这一点，一度是被所有人忽视的，也一度是叶剑锋最困惑的地方。但他看过现场，听过杜自健的介绍后，现在可以把这一点解释清楚了。

"丁主任，麻烦借你电脑一用。"叶剑锋起身走到笔记本电脑前，调出现场雨篷的照片说，"大家看，这个雨篷顶外沿的横梁一端绑在电线杆上，另一端绑在插进地面的竹竿上，问题就出在这根竹竿上。你们看，这根竹竿是向着雨篷这一侧倾斜的，我们刚才来之前又去了一趟现场，目测了一下雨篷的高度有3米左右，竹竿的倾斜角度估计有70度，而且这根竹竿韧性很好，不易折断，有一定的弹性，当一个体重有一百二三十斤的人从雨篷上坠落到地面的时候，重力会瞬间将竹竿压弯，竹竿更加向内侧倾斜，那雨篷的横梁也会随之瞬间内移，当人落地后，竹竿又恢复原状，横梁也会恢复到原位，这样一来，人的坠落点就处在横梁里面、雨篷之下了。"

叶剑锋又说了一个一时让人不太理解的解释，反应快点的人很快就明白了，反应慢点的人还在琢磨，有些人还在记录本上画了一张草图。

"叶法医说的雨篷外沿横梁的离地高度，我们测量了下是2.6米，而固定在墙体上的高度是3.1米。这个雨篷是一个从高到低的斜坡结构，这也是为了方便排泄雨水，内沿两端固定在墙上十分牢固，但外侧两端捆绑处并不牢固，雨篷上万一有人，的确容易摔下来。"丁旭华补充一些客观数据和雨篷状态。

叶剑锋紧跟着又说道："一个人从2.6米的高度坠落，一般情况下不会死亡，但如果是头部直接着地，那损伤是致命的，薛家豪就是如此。"

听完这样的分析，在座的其他人反应不一，虽然还没有得到大家的肯定，但是也没有反对的声音。

沈岳明一直没开口，这时突然问道："死者其他部位的损伤都是坠落形成的吗？恐怕有些不好解释吧。"

"沈局长问得好。"叶剑锋翻开尸检记录说，"我再说说其他损伤。一是死者两侧面部淤青肿胀，背部、双腿也有些淤青，都是些皮外伤，不排除死者生前可能受到他人的拳打脚踢；二是死者双侧膝盖下也有淤青，但皮肤没破损，裤子上只有灰迹，这极可能是因为死者长时间双膝跪地形成；三是死者右颞部、左手背、左肘后都是一些表皮剥脱，就是我们俗称的擦伤，这些可以排除打击形成，我觉得应该是在摔跌过程中形成的擦伤。"

"非法拘禁？"余世春听到这里，灵光一闪，右手突然拍了一下桌子说。

真是一通百通。

余世春提出薛家豪生前被人非法拘禁的观点，对所发生的一切都有了一个合理的解释，不仅符合叶剑锋的推断，也解开了薛家豪为何坠落在此处的疑惑。

大家不约而同想到，薛家豪死前很可能是被人拘禁到现场的这栋楼里。

想知道具体是哪个房间，这并不是难事。

薛家豪很可能是从被拘禁的房间跳窗逃跑又或被人推下来而发生了意外，具体是哪个窗户，无非就是雨篷上方从三楼到六楼的，二楼不会，因为有防盗窗。

下午5点半，农贸市场里人员逐渐稀少，借此时间段，警方再一次勘验了现场，这次勘查重点就是雨篷。雨篷在墙体上的几个固定点，并无明显松动和破损，可见如果薛家豪从窗户跳到雨篷之上，冲击力并不大，那最有可能的就是雨篷上三楼的窗口，窗口下面正好是一个空调外机。

干警很快就查到，洪桥镇农贸市场3号楼1单元301室，正位于快餐店楼上，该房在半年前已出租给一个叫黄斐的人。

黄斐无法联络到，房东又在外地，干警们只好找到开锁匠打开301室的房门。

如果分析得没错，那雨篷正上方301室北侧房间的这扇窗户必定会留下些蛛丝马迹。

室内凌乱不堪，窗户上、窗台上、窗外空调外机上原本都是些厚厚的灰尘，有些灰迹被擦去的地方显而易见，而且符合一个人身体擦碰形成，玻璃上有些残缺不全的指纹，更重要的是，在纱窗底边有些扭曲破损的金属框上还挂着一丝丝衣物的纤维，这正是薛家豪在翻窗时，臀部的裤子被钩破而留下来的铁证。

又经过了一天一夜，马不停蹄的劳顿，最大嫌疑人黄斐的线索已经浮出水面，黄斐虽然已不见踪迹，但顺着这条线，很快抓获了另一名同案犯王军。据王军交代，他们只是拿钱办事而已，雇用他们拘禁薛家豪的另有其人，此人叫于飞智。

9月7日晚上，薛家豪从棋牌室出来后，就被黄斐、王军两人强行带到一辆面包车上。上车后，他们将薛家豪的皮带解开，然后用布带反绑了他的双手，接着拿走了他的钱包、手机。

薛家豪被带到洪桥镇黄斐的出租屋，然后黄斐、王军二人脱去他的皮鞋，逼他跪在南侧房间。这期间不仅对他拳打脚踢一番，还威胁他，无论如何必须在三天之内将60万元欠款还给于飞智，否则就废了他，并且对他老婆孩子也不客气。

在两人的淫威之下，薛家豪犹如一只温顺的羔羊。半夜1点，大家都已疲惫不堪，此时薛家豪大呼肚子痛，说要方便，王军没办法，就帮他解开绑住双手的布带。薛家豪的双手刚被解开，就用力将王军推倒，转身蹿入北侧房间并将房门锁上，等王军和黄斐将门踹开，只发现了敞开的窗户，于是王、黄二人迅速追到楼下，却看到了躺在地上一动也不动的薛家豪，隐隐约约还看到他的鼻子在冒血，王、黄二人吓坏了，趁着天还没亮，赶紧逃离了现场。

案情基本明了，案犯也已浮出水面，于飞智与黄斐也已经被锁定。

叶剑锋来不及分享最后的胜利，又匆匆赶回平江，那具蜡化的无名男尸也有了重大线索。

根据先前的推测，青石沟河沟里那具无名男尸，可能是埋在河沟周边或上游有黄黏土的地方，专案组以此划定了侦查区域，再结合法医推断的身份特征，并在政府、村干部的配合下，几乎是逐村逐户进行了五天五夜的摸排调查。最后在青龙山脉西南方向与安徽交界处发现了可疑线索。

"崔局，有什么好消息？"叶剑锋一走进崔耀军办公室便问道。

崔耀军毫无领导派头，泡了一杯茶，递上一支烟给叶剑锋，然后说："志国他们在黄芽沟村发现一户人家，户主叫胡平礼，今年56岁，以种茶植林为生，老伴去年四月份就去世了。他有两个儿子，小儿子叫胡继财，今年26岁，当兵回来后一直在江川市保安公司工作；大儿子叫胡继福，31岁，是个精神病患者。这个大儿子在他母亲去世后不到一个月失踪了，村里人反映差不多一年多没见过胡继福了，因为他精神不正常，大家没有太在意。"

"胡继福的年龄倒和这个无名氏相仿，如果没法采集他母亲的DNA，或者他没结婚没子女，那就很难靠DNA直接认定了。"叶剑锋一听这个情况，知道有些不妙。

"对，问题就出在这！"崔耀军翻开桌上的记录本说，"据说他就是因为一个女人得了精神病，一直没有结婚，他父亲胡平礼在去年5月5日的时候报过失踪，因为他母亲已经去世一个多月了，当时只能采集胡平礼和胡继财的血样。根据目前调查，现在这个无名氏的性别、年龄、身高都对得上，还有那件蓝白条纹衫经过清理以后，胡继财辨认应该就是海军衫，他当年海军退伍以后送了几件给胡继福，胡继福经常穿在身上，只是无法确定这个无名氏身上穿的是不是他送的。"

"如果这件海军衫没有什么特别之处，那肯定确定不了，不过这的确也是一条线索。"

"胡继福住的地方和他失踪的时间也都在之前推测的范围，从种种迹象看，他很可能就是这个无名氏。现在的问题是，没有DNA直接认定，如何确定无名尸体就是胡继福？"

叶剑锋思索片刻，抬起烟屁股深吸一口，说："那只能靠间接证据了，想办法从两个方面来佐证，一是再问问他家里人，胡继福有什么可辨识的生理特征；二是通过Y–DNA比对看看，无名氏的基因是否有可能是胡平礼这个男性家族的成员。不过这又要做两件事，一是只能到省厅或公安部做；二是调查他们家族所有的男性成员，如果Y基因符合，又没有其他家族男性失踪，那也是一个有力的佐证。"

崔耀军在本子上记下了叶剑锋的建议，然后问："你觉不觉得死者是在睡梦中被突然干掉的？"

"当然有这可能，依据有两点，一是他的衣着很像睡觉时的穿着；二是被袭击时毫无反应。不过前提还是得查明身份，才知道这种推测靠不靠谱。"

叶剑锋明白崔耀军的言外之意，他是怀疑万一死者就是胡继福，那么基本上就是熟人作案了，想让他死的熟人。因为自从胡继福患上精神分裂症，多次治疗也不见效，反反复复，一发病就祸害家里的人、身边的人，尤其针对村里的年轻女性，但他是精神病患者，又能怎样呢？胡平礼一家几乎被外人孤立了，胡平礼自己也把自己"隔离"了，所有人都被胡继福闹得鸡犬不宁。胡平礼一家也是水深火热，尤其是小儿子因为有这样一个哥哥，没有谈成一次恋爱。

胡继福死了，大家可能都解脱了，再想下去，真是细思极恐。

叶剑锋突然想到另一个关键问题："对了，崔局，前一阵子的台风有没有造成胡平礼家附近山体松垮或滑坡啥的？"

这一点，崔耀军和侦查组当然早就想到了，不过他摇摇头："志国他们还在查，目前还没消息。"

有意思的是，叶剑锋刚离开崔耀军办公室半个小时，就连续接到两个电话。

一惊一喜。

惊的是，杜自健告诉他，洪武县薛家豪死亡案幕后主使者于飞智被发现死在洪武县川港玻纤厂财务办公室里，一个保险柜被打开，里面几乎洗劫一空，已经初定为盗窃或抢劫杀人；喜的是，周权根告诉他，胡继福两年前曾摔过一跤，右小腿腓骨骨折过，拍过X片，但没动手术，保守治疗的，在医院住了一个多星期就出院了。

自己本县还有一个悬而未决的案子呢，叶剑锋实在不想再蹚洪武县这趟浑水了。

但叶剑锋终究还是拗不过上级，尤其是杜自健跟他说，又是魏东升亲点的将，而且已经和崔耀军打过招呼了，他要实在走不开就亲自和魏东升解释。

魏东升其实已经在赶回洪武的路上了，接到叶剑锋的电话，他就说了两句话："一个腓骨骨折切开后和X片比对一下不就知道了吗，还用得着你去？赶紧去洪武！"

叶剑锋哪敢违抗师命，一声不吭了，挂断电话又赶回洪武。

第一个发现于飞智尸体的人是洪武县公安分局的技术员和川港派出所的民警，还有玻纤厂的销售经理王玉英。

川港玻纤厂是经营多年的二轻企业，近年经营不善，经济状况堪忧，为了使企业能在残酷的市场经济竞争下突破困境，改善经营，近期区里正在商讨玻纤厂的重组问题。在这节骨眼上，于飞智身为分管财务的领导被杀死在厂里，其震动效应是巨大的。

虽然近日厂里处于半停工状态，但销售经理王玉英还是一如既往，勤勤恳恳地做着自己的本职工作，9月10日早上8点多钟，她像往常一样提前来到厂里上班。

玻纤厂地处城乡接合部，厂门口朝着西侧公路，走进大门左拐30多米，是一幢两层的厂区办公楼，坐北朝南，楼梯在中间，一楼是一间大的食堂、会议室和一间卫生间。

二楼共有四间办公室和一间卫生间，王玉英走上二楼办公室南侧的走廊，经过楼梯口东侧的第一间厂长办公室的时候，竟然发现门虚掩着，再细细一看，发现门锁是被撬开的，她赶紧推门进去，里面空无一人，但看到厂长办公桌上的电脑机箱已被拆开。她突然回过神来，这是被盗了啊，于是她忙退到楼下，拿起手机拨打了110。

玻纤厂所属辖区的川港派出所民警接到110指令后，第一个到达了现场，经过简单询问后迅速封锁现场，并通知分局技术中队勘查现场。

技术中队的张队长沿着楼梯台阶内侧慢慢上到二楼，他有意识地避开常规的路线和足迹，这个盗窃现场并不复杂，奇怪的是小毛贼只偷了电脑机箱里的硬盘，连抽屉也没撬开，让人匪夷所思。看完现场后，张队长并没有急于离开，他觉得有些反常，便又查看另外几间房门，但一切正常，更奇怪的是，第二间的销售和财务办公室的门居然没有一丝被破坏的迹象。

看到二楼走廊一头的监控，张队长问王玉英："你们这里的监控主机在哪里？"

"就在我们厂长那间办公室。"

看来这毛贼很内行啊，难道他专门进来，就是为了拿走装有视频监控资料的硬盘？

张队长意识到事情没这么简单，他叫王玉英打开第二间办公室的防盗门，就在打开房门的一瞬间，大家都惊呆了——于飞智躺在办公桌下，一动不动。

案件性质升级，案情被逐级上报。

江川市公安局迅速启动重大案件机制，市局领导指示市刑侦支队立即赶赴第一现场，指挥并参与现场勘验、尸体检验、案件侦查等工作，叶剑锋也被迫加入进来了。

厂内机器停运，工人稀少，所以将整个厂区封锁后显得异常冷清，不受任何外界因素的干扰，这给现场勘查创造了极好的条件。

洪武县公安局已将通行踏板从二楼中心现场一直放到了一楼楼梯口，踏板数量明显不够，支队的领导到来之后，又增加了一倍的数量，这样才可以顺利地直通到中心现场。

叶剑锋来的时候，现场勘查工作已经全面铺开，主要领导已经回到专案指挥室。

穿过警戒线，在程建斌的带领下，叶剑锋直接到了二楼第二间办公室。丁旭华主任刚采集完现场鞋印。

20多平方米的办公室，宽不过4米，长有6米多，门朝南侧。站在门口，一眼望去，便看见屋中间的两张南北并列在一起的办公桌，办公桌西侧靠墙，最北面的办公桌桌脚外的地面上躺着于飞智的尸体，大半个身体露在桌外，头东脚西，从门口位置只能看见他的后背部和臀部，他的面部是朝向北侧的。

桌面上除了一盏台灯、一台电脑、一个烟灰缸、两个茶杯，还有些零散的文件和纸堆。门口南墙还有两把椅子和一个茶几，而东侧墙面紧贴着一个文件柜。

综观整间屋子，一切摆设似乎都很整齐，没有被翻动的痕迹，也没有明显的打斗迹象。

靠近尸体，才发现有一片血迹。

于飞智侧卧在地面，躯体蜷缩而又僵硬，双手双脚都被小指一样粗细的尼龙绳捆绑。头部、躯干处的地面有大片的血迹，尤其是在北墙和尸体之间的范围内，血迹浓厚，白色的T恤衫已被血浸染成殷红色。

尸体上方，北墙墙面有一片喷溅状的血迹，这片血迹从北墙窗户延伸到东侧，呈放射状向四周飞溅开，由近到远，由多到少，由密到疏，由粗到细。近处的血液浓稠，已经逐渐融合在一起并顺着墙面流到了地面，远处的血迹纤细而又分散，不到两米远的东侧墙面上也有一些针尖似的血迹，明显是喷射导致的。

明眼人一看便知，这是心脏破裂喷射而出的血液，于飞智胸口也的确有创口。

还有敞开的窗户上，除了有一些喷溅上去的血迹外，还有几处接触状或滴落状的血迹。除此之外，其他地方没有发现血迹，桌前的办公椅和墙角的保险柜上也没有。

办公桌前，尸体双脚一侧的西北墙角，有一个半旧的液晶电子锁保险柜，高80厘米，柜门已经被打开，柜内除了一张50元的纸币和一些账本、收据外，空无一物。

但柜门上没有撬压痕，柜门显然是用密码打开的，敞开的柜门旁的地上有一张摊开的报纸，报纸上有几条橡皮筋和一张面值50元的纸币，从报纸上四周规则的折叠痕可以看得出，这张16开的报纸曾经包裹着四方形的物体，这一切仿佛是在告诉人们，保险柜里原来有一捆报纸包裹的纸币，或是百元大钞，现在已经不翼而飞。叶剑锋根据折叠痕目测不少于10万，当然具体数目，是否还有其他财物损失，现在还不得而知。

"有发现致伤物吗？"叶剑锋问。

"没，估计是把尖刀类锐器。"程建斌说。

叶剑锋伸直脖子，向北面窗户外张望了一番，问道："屋外看过了吗？"

"丁主任去过了，但没细看，待会儿他们还要扩大搜索范围。"

"尸温测了吗，死亡时间估计什么时候？"

"测了，初步推算是昨晚10点到12点左右吧。"

"等政委过来看完就抓紧解剖吧！"叶剑锋看了一眼墙上的挂钟，已经快11点了，他有些急了。

二楼办公室在日渐高悬下，越来越闷热，防护服里的衣服开始被汗水慢慢浸湿，叶剑锋怕尸体再不拉走就要腐败了，实际上他刚才翻弄尸体的时候，已经闻到死者口鼻腔散发出轻微的尸臭了。

两人退出现场，叶剑锋走到楼下，程建斌跟在后面说："我估计是案犯进入死者办公室，先是将他捆绑，威逼他打开保险柜，劫走财物，再杀人灭口，最后闯入隔壁办公室卸去监控硬盘。这个案犯不仅和死者很熟，而且对这里的环境也不陌生，不然他怎么不去撬其他两间办公室呢，是不是这样，叶老师？"

叶剑锋点点头，身边这位年轻人，刚参加工作不久，就能从现场快速提炼出信息做出一番自己的见解，不管准不准确，这种用心的态度就值得赞赏，想当年，他都不一定做得好。但作为过来人，叶剑锋还是善意地提醒了一句："从目前来看的确是这样，不过还是等尸体解剖完再说吧。"

叶剑锋在厂区内四处转悠，查看厂区内及周边是否有异常痕迹，因为案犯如果进来作案必定先要进入厂区内，然后才能进入办公楼，作案之后要逃离现场，案犯的进入口和出入口，也是现场勘验和分析的重点。

厂区面积不大，格局简单，除了北侧的办公楼，还有东侧的一排厂房车间，南侧则是一排仓库储藏间，2.5米的围墙将厂区围成了一个不规则的四合院，大门在西侧，正对马路。

案犯进出厂区，最容易的方案就是从厂门口步行进出或者翻越铁栅栏门进出。

铁栅栏门上并无明显的攀爬痕，也许是很难被发现，也许是根本就没有，本来办公楼走廊和厂门口的监控摄像头是最好的线索，现在一切都成了摆设。

"师兄！"

叶剑锋背后突然传来一个银铃般的喊叫声，叶剑锋头还没回就听出来是司徒爱喜的声音了。

"丫头，你怎么过来了？"

司徒爱喜现在已经正式进入DNA室工作了，叶剑锋奇怪她不好好待在实验室，怎么又跑现场了。

"怎么，你不欢迎我啊？"

"岂敢，岂敢，佳人相伴求之不得啊。"

"政委让我来协助你们提取现场血迹。"

"我师父他人呢？他不是说马上过来吗？"

"他去买降压药了，马上就到。"

本来叶剑锋等师父来后还想吐槽几句，一听爱喜这么说，他心里顿时担忧起来，他突然明白了师父有意要调他到市局，和师父近年来的身体状况或多或少有关。师父要选接班人了。

没等几分钟，魏东升风尘仆仆地赶到了，看他的神态、步伐，风采依旧，叶剑锋这才稍微放宽了心。

"师父，血压又上来啦？没事吧？"

"老毛病了，没事，刚吃过药。"魏东升抬手示意，"走吧，已经耽误很长时间了。"

的确耽搁了不少时间，等到尸体拉到殡仪馆已经快12点了。

大家匆匆忙忙填饱肚子，就正式开始解剖。

于飞智四肢都被捆绑着，僵硬的关节让他的肢体一直保持着弯曲的姿势，检验先从屈曲在胸前的双上肢开始。

除了右上臂沾染了多量现场地面的血迹以外，于飞智双手臂内侧、双手掌和指甲，还有捆绑的绳索上都沾染着喷溅状的血迹，但掌心的血迹极少，尤其是右手掌心几乎一点血都没有，这说明死者双手可能在被侵害的过程中或死亡的一刹那抓握过东西，可能是案犯持有凶器的双手，又或是刺进心脏的凶器。

于飞智双手的捆绑方式并不复杂，一根绿色的尼龙绳呈"8"字绳套，将两只手腕绑在一起，就如同"手铐"一样，只不过这副"手铐"不是金属的。每只手腕上绳套捆绑得都不是很紧，甚至有些松弛，绳套与手腕之间勉强可以插入两根手指。

"这绳索捆绑得怎么这么松？是不是因为生前强烈挣扎，变松了？"程建斌嘀咕道。

叶剑锋也注意到这一点，不过他看得更仔细，想得更深远："我看不是，应该没有挣扎，如果挣扎过，这么又糙又硬的尼龙绳肯定会在手腕皮肤上形成表皮剥脱痕或皮下出血，但是死者手腕上哪怕是很轻微的印痕都没有。还有就是，两个绳套只打了几道死结，无法松动。"

"但根据双手的血迹，案犯与死者分明有过争执，难道死者被捆绑也不挣扎？是不是死后捆绑上去的啊？"程建斌有些琢磨不透。

"动动脑子！"站在一边的魏东升忍不住说，"死后捆绑，怎么会喷溅上血迹！"

挨批的程建斌一下不敢作声，不好意思地低下了头。

"没事，我以前就是这样被骂过来的，严师出高徒。"叶剑锋小声安慰他。

"看看，死者双手能从绳套里抽离出来吗？"魏东升突然问。

"不行。"叶剑锋用力试了试，绳套虽然不紧，但死者双手很难挣脱出来。

"可以了，把绳套剪下来吧。"

捆绑尸体的绳套，是绝对不可以从尸体上直接解下来的，必须避开有绳结的地方。取下后，被剪开的断口必须用绳子或胶带重新连接起来，这样不会破坏绳套的原貌。取下绳套后，才可将打结的地方一步步松解开，以便研究打结的方式。

叶剑锋照此方法，取下于飞智双手的绳套，松解开绳结，按照取绳解绳的步骤，反过来则可以还原整个捆绑过程，先将这根长1.1米的尼龙绳打成一个8字形的活结双绳套，然后套在于飞智的双手腕上，紧接着在活结之上又打了两个死结。

再次研究这个8字形的活结双绳套，叶剑锋脑子灵光一闪，有些吃惊："这不就是警绳捆绑案犯的打结和捆绑方式吗？"

每年的公安"战训合一培训"都会训练如何用警绳控制嫌疑人，这种捆绑方式的确是使用警绳的一种方法，叶剑锋无心的一句话，让大家一时感到有些错愕，难道作案的是警务人员？众人心里不免会往这方面想。

魏东升倒是不动声色地说了一句："不一定只有警察会，这个问题先暂且放一放。"

魏东升说得对，这个问题不是一时半会儿能搞明白的。

相对于双手，双腿的捆绑方式更为简单，双脚并拢后，直接用长1米的绿色尼龙绳将踝关节绕了三圈，然后打了两个死结，紧紧地将于飞智双腿捆住。

同类绳索，只是长短不一样；同样是捆绑，方式却完全不同。两种捆绑方式，是否说明有两个作案人？单从这一点来看，是有可能的。

从于飞智身上的损伤同样看得出这一点。

于飞智的致命伤在左前胸，这一处损伤直通心脏，仅此一处，足以致命。而在这处刺创附近的皮肤上还有两处浅表性的创口，长不到1厘米，深度也就仅仅在皮层，这两处损伤让人诧异，更让人百思不解的是，死者上身的短袖衬衫上只有一个破口。

除此之外，于飞智身体的其他地方，再也找不出任何损伤，尤其是双手，没有大家希望看到的抵抗伤。这是否再一次说明，不止一人作案？于飞智从头到尾都被强力控制了。

刺死于飞智的凶器，应该是一把刃长至少在8厘米、宽2.5厘米的单刃匕首，这把匕首从胸骨左侧第4根与第5根肋软骨之间刺破心脏。想必这把凶器已被带出现场，这也许可以说明一点，案犯是有备而来，有一定的预谋。

通过尸检，叶剑锋在短短的时间里，也只能做出这些初步的判断，合不合理，对或不对，那必须放入到整个案发现场才经得住考验，现在只是管中窥豹而已。

将于飞智的致命伤搞清楚之后，魏东升没有在解剖室继续待下去，他又匆匆返回了案发现场，临走时，他丢下一句话：往往看似合理的也许是不正常的，看似反常的也许是合理的。这句意味深长的话，真是耐人寻味。

天色渐暗。

派出所会议室里，专案组很多大大小小的领导聚在一起，有在窃窃私语的，有在高谈阔论的，有在嗯嗯啊啊打电话的，很难听得清都在说什么，但是看得出大家都神采飞扬。

本来叶剑锋就奇怪，今天怎么没人催着他们法医汇报尸检情况，眼前这景象更是让他捉摸不透了。

看到坐在电脑前默不作声的杜自健，叶剑锋好奇地问道："杜所也在啊？"

杜自健回头看到叶剑锋，问道："你们完工了？"

叶剑锋"嗯"了一声，问道："你们现场也结束了？"

"哪有，丁主任还在，我在比对现场鞋印。"

"有结果了？"

"和洪武县洪桥镇黄斐的出租房里的一种鞋印吻合。"

"谁的？"

"如果没有第四个人的话，应该就是黄斐的。"

"又是这个黄斐，人抓到没？"

"刚抓到，跑到老家去了，已经在押解回来的路上了。"

现在叶剑锋才明白会议室的气氛为何有难得一见的轻松，他也颇有兴致地问道："是不是他做的？"

杜自健轻轻地摇晃着脑袋说："初审没交代，他说自己去过那里，但对于飞智的死毫不知情。"

叶剑锋高涨的心情立即沉了下来，说道："他要是拒不交代，还不好弄啊。"

"那当然，他只是个嫌疑对象而已，对于我们，一刻也不能放松，现在一切都要靠证据说话。"杜自健说得倒是很坦然。

晚上9点，黄斐被押解到了江川市。审讯室里，黄斐一直很配合，他和王军如何受于飞智指示，如何拘禁薛家豪，又是如何在事发后找到于飞智要跑路费，都交代得一清二楚。唯一让他产生剧烈抗拒的，就是于飞智的死亡，他一口咬定，与他无关！

临近晚上11点，技术室的丁旭华疲惫地回到了会议室，余世春见到就问："怎么样，有什么新发现？"

丁旭华站在桌前，将肩上的挎包滑落在地上，然后坐下说："没有，厂长办公室里确实没发现黄斐的足迹。"

"那监控电脑前的足迹能确定是什么类型的鞋子吗？"

"像是一种软胶底的休闲鞋。"丁旭华说，"这种鞋印主要出现在两个房间内，还有楼梯走廊上，除了很多凌乱的地方看不清以外，有些还是可以辨别的。但奇怪的是，这种休闲鞋的鞋印有些都被死者自己的鞋印所覆盖，当然也覆盖了一些黄斐的鞋印。"

"能看出来在现场走过几趟吗？"魏东升突然问。

"从两个房间来看，也就进来和出去各一趟，在第一间发生盗窃的房间里，这种鞋印都是在死者足迹之上，但在发现尸体的房间里，鞋印几乎都在死者足迹之下，保险柜附近更加明显，因为只有两种足迹。"

余世春靠在椅背上，双手交叉在胸前，说："是有些让人费解，难道另有其人？那你看这个黄斐现在能不能排除掉？"

"以足迹看，黄斐到过现场是肯定的，但至于有没有杀人，的确证据不足。"

"这还真就怪了啊！"余世春喃喃自语，之后扭头看着沈岳明问道，"岳明，你们调查出还有没有其他人进过这两个办公室？"

沈岳明说："没了，最后一次进过这两个办公室的只有王玉英，就是在9日晚上下班之前。"

"那看门的大爷后来有没有发现晚上有其他人去过厂里？"

"没有。"大队长王华天说，"据周大爷说，于飞智9日下午开车进出过两次，一次是下午5点半出去的，大概7点多回到厂里；第二次是晚上9点钟出去，直到10点才回来，他说第二次车子是开往北郊方向，没有进市区。"

"这几天和他接触的人和通话的人都调查清楚了吗？"

"查清了，这几天他不是在厂里，就是在家里，很少和外界接触，只找过原来厂里的几个老板小聚了一下。通话的几个人除了黄斐，其他的就是几个朋友和厂里的几个负责人，最后一次通话是和远在北京的儿子和前妻，是在9日晚上10点13分，通话时间大概有13分钟。"

"厂里的王厂长这几天一直在广州吗？"

"对，他明天就赶回来。"

"那账上的100万元资金去向查清了吗？"

"嗯！"王华天点点头，翻开记录簿说："现在可以确定是被于飞智挪用了，估计有60万元还在薛家豪手里，20万元被他拿去炒期货了，但还有20万元资金去向不明，于飞智的账户上没这笔钱。"

"还有20万元？那他的妻儿、父母的账目查了吗？"余世春问。

"银行户头基本都查了，没有这20万元的转账汇款。他父母也说没有拿过，他的老婆和儿子明天就赶过来，我们再详细查查。"

余世春右手指尖使劲地敲了敲桌子说："别基本，每一笔、每个账户必须要查清楚！"

魏东升一直坐在旁边，看起来气定神闲，脑海里却一直在翻腾，他对技术人员也提出了要求："这个现场以及周边，尤其是厂区周边，明天必须要再仔细地勘验一遍，细枝末节也别放过。还有尸检情况，几个法医也要好好琢磨琢磨。"

"那先这样吧，你们技术上的先回去抓紧时间休息，明天早点来。"郑阳给他们下了最后一道指令。

与大家分别后，已是半夜12点多了，叶剑锋虽然身心俱疲，但现场与尸检的那些血迹、痕迹、损伤，无一不充斥着他的每一个脑细胞，仅有的一点睡意，也被赶得无影无踪。

叶剑锋躺在宾馆床上，努力把所有信息一次又一次地串联起来，但每次都犹如钻进了一条死胡同，大脑里那些沟沟回回也成了走不出去的迷宫。

一叶障目，叶剑锋发现一开始他就忽略了一个重要的问题，这让他进入了一个永远没有出路的迷宫，要找到出路，不能一味地置身其内，必须完全抽离出来，要想找到正确的出路，最简单的办法就是摧毁这座迷宫。

尸体就是他摧毁这座迷宫的关键所在，而尸体本身也是一个谜团，想着这个谜团，他迷迷糊糊地睡了一夜。

等醒来，叶剑锋的脑袋抽空了，却留下了一条清晰的思路，带着新的思路他重新走进了案发现场。

现场地面已被处理好，现在走动起来不用那么小心谨慎，行动也很自由。看见早就来到现场的丁旭华，叶剑锋打了个招呼："主任辛苦啊，都已经干上了。"

"都一样，你不也来了？"

"有什么新发现吗？"叶剑锋问。

丁旭华站在发现尸体的窗户旁边，指着窗户外说："窗外的桑树叶上有些血迹。"

"主任好眼力啊，在哪里？"叶剑锋快步走到窗户前，眼珠子抠出来也没看见。

丁旭华指着窗外说："就这最高的一棵，靠近墙这边的叶子上，看到了吗？"

"看到了，但看不清，待会儿下去再看看。"

"有发现可疑的血指纹或印痕吗？"

"没有，也就是死者自己的一些指纹。"

叶剑锋突然想起了之前一直想问的事情："对了，发现死者的时候，两个房间的灯到底是开着的还是关着的？"

"肯定是关着的，我回去特意看了当时的现场照片。"丁旭华十分肯定。

叶剑锋走到门口，查看一番说："那案犯出门关灯、关门，却没在开关上和门上留下一点血手印或指纹，也是不正常的吧。"

"这的确也是不合常理的地方。"

现场血迹已经干涸，滴落状、流柱状、喷溅状、擦拭状，以及那一片血泊，这些各种形态的血迹反映出死者生前的活动状态或案犯的各种行为。叶剑锋站在这里观察每一处、每一滴血迹，就是为了解读出它们包含的真实信息，他现在有时间来印证自己大胆的设想，这也是他复堪现场最主要的目的。当然，还有一个地方也是重中之重，那就是丁旭华所说的窗外那几片带血的桑树叶。

办公楼外面是一个人工鱼塘，鱼塘四周种着桑树，这就是我国历史悠久的生态养鱼模式，称为"桑基鱼塘"。鱼塘的淤泥运到四周作为桑树的天然肥料，而桑地土壤中的营养盐类流入鱼塘，喂肥了鱼儿，既提高产量，也节约成本，典型的生态养殖。

鱼塘旁桑树的一片树叶上，有两滴"彗星"样的血迹，血迹很少，颜色很深，拖着长长的尾巴，这是具有一定速度的血滴溅落上去的，血滴运动的方向就是尾巴的方向，指向鱼塘。

"看这种血迹，八成有东西扔在了鱼塘里。说不定是凶器，这树叶上的血极有可能是从凶器上滴落下的。"叶剑锋迫不及待地说。

"不管有没有、是不是，鱼塘里是肯定要打捞的，我已经和领导汇报了，就怕鱼塘老板不同意。"

"这鱼塘也不大，不会太深，不一定要抽干鱼塘啊，用磁铁棒在水底滚一遍，如果有凶器一定会吸上来。如果没有，那再说。"叶剑锋没白在江南水乡待了十几年。

鱼塘老板果然不配合，百般阻挠，主要原因是，一年前这个老板酒后滋事并打伤了别人，被派出所拘留了15天，因此，他一直对公安的处罚不满，现在泄愤的机会来了。一时半会儿，这事儿肯定是解决不了，叶剑锋不想过多地在这里浪费时间，提前回到了洪武县局。

县局法医室办公桌上，放着一捆崭新的绿色尼龙绳，这是叶剑锋刚刚叫程建斌按照捆绑于飞智四肢绳索的规格买来的。

叶剑锋需要这样的绳子是为了做一个试验，这也是为解开于飞智之死，做出的最关键的一个验证。他将尼龙绳剪成两段，一段长1.1米，一段长1米，然后拿出那段1.1米的绳索，把绳索从左手食指与拇指的背侧绕到右手食指与拇指的背侧，然后左手拇指与右手食指分别钩住对侧食指与拇指之间的绳索，往回一拉，这就做成了一个8字形的活结绳套。

程建斌新奇地看着："咦，叶老师，这个就是捆绑死者双手的绳套吧？"

"脑子挺灵光啊。"叶剑锋说，"这种绳套，是我在警校培训的时候学的，是最简单的打法，还有一种稍微复杂的，不过我忘记了。"

"您的意思，怀疑案犯是个身份特殊的人？"

叶剑锋诡笑两声，程建斌一头雾水，直到他看见叶剑锋把8字绳套套住自己的双手后，他恍然大悟。

"天呐！"程建斌惊呼，"你的意思是不是说于飞智双手是被自己捆绑的？他是自杀？"

"算你小子聪明，你看有可能吗？"

"我不知道，只是有些不敢相信。"

程建斌这时也拿起一根绳子试着将自己的双手绑住，嘴里还嘀嘀咕咕的："自杀？不可思议！"

信与不信这不重要，重要的是这种假设是否成立，叶剑锋继续埋着头研究这个绳套。

与此同时，现场那边鱼塘老板在村干部和派出所民警苦口婆心的劝说下，勉强同意了打捞鱼塘里可能存在的凶器，条件是如果死一条鱼，按每公斤40元的价钱赔偿，还有塘埂上的桑树，踩坏一棵赔200元。

这个鱼塘是人工挖掘的，池底并没有其他杂物，唯独厚厚的淤泥可能会对打捞工作带来不便，拖动裹着淤泥的磁铁棒着实要费点工夫，但这并不会阻碍水底磁铁棒强大的吸引力，拖了两遍之后，磁铁棒上除了有些锈迹斑斑的螺丝螺母以外，还有一把很新的匕首牢牢地吸附在上面。

匕首被紧急送到市局，叶剑锋第一次是通过照片看到了刀的特征，实物还是后来回到市局DNA室看到的

匕首上还黏附着一些黑色的淤泥，但仍旧能看出它很精致。这是一把单刃匕首，全长23厘米，刀刃长9.5厘米，最宽处为2.5厘米，手柄后面居然还有一个可拆卸的螺丝，刀身上刻有很多英文字母，将字母输入搜索网站，在众多网页和图片中，很快比对出这把匕首的品牌与名称，这是一把品牌礼品刀具，在江川市买这种刀具的肯定不多。

这把刀刃的特征与刺死于飞智的凶器很吻合，但要真正确定是不是致伤工具还要经过DNA检测，一把沉在水里的匕首，泡了两天了，还能验出DNA吗？司徒爱喜毫无把握和经验，这个活儿只能由DNA室徐主任亲自操

刀了。

不管能不能验出DNA，侦查员已经穷追不舍地调查匕首的来源了。

叶剑锋更是坚信这就是致命的凶器。从现场的角度分析，完全符合从窗户扔进鱼塘的，但谁扔的呢？如果于飞智拿刀刺进了自己的心脏，他还有能力扔出去吗？

从2005年中国股票市场第七次大牛市开始，于飞智开始入市，几次小打小闹尝到了甜头后，他开始调动手中所有的资金准备大捞一笔，他甚至把手伸向了玻纤厂的公款上，借着职务之便他开始偷偷挪用一些小笔资金。随着牛市的持续，于飞智赚到了一笔又一笔意外之财，数钱的快感让他得意忘形，简直到了走火入魔的地步，公款越挪越多，腰包也越来越鼓，膨胀的私欲让他欲罢不能。最终他把自己套进了第七次大熊市，赔光了所有的钱，他才发现厂里账目上留下了一个大窟窿，最后不得不卖掉房子填补窟窿，保全自己，弄得妻离子散。

于飞智哪里甘心，找回失去的一切是他唯一想做的事。这时候，他最好的同学薛家豪给他指了一条生财之道。薛家豪组织开设赌场，由于飞智提供放高利贷的资金，两人一拍即合。于飞智又把手伸向了公款，他分五次挪用了100万元，其中80万元给了薛家豪，20万元他自己拿去炒期货。谁曾想，薛家豪赌场没开到两个月就被公安查获，薛家豪被罚了60万元。于飞智费了九牛二虎之力才讨回来剩下的20万元，此后就再也没有讨回一分钱，而炒期货的20万元也亏了一大半。

于飞智走投无路，找来两个社会上的朋友王军和黄斐，以每人25000元的酬金让他们摆平薛家豪，要回那60万元。谁料想，竟然闹出了人命。薛家豪出事的当天，也就是8日晚上，黄斐赶到于飞智那里要钱跑路，可能的确没有杀死飞智。

一切线索都在这里戛然而止，但现在这些并没有让专案组的领导们十分焦虑，因为现在很多证据和迹象都表明，于飞智很可能不是死于他人之手。

于飞智很可能是死于自杀。

其实提出这个观点的，不止叶剑锋一个人，除了几个侦查员之外，主勘现场的杜自健和丁旭华都持此观点，当然还有魏东升，他们是在下午研究完遗留在现场的那张报纸后，得出了这个结论。

现场保险柜旁的那张摊开的报纸，看上去曾经包裹着一沓厚厚的纸币，但将报纸的折叠痕复原后，他们发现被包裹物的高度约17厘米，长约24.3厘米，宽约11.8厘米，从计算出的规格上看，无论是装100元面值的纸币，还是50元以及其他面值的纸币，装多少或怎么装都很难与包裹物的规格相吻合。由此，他们猜测这张报纸原本包裹的应该不是纸币，而是三块红砖，经过检测报纸表面提取物，也证实是红砖，又经过包裹试验，的确与三块叠加在一起的红砖规格吻合。

显而易见，打开的保险柜、摊开的报纸、一张遗留的50元纸币，还有几条橡皮筋，都是一种伪装。

不是他杀，那被捆绑的四肢又做何解释？最后一次案情分析会上，很多人提出这个问题。

叶剑锋没做过多解释，只是简单地说了一句："自己捆绑可以形成。"

他拿出两根绳索，先用一根1米长的绳索绑住自己的双腿，然后拿出那根1.1米的绳索，做成一个8字形的活结双绳套，熟练地将绳套套在双手腕，接下来要在活结之上打两个死结，这个动作就不那么利索了，他手嘴并用，最终将自己的双手捆绑在了一起，而且捆绑手腕的绳套也有些松动，这个几乎重现了案发当晚的一个桥段，看上去如此逼真。

但还是有不同的声音，有人反问道："既然死者可以捆绑自己，那别人也照样可以捆绑他，还是不能排除他人的嫌疑吧？"

对于这种质疑，叶剑锋解释道："对，自己可以做到的，他人一定也可以。但是我认为死者是自己捆绑自己，基于几点理由：第一，死者双脚捆绑得很紧，而且捆绑方式与双手完全不同，如是他人所为，为何捆绑双手时要用另一种束缚力不强的方式，完全没必要；第二，退一步讲，即使捆绑双手是他人所为，那绳套捆绑得不会如此松，这种绳套是个活结，两个绳头用力一拉，绳套会变紧，但死者自己很难让绳索两头受很大的力；第三，从死者被捆绑的手腕、脚踝皮肤看，他自始至终都没有明显挣扎的痕迹，这点也是极不符合常理，大家试想，当一个人生命受到威胁时，会毫无反抗吗？"

丁旭华紧跟着说道："从现场来看，一是没有打斗痕迹；二是杀人过程也不太符合他人所为，因为现场地面血迹并没有被踩踏；三是除了尸体周围，其他地方没有任何血迹，比如房间的地面、房门、电灯的开关上，这些迹象都无法证明有他人侵入的可能。"

"说到血迹，我们法医也有自己的看法。从死者身上的血迹分布及特点来看，尤其是双手臂的血迹，刺入心脏的匕首是被死者自己拔出来的，拔出匕首之后，心腔内的血随着心脏最后的几下收缩喷溅而出，不仅喷溅到了双手，也喷溅到了窗户、墙壁上。而现场各种形态的血迹分布，具有连续性，这说明死者心血喷射而出的时候，没有受到其他物体的遮挡，比如站在死者前面拔出匕首的案犯。心脏被刺一般还会有几秒甚至十几秒的行动能力，在生命最后的几秒内，死者完全有能力将匕首扔到窗外的鱼塘里。"

"那有没有可能案犯刺伤了死者，刀没拔出来就跑了？"沈岳明问。

"我认为不存在这种可能性。"叶剑锋胸有成竹地说，"死者致命伤只有一处，一刀刺破心脏，但是在左胸部致命伤口的旁边还有两处很浅的皮肤损伤，这种损伤符合刀尖的轻微作用，而死者胸口的衣服上只有一处破口。"

"那这两处损伤如何而来？"

"这可能是死者自杀之前因为有些犹豫，又或是为了确定准确的下刀位置，刀尖顶在了胸口而形成的。而且死者先是拿刀刺破了衣服，但没拔出来，刀尖部分一直在衣服内，所以在衣服上只留下了一个刺破口，而皮肤上却有三处损伤。根据毒物化验，死者生前没有吞服毒物和镇静、安眠类药物。头部也没有损伤，这说明死者生前还是很清醒的，即使他被绳索或其他人控制住，他还是可以强烈挣扎的，这种挣扎至少会造成身体剧烈扭动，在这种情况下，他人难以用匕首造成如此稳定、准确的损伤，我想这也是唯一的解释了。"

沈岳明听到这些不再质疑，他转而问痕迹组："旭华，你之前所说的现场那个休闲鞋印排查出来没有？"

丁旭华遗憾地说："暂时还没有。不过我们认为，这也极有可能是死者之前伪装出来的，死者事先穿着这双鞋制造了盗窃后抢劫的假象。现在我们只找到了那把可疑凶器，如果能找到死者这双鞋子、绳索、砖头或其他的东西，我想才能真正地认定自杀之说。"

"不仅是这些。"余世春突然开口说，"如果说死者是自杀，那自杀的动机也是下一步调查的重点，还有一点也必须查清，案发当晚死者9点之后开车去北郊做什么？也要搞清楚。"

"我插一句啊。"魏东升靠在椅背上说，"我在想，当晚死者前往北郊很可能是抛掉他为自杀准备的一些工具以及自己身上的财物，因为那边有一个大的垃圾处理厂，那里是个合适的地点。"

余世春最后说："案情已经突破性地跨越一大步了，但对于整个事件的公安工作来讲，还只是一小步，接下来的工作可能会更加繁重艰巨，今天的会议内容仅限在座的各位知道，希望大家管好自己的嘴，出了办公室的门要严格保密。大家可能还不知道，现在社会上就此事炒作得越来越厉害，网监部门已经做了大量的舆论引导工作，但这不是长久之计，我们还要加大调查力度。虽然我个人也赞成自杀说，但是必须要有十足的证据，我们才能下最后的结论，否则难以让人信服！希望大家一鼓作气，奋战到底。"

真相越来越接近，专案组成员个个血脉偾张，所有人都相信真相即将呼之欲出。

叶剑锋在洪武县的使命也已经完成了，等他回到平江县时，那具无名尸体的案子居然告破了，通过无名尸体右小腿腓骨骨折形成的骨痂形态、Y-DNA的筛查，一系列证据表明无名氏就是胡继福。

而杀死胡继福的人正是他的父亲胡平礼。这又是一个让人压抑、窒息的死亡真相。

亲手杀死了自己的儿子，一年多来这是胡平礼挥之不去的噩梦，他一字不漏地交代了弑子的前因后果以及过程，这是他对自己唯一的救赎。

胡平礼家境一般，胡继福其貌不扬，生性木讷，高中毕业后就和父母一起在家中种茶植林，一家人靠贩卖茶叶、种苗圃维持生计，虽然赚不到大钱，但生活过得倒也有滋有味。

胡继福21岁那年，胡平礼到处张罗给他找老婆，因为条件不好，一直未果。后来经人介绍，找到一个比胡继福大3岁的外地女子，女子长相俊秀，胡平礼一家人非常满意，胡继福更是爱得不得了。半年后，胡平礼倾尽所有给两人办了酒席，在乡下，这就算是结婚了。

可又怎能想到，这个女人结婚后一个月就卷走了胡家的所有财物，一走了之了。

胡继福开始到处打听女子的下落，但杳无音信。因受到极大的刺激，导致他发生了情感障碍，精神渐渐不正常，并越发严重，主要表现就是在毫无征兆的情况下，极其狂躁，具有严重的暴力行为，精神科医生诊断胡继福为精神分裂和躁狂症。

胡继福不发病倒还好，发病时如疯魔一般，六亲不认，到处祸害人，尤其是经常骚扰女性。胡平礼带他到处治疗也不见好转，辛苦赚来的钱就像扔进了无底洞。胡继福成了全家人的梦魇。

胡继财当兵回来后，也到了谈婚论嫁的年龄，但就是因为有个这样的哥哥，没一个女孩愿意嫁到他们家。

两年前，发病的胡继福把自己的母亲推倒在地，可怜的母亲在床上躺了大半年就撒手人寰了。

老伴的离去，让胡平礼几乎绝望，为了小儿子的幸福，为了枉死的老伴，在某夜趁胡继福熟睡之时，他抡起铁锤重重地砸了下去。

他将儿子的尸体埋在了屋后河边的树林里，这是胡继福生前种苗圃的地方，一场山洪让凄惨的真相大白于天下。

这样的真相又让叶剑锋郁闷了很久，唯一让他有些释怀的是洪武县于飞智的死亡真相揭开了。

几天来，洪武县专案组并没有找到于飞智可能丢弃的物品，也许早被垃圾场处理掉，或被人捡走了。

但令人欣喜的消息还是层出不穷，一是找到了于飞智生前在鞋贸商场买休闲鞋的视频画面，他买的这款鞋是当时促销的断码鞋，花纹与现场可疑的一组鞋印相同；二是网监部门也找出了于飞智网购那把致命的礼品刀具的交易记录；三是那把匕首护柄夹层里和捆绑双手绳索的绳头上都检出了于飞智的DNA，而没有别人的。

一连串的证据都表明于飞智死于自杀。

当然，于飞智亲人是不信服的，他们提出当时于飞智死的时候屋里的灯是谁关的？如果是于飞智生前关的，屋里漆黑一片那他又如何捆绑自己并杀死自己呢？

回答这个问题，不难，因为事发当晚，皓月当空，于飞智完全可以借着照射进来的月光，做出一系列行为。

其实最关键的问题是，于飞智究竟为何要煞费苦心地设计这样一种自杀方式？难道仅仅就是为了扰乱警方的调查？他又为何不留下只言片语就离开？

所有人都被这个谜团足足困扰了近半个月，就是省厅专家组来复检也没有查出个眉目，这让所有人领教了一次什么叫死无对证。

后来，于飞智的儿子收到了一封署名为"我在天堂"的电子邮件，这封诡异的邮件，让人们一开始吓了一跳，但也正是它解开了这最后一道谜题。

邮件是写给于飞智的儿子和他的前妻的，除了自责以外，还有很多悔恨和遗愿，附件是一组于飞智意外保险保单影印件，保险金额200万元，受益人正是于飞智的儿子。

于飞智在半年前被查出患有晚期淋巴癌，这更让他彻底绝望，也许他早已孤注一掷，也许他早就准备了这一场自导自演死于他杀的迷局，一旦警方认定成他杀，那么200万元的保险金就会顺理成章地交到儿子手里，这算是他多年亏欠母子二人的补偿。

保险是在于飞智死亡前半年买的，用的是最后剩下的那20万元公款。而这封邮件又是谁在他死后发给他的儿子的呢？最后网监部门的电脑高手搞清楚了缘由，但此事后来传到民间，居然成了当年的第一大灵异事件。

这个神秘的发件人已经不在人世，因为就是于飞智自己，自杀前一天他在网吧用新注册的信箱定时发送了这份邮件。

死亡的真相往往过于凄惨，而叶剑锋因为一次又一次协助警方解开这些死亡真相，让他脱颖而出，正式被选调到江川市刑科所，协助支队政委魏东升主管全市法医工作。

这是一个法医职业生涯新的起点，更是新的挑战，他做好准备了吗？

10　杀人纵火案：请让我再见他一面

秋分时节，最热的时候已经过去了，人们都在享受中秋节前舒服的天气。

正是夜生活刚刚开始的时候，江川市绿林县街边夜市、大排档喧闹嘈杂，街头依然车水马龙，一派和谐热闹的景象。

晚上10点12分，昏暗的街道上一阵阵刺耳的警笛声冲破夜幕，三辆消防车闪着火红的警灯向虹丰新村住宅区疾驰而去。

四个小时之后，还在床上悠悠伏枕的叶剑锋接到了支队领导的指令，立即随队赶赴绿林县增援，那里可能发生了一起杀人纵火案。

"可能？"

这是叶剑锋最困的时候，接到电话，脑子嗡嗡的，刚到市局上任就接手这种性质不明的疑难案件。

"好像发现尸体颈部有勒痕吧，去了再说。"杜自健也是昏昏沉沉，对具体案情也不清楚。

叶剑锋比支队其他领导来得要晚一些，到达现场时，已经将近凌晨4点了。

现场电源早已被切断，除了几个勘查人员手中的手持式光源之外，四周如同黑洞一般，小小的屋内弥漫着呛人的焦煳味，满地都是夹杂着烟尘炭灰的积水，凌乱不堪，先前的浓烟还未完全散尽，仍有缕缕青烟在屋内缭绕，有些呛鼻刺眼。

绿林县公安局的刑技人员正在勘验现场，年近四十的技术室主任朱浩哲紧张地向大家介绍着案情："死者是房子的主人，叫朱笛，女，28岁，单身未婚，是我们南江省黄桃市马槽镇人，六年前来我们绿林县开了一家服装店，两年前买了这一套单身公寓。据调查，她是一个人住在这里，昨天晚上8点多从店里回到家中，一直到晚上10点多被发现这里着火。"

"她有男朋友吗？"叶剑锋问。

"这倒不清楚，据说没有。"

现场有限的光源很难一下子了解整个屋内的布局，杜自健问："这房子的格局是什么样的？"

朱浩哲站在门口，打开手电，通过穿透烟雾的光柱做指引，介绍道："这种房子是公寓式的，一室一厅一厨一卫连体结构，大概不到60平方米，南北通透，长约9米，东西宽约7米。大门朝北开，进门右手边是简易的整体灶台，左手边是卫生间，往前右边是餐桌，左边为小的客厅，客厅有一个布艺沙发和茶几，再往前是一个开放式的卧室，卧室与客厅这边隔着一组整体衣橱，然后就是最南边的阳台和窗户，卧室与阳台其实也是一体的。"

"在哪里发现的尸体？"

朱浩哲带着大家小心翼翼地往前走了几步，来到屋子的南侧，用手电射出的光圈在一大片焦炭的废墟里照了几下说："这里原本是卧室，木床上面烧毁严重，主要是一些纺织物品，还有席梦思床垫，尸体是在床上的这些碳堆里发现的，发生火灾时死者应该还躺在床上。"

一时间，所有手电同时照向朱浩哲所说的位置，除了地板上十几厘米位置的床框、床板外，纺织品多数完全碳化，有些已经化为灰烬，尤其是席梦思大部分的弹簧也裸露在外，上面沾满了碳化的化纤，整个床的结构倒还完整，只是靠西北侧的床尾有些塌陷。

床上碳化的废墟中间隐约还能看得出少许未燃烧的床单、床垫等纺织物品的残片，杜自健指着这些地方问："死者应该就是在这里被发现的吧？"

"对，发现的时候，尸体仰卧。"朱浩哲继续向大家介绍，"据说，消防车来的时候，火还没烧到阳台，消防员从阳台撬开防盗窗、砸碎了阳台玻璃，然后将火扑灭，后来有两个消防员从阳台进入房间，发现了尸体，并从里面将大门打开。我们进入现场时，大概距离火灾发生了30多分钟吧，刚进来时地面积水比现在多，已经没有勘验条件了，后来我们在尸体周围勘验了一遍，拍照固定后就拉到了殡仪馆。"

叶剑锋向前挪了几步，凑近看了看说："那块粉红色碎片，估计是死者的衣物吧。"

顺着叶剑锋手电照射的地方看去，朱浩哲说："应该是，其实不止这些，尸体上还沾了一些。"

叶剑锋又问："尸体有明显损伤吗？"。

"尸体皮肤有些碳化，高法医他们还在殡仪馆检验，目前还没发现明显开放性的损伤，只在颈部残留的皮肤上发现了可疑的勒痕。"

杜自健拿着手电筒，穿着雨胶靴，又在卧室四下转了转，说："看来起火点很可能是在床上啊。"

"杜所说得是，我们和消防队也认为木床这里是起火点，而且最有可能在床尾的位置。"朱主任又将光源移向木床以及周围的房顶和墙面，"整个屋子毁损最严重的是这张木床，而床板烧毁最严重的就是床尾，这里的床板、外框支架几乎完全碳化并有些坍塌。这里正上方的天花板也毁损最严重，很多石灰块已经发白，一部分已经完全剥离和脱落下来了，吸顶灯也完全变形了，说明这里火势大、燃烧时间长，符合最先起火的情况。然后火势向四周蔓延，一直烧到床面和墙体、吊顶，还有北侧衣柜的上半段，南侧床头的电脑桌。好在大火被人发现得早，消防队扑灭及时，不然真的不堪设想。"

"消防人员估计大火烧了多长时间？"杜自健问。

"消防队根据第一个报警时间和整个屋内烧毁程度、过火范围推算，估计火灾发生的经过时间在10～15分钟，大概在第一个报警人发现之前五六分钟左右吧。"

"那就是在晚上10点钟左右开始起火的。"

"嗯，差不多就是这个时间。"

"起火原因有个初步判断吗？"

"已经基本排除电器、电线短路，还有蚊香、抽烟等意外情况。从起火点的位置，我们高度怀疑可能是人为纵火，当然现在还没认定，还要看进一步的勘验和尸检情况。"

"排除消防救火的因素，门窗有严重的破坏痕迹吗？"

"根据目前了解，大门和阳台窗户当时是完全封闭的，窗帘也是拉上的，大门没有破坏痕，防盗窗除了消防的破拆痕，是否还有其他的痕迹，只有等到明天再看了。"

"那先这样吧。"杜自健指示，"剑锋辛苦一下，你先去殡仪馆。目前现场也不需要太多的人，大家都先回去休息一下，我和朱主任再盯一下这里，明天还有很多活儿等着大家。"

的确，六七个人挤在这么小的空间里，不仅四肢难以活动得开，而且每个人的口眼鼻都招架不住这满屋的烟熏之苦，光线又极差，不具备全面勘验条件。

叶剑锋没得休息，得去参加尸检工作。

绿林县位于江川市西南方向，东北部毗邻平江县，整个县城地处仙龙岭境内，属于典型的山地城镇，城区人口不过三十来万，面积不大，却是远近闻名的生态旅游胜地。

绿林县公安局只有三个在职法医，一名是比叶剑锋年长的高法医，还有两名是年轻的法医小孟和小丁。老高带着小丁正在解剖室不辞辛苦地工作着。

叶剑锋刚跨进解剖室的大门，高法医就调侃道："欢迎导师莅临指导。"

"导师好！"小丁也没个正形。

"好个球啊，这不是被你们整来了嘛！"

"魏政委没来啊？"高法医问。

"他去北京出差了，估计没两三天回不来。怎么，是不是嫌我道行太浅，掌控不住啊？"

"岂敢，岂敢！"

只有法医才会在这阴森森的地方无趣地调侃着彼此，突然，谈话被"轰轰"两声巨大的声音打断。过了一两秒钟，大家才反应过来，原来是隔壁尸体冷藏柜的马达声。

叶剑锋有些惊魂未定，但还是故作镇定地说："看来死者对我们的谈话十分不满，赶紧干活。"

"哪有。"高法医煞有介事地说，"这是大家在欢迎你的到来，只是方式不一样罢了。"

"好了，两位大哥，别再说了，再说估计这位也要跳起来了！"小丁瞪着双眼，指了指解剖台上的尸体说。

人体中含有大量的水分和蛋白质，当一个人全身多处经过高温灼烧后，肌肉遇到高热而凝固收缩，人体的屈肌强于伸肌，就会造成四肢各个关节呈屈曲状态，类似于拳击比赛中的格斗姿势，法医称之为"格斗姿态"。解剖台上死者的尸体就是如此，全身皮肤紧绷质硬，四肢和胸腹多处皮肤呈焦黄色和炭黑色。

叶剑锋穿好防护服，看了看尸体概貌问："尸体看得怎样了？"

高法医言归正传："尸表看得差不多了，除了背部和臀部，其他部位皮肤多处烧伤，四肢与胸腹皮肤都是三度以上烧伤，尤其是双手双脚，还有一些外侧皮肤已经焦化或碳化，右足、右手部分皮肤完全烧毁缺失，右侧大腿前侧有一处长6厘米、宽4厘米的皮肤裂口，除此之外全身皮肤没有破损。还有后颈部枕骨下1厘米的位置，没有碳化的皮肤上有一条横行的暗红色皮革样索沟，颈前甲状软骨下部分焦化的皮肤上隐隐约约也有一条，只不过没有后面明显，两条沟痕处在同一水平位置，导师，看看像是勒痕不？"

叶剑锋看了看，问："眼睑结膜看过吗？"

"想看来着，但皮肤实在绷得太紧，而且都被火快烤熟了，一用力怕把眼皮给夹坏了，不过我们看过上下唇黏膜，有少量的出血点，但没有损伤。"

的确如此，死者皮肤已经经过了高温高热的作用，薄薄的眼皮更不用说，翻开这又脆又硬的眼皮真不是一件易事。

"算了，等等再说。"叶剑锋拿着止血钳尝试着夹了几下，就放弃了。

将尸体侧过身后，叶剑锋瞅着尸体的后颈部那条索沟痕问："有多宽？"

小丁说："0.6厘米左右，前后宽度几乎一致。"

叶剑锋又看了看颈前，反复看过几遍说："是勒痕，处在甲状软骨下的水平位置，是否有结扣或交叉已经看不出来，但看得出勒绳应该只绕了一圈，估计是比较光滑且有一定硬度的绳索。"

"嗯。"高法医点点头说，"准确地说不像是软绳索类，我看更像是宽0.5厘米左右的电线勒出来的痕迹。"

"一般来说，电线属于硬质的索绳，勒沟不是应该很深吗？怎么这个很浅？"小丁不解地问。

"不错，小丁对书本知识很熟。但你想过没有，皮肤是有弹性的，如果勒完之后把绳索拿走或解开，原本深深的勒沟会有所恢复，好在这具尸体皮肤经过高温灼烤，水分迅速被蒸发，所以这条勒痕有些地方很快变成皮革样化，不然估计还没现在这么明显。"

"对对对。"小丁频频点头。

"不过，我看这个还不是重点。"高法医说，"尸体烧成这样，死者生前有没有抵抗伤，也不知道了。"

"这处勒痕很值得研究，不是一时可以搞明白的，还得仔细推敲。"叶剑锋若有所思。

"右大腿这处皮肤裂口是死后烧伤，我想没问题吧？"小丁问。

皮肤在高温作用下会凝固收缩，干燥变脆，进而会造成顺着皮纹的裂口，看上去很像锐器切割创，此处的皮肤裂口就是如此。当然这里碳化得不是很严重，仔细看就会发现这处裂口，一是没有出血、红肿等明显的生活反应；二是皮下的肌肉也没有损伤，由此可判断是火烧所致。

"没问题。"叶剑锋并不关心这个问题，此刻他更在意死者的穿着，"死者身上的衣物是什么情况？"

"已经提取了，在物证台上。"高法医带着叶剑锋来到解剖室拐角处的物证台边，指着一件件残缺的物品说，"死者左手食指有一枚金属指环，不过被烤得乌漆麻黑的。这几块是黏附在死者背部和臀部未烧完的衣物残片，从这些残片看得出死者当时是穿着粉红色棉织睡衣、睡裤，内穿紫色短裤，上身内穿紫色文胸。"

"看得出衣服位置正常吗？"

"应该正常，在现场我们就检验过了，死者内裤的残片都是在裆部和臀

259

部发现的，还有文胸的搭扣和乳托的钢圈也在胸背部正常的位置，至少没有明显的变动。"

根据现场情况和初步尸检的情况，叶剑锋心里已经有了倾向性的判断，这是一起杀人纵火案。

6点15分，解剖室外开始传来了一阵阵喧嚣的锣鼓声和号哭声，送葬的队伍陆陆续续排在门外，赶这么早，就是为了送别逝去的亲人，让亲人早点安息。

各种嘈杂的声音并没有干扰到解剖室的工作。虽然大家都有些疲惫，但毫无睡意，当下必须挺住，一鼓作气，完成最后的解剖工作，叶剑锋催促大家："赶紧动刀吧。"

一时间，尸体紧绷的皮肤肌肉在柳叶刀下，发出"噗噗"的声音，腹部黄厚油腻的脂肪更是在刀口下翻卷，法医切肉割骨，死者颈部皮肤和胸、腹腔被打开。

解剖是一项纯粹的技术活，不仅需要大量的解剖知识，更要掌握熟练的操作技巧。小丁入行不久，手法生疏，叶剑锋本想让他多练练手，但看到他笨手笨脚的，实在有些着急，照这样下去，不知道何时才能收工了。

叶剑锋决定亲自解剖头颅。

死者头发几乎被烧尽，头皮表面变得焦黑，剥离如此紧绷坚硬的头皮，着实费了叶剑锋一些工夫。

头部是否有轻微的打击伤、磕碰伤，从表面难以判断，必须对头皮内层、颅骨、颅内以及脑组织一一查验。

将近一个小时，叶剑锋才将整个颅脑全部检验完毕，得出的结论是：头部未见明显损伤。

高法医带着小丁，二人我来你往，配合默契，不仅把胸、腹腔脏器全部分离出来，而且把颈部两侧的肌肉一条一体分离得清清楚楚。

虽然这是一具经过灼烧的尸体，但皮下肌层及胸、腹腔组织脏器没有受到多少影响，可以看出，气管腔内没有一丝碳沫、灰迹。颈部勒痕有相对应的肌肉出血，心脏与肺脏表面也有或多或少的散在出血点，这也是窒息缺氧的表现。

待到解剖收尾时，死者双侧眼皮终于被翻开，看到了眼睑结膜有预料中的多量出血点，又进一步佐证了死者是因为生前被人勒颈导致机械性窒息死亡。

直到早上8点，尸检工作终于完工，熬了一夜的眼皮不由自主地耷拉下来，睡觉是他们现在最奢侈的愿望。

可惜，这事儿还没完。领导的一个电话让大家的美梦破灭了。

有两件事，一是尸体与现场的物证检材马上送检；二是市局、县局两级领导正在赶往殡仪馆的路上，想了解尸体情况。

送检毫无疑问交给了最年轻的法医小丁和另一个技术员去办，而第二个任务自然由叶剑锋负责。

很快，三位领导来了，市局副局长郑阳、支队长余世春、绿林县局副局长张仲。

余世春走来就说："剑锋，介绍下尸体情况吧。"

叶剑锋强忍着睡意，一一做了汇报："根据现在的尸检情况，我们分析，死因应该是被人勒颈致机械性窒息死亡，死后被纵火焚尸，勒颈工具可能是类似电线一类的硬质光滑的绳索，至于其他的明显和致命的损伤倒没发现，最终死因还要等检材的化验结果。根据未烧毁的衣物残片发现，死者当时穿着睡衣，内衣位置比较正常，从阴部内生殖器看，没有发现明显暴力性侵的迹象，生前有没有性行为，还是要等DNA结果再说。还有死亡时间，大概在末餐后3个小时左右。"

张仲心里推算了一下说："差不多，据调查，死者是在昨天晚上5点到6

点多吃的晚饭，起火差不多在10点，这么推算死亡时间的话，可能在昨天晚上9点到10点。"

"张局说得是，差不多这个时间段。"叶剑锋接着说，"尸体大部分皮肤已经焦化或碳化，只有背部有些皮肤还算完整，尸体上只发现一枚白金类的戒指，不知道当时有没有其他饰物或财物。"

"据说现场床头柜上有一串金项链，八成就是死者的了，钱财我倒没注意。"高法医补充了一句。

余世春双眼在整具尸体上来回扫了几遍，特意问了损伤情况："颈部除了勒痕，能看出还有其他损伤吗？"

他是怕之前有损伤，但被破坏了或法医没看出来。

"只能说实在看不出了，皮肤上那些轻微的擦挫伤，肯定看不出来了。"

"尸体被烧得有些严重，可能失去了一些检验条件，但你们还是要看仔细些。"郑阳面色凝重地说。

"那是一定的。"

"那就这样吧，检材尽快送检，你们赶紧先去歇一会儿。"郑阳说完，领导们也没有再过多逗留，便匆匆离开了。

回到宾馆，叶剑锋只睡了3个多小时，不过已经很奢侈了。起床后，临近中午他吃了一大碗羊肉干挑面后，再次来到了现场。

下午1点半，暖阳四射，光线充足，整个现场的情况尽收眼底。

房间里的一些木质家具、纺织物、吊顶及周边墙面烧毁得十分严重，除了房间里碳化的木床，其他物品烧毁的位置基本都在上半部分，越往上烧毁得越严重。

从这些烧毁的痕迹上，可以看得出消防员扑救工作是多么及时，这才没让这场大火造成更大的损失。现场其他地方的吊顶和墙面附着一层黑黑的烟尘，客厅、厨房的墙壁也不再那么白净，已经变得灰蒙蒙的。

地面的水渍基本被风干，留下了乱七八糟干涸的烟尘污迹，仅是清理中心现场的木床，至少都要花费一天的时间。杜自健与朱浩哲带着几名技术员，弓着背猫着腰，还在不断地清查残留物，几个人的衣襟已被汗水浸湿。

从门口到客厅，从北到南，本就不宽敞的空间被一字排列的物证箱占据了将近三分之一，物证箱里都放着已经被清理出来的大大小小、各式各样的残余物品。

小到被物证袋封存的碎纸片，大到未完全烧尽的碳化物，而一张被单独封存的碎纸片，好生让人奇怪。

纸片被水浸湿过，略微有些皱缩，也就一个指头大小，边缘碳化，看得出这是一张未烧完的彩色纸张。

"杜所，这张纸有什么用？"叶剑锋拿起装着纸片的物证袋走到杜自健身后问。

杜自健转身一看，说："这可是好东西。"

朱浩哲也起身说道："这张纸片是在餐桌的椅子底下发现的。"他走到屋子西北侧，然后指了一下说，"就是这把椅子。"

这是一张两人餐桌，靠在房间西侧墙边，两把椅子在餐桌的南北侧相对而置，发现纸片的椅子正是北侧的这把，这把椅子离大门更接近一些，紧靠着西墙，椅子与大门之间隔着冰箱和开放式整体灶台。

从这种环境格局上看，这张不起眼的小纸片意义非同一般。

"这不会是案犯用来引燃床单的吧？"叶剑锋又看了一眼不远处的燃气灶，脑洞大开。

听叶剑锋这样问，朱浩哲不是感觉惊讶，而是惊喜，他随即说："原来叶法医也是这么想的？"

"哦，我猜的。难道不是吗？"叶剑锋不知道朱浩哲他们是什么意见。

"我看可能性很大，不过朱大主任还没表态。"杜自健突然说。

"我当然倾向杜所的意思，只不过还没来得及细想。"朱浩哲拿过叶剑锋手里的物证袋，又看了看说，"现在想想我也基本认同这种观点，不然这张纸片从何而来。"

"不会是在卧室里燃烧的时候飘到这里的吧？"叶剑锋并不肯定自己的想法。

"应该不会，一是卧室里没有其他残留的这种纸片和灰烬；二是这里就发现了这么一张孤零零的纸片，如果是燃烧飘浮的残留物，应该不只就这一张吧。有一种可能性倒不能排除，案犯用煤气灶点燃纸张，再去引燃床单。"杜自健分析道。

"这都想得到啊，精辟！"叶剑锋不由地伸出大拇指给杜自健点赞，"如果真是如此，那案犯纵火焚尸可能是临时起意的。"

"可以这么说吧。"

"对了，你们从尸体上看，案犯杀人有没有可能也是临时起意的？"朱浩哲问。

"就目前来说，我估计临时起意的可能性比较大，因为案犯是用电线类的绳索勒死了死者，并没有发现其他机械性损伤，电线类的东西可以在现场临时取材啊，具体情况还是要等检材化验结果，还不知道死者死前有没有吃过什么药。"叶剑锋现在作为市局法医，说话比以前严谨了许多，想得也更远一些。

朱浩哲说："那是自然，我们现场勘验也还没结束，有无助燃剂的检验结果也没出来，这还得麻烦你们刑科所尽快出结果。"

"放心，郑局和余支比我们还急，能抽调的人手都在加班加点。"杜自健给大家吃了一颗定心丸。

叶剑锋在平江县的时候，没觉得市局刑科所有多忙，到了市局之后，才有切身体会。抛开各个县区重大案件的现场勘验不说，单就DNA室和理化室的检案量就与日俱增，不仅是由于人手不足，大小案件的发案率偏高，更重要的是现在每个案件的侦破、移诉、审判都极其重视证据。

举个简单的例子，一些盗抢案件的现场，有条件的生物检材提取率几乎为100%；酒后驾车或一些重特大交通事故的酒精检测也几乎为100%，单单这两项就占去了很多日常工作时间。

大家讨论得正在兴头上，叶剑锋就接到高法医的电话，一个叫萧肖的男子有重大嫌疑，此人已被秘密传唤至派出所，他带人正在对萧肖做人身检查。

经查，这个叫萧肖的男子一直对死者朱笛情有独钟，而朱笛对他一直不冷不热、若即若离，两人之间的关系如何，没有人知道，但肯定不是热恋中的男女朋友。萧肖是否因为得不到朱笛而痛下杀手？这种动机的确是存在的，这是其一。

其二，朱笛生前最后一个打进的电话就是萧肖，而且就在案发当晚的8点33分，离案发时间如此之近，不得不让人怀疑。

其三，也是最为可疑的是，从目前调查的情况看，萧肖当晚打完电话后可能到过朱笛的房间，而且针对这一点，萧肖一直是含糊其词。

派出所讯问室。

高法医已经给萧肖做完人身检查，叶剑锋一到就问："他的随身物品在哪里？"

"外面纸箱里。"派出所民警出去拿进来一个透明塑料袋，递过来说，"这里面都是。"

袋口已被封好，无须拆开，里面的物品一目了然。有一部手机、两串钥匙、一个钱包、几枚硬币，重点在于还有一包没抽完的香烟和一个银白色

"Zippo"打火机。

这个打火机怎么这么眼熟？叶剑锋忽然想起来，这个打火机和他以前所用的很像，唯一不同的就是金属外壳上的图案，这个打火机的图案造型是一匹"马"，叶剑锋对此再熟悉不过了，这是一个"Zippo"生肖打火机。

叶剑锋装着无心而又随意地说着："这打火机，和我的差不多啊。你属马？"

"是。"

"平时烟瘾大吗？"

"还好吧，如果只是自己抽的话，差不多两天一包。"

"这打火机什么时候买的？"

"去年过年的时候。"

"在哪买的？"

"香港。"

"香港？多少钱？"

"大概……500多元吧。"

"500元？看来这是真家伙，我的是'山寨'的。"这是事实，叶剑锋那个是在网上淘来的，才158元。

说话间，叶剑锋始终语气平和，这种拉家常式的谈话，让萧肖感觉没先前那么紧张，他略微调整一下坐姿。

临走之时，叶剑锋又简单地检查了一遍，说："先这样吧。"

人身检查刚结束，绿林县局的领导就已经迫不及待地打来电话询问，有没有发现萧肖的疑点。

萧肖全身衣物及体表没有损伤、没有血迹、没有烧伤，是或不是，从这一点根本无法判断，这是高法医客观的答复。

当然，这一点也不能排除萧肖作案的嫌疑，从目前的侦查情况来看，他

266

的嫌疑仍然很大。

余世春也打来电话，虽然也是问检查情况，但他问的方向不同，他是问能不能排除萧肖的嫌疑？

对于这个问题，叶剑锋的确有自己的一些看法。

当然，这些也是假设性的推理，从杜自健和朱浩哲先前对那张碎纸片的分析，如果案犯临时起意用煤气灶来引燃床单，那说明案犯纵火时没有随身携带打火机或火柴之类的东西。而萧肖是个老烟枪，他随身还携带着那个让叶剑锋眼馋的"Zippo"打火机。

"当然，也不能完全排除萧肖案发当晚没有携带打火机。"这是叶剑锋最后补充的一句话。

"应该不会。"余世春倒是否定了叶剑锋最后说的可能性。

"哦，余支为何如此肯定？"

余世春解释道："因为，当晚萧肖进入朱笛家之前，在附近的一个超市买了一包香烟，随即就在超市门口点了一支，这就证明他当时随身携带着打火机，这个有超市的监控为证。"

"不过，这些推断建立的前提是基于杜所与朱主任对那张碎纸片的分析之上，如果他们分析得没错，那萧肖的嫌疑就降低很多。"

"那当然，而且还要看这个萧肖最后真实的口供。"

这时叶剑锋在余世春电话里听到一阵嘈杂声，他急忙问道："咋回事？"

过了十几秒钟，才听见余世春回话："朱笛的亲友好像来了，先挂了。"

要对死者身份进行科学的认定，DNA才是最科学的方法，还需要采集朱笛父母的血样。

会议室里，各级领导嘀嘀咕咕地讨论、分析着各种汇总来的信息。当然，大家最为关注的还是萧肖究竟是不是真凶？

能否排除萧肖的嫌疑，的确是当务之急，这不仅关乎案件的侦破，更关系到人权与法律，现在参与到案件里的每个人都不应该独善其身。

"我觉得，我们大家不仅是为了破案，更是为了不能制造一起冤案！"郑阳对大家说。

"现如今，宁可错放一个也不能错抓一个啊！"绿林县局刑侦副局长张仲的这一句话带有玩笑之意，但说出了现在的局面。

有些人摇摇头，面露苦笑，一脸无奈。错抓，错放，都是绝对不行的。

排除萧肖作案的嫌疑，由杜自健从现场分析开始。

"萧肖说朱笛根本就没开门，换句话说，萧肖根本就没有进入到现场，这一点从现场看比较可信。"杜自健已经经过深思熟虑的分析了，"首先我们基本确定了案犯是从大门和平进入，现场虽然显得十分凌乱，地面也无勘验条件，但是房间其他地方的各类物品摆设整整齐齐、有条不紊，从这点可以看得出死者是一个很干净整洁的人。如果萧肖进入到房内，死者一定会让案犯换鞋，但是现场门口的鞋架上没有男式拖鞋，只有几双女士拖鞋和高跟鞋，鞋柜里倒是有两双男士拖鞋，但是被压在最底层的抽屉里，而且有些变形，应该是很长时间没有用过了。"

"我听说，你们先前怀疑案犯是用煤气灶点燃纸张来引燃床单的，现在你们怎么认为的？"余世春急迫地问道。

"这个问题，我们最后也反复研究过，我们还是坚持原来的意见。"

"那也就是说，案犯极有可能没有携带打火机等，或者说没有犯罪预备。"

"目前看是这样吧。"

绿林县局刑侦大队长邱建群是一个刚提拔上来的年轻中层领导，算是绿林县刑侦线上的得力干将，萧肖的审讯工作由他负责。

邱建群对这些推论还是有所保留的，他的理由很简单：房间没有男式拖鞋，也许案犯进入房间没有穿鞋；案犯没有用打火机，也许是情急之下打火机没有打着，也许碰巧打火机没有火石或者没有油。

邱建群提出的这两个理由是小概率，但确实也有可能性，这将最大的嫌疑又指向萧肖，且持这种观点的不止他一个人。

还有一部分人认为邱建群说的理由有些牵强，一来从现场和尸检上看，案发时死者穿着睡衣，一般不会轻易让一个男人进门，尤其是像萧肖这种关系一般的男人；二来从常理上说，进来的客人，尤其是男人应该会换上拖鞋。

不同的观点，左右着萧肖的作案嫌疑，由此再延伸下去，张仲有了一个出奇的想法，他提出另外一种可能，或者说是种假设，是否为女性作案？

考虑女性作案的可能，也不是没想到过，只不过后来的对象集中在萧肖身上，就没人再提。

现在怀疑女性作案，起码可以解释死者为何穿睡衣迎客、为何没有男性拖鞋、为何没有携带打火机这些原因。

邱建群再次提出了疑问，他几乎没有停顿地阐述着自己的理由："从现场和尸检情况看，死者除了被勒死之外，好像也没有发现其他明显的损伤，虽然现场因为焚烧、救火造成了一些凌乱，但从其他的物品和痕迹来看也没有发现明显或者激烈的打斗迹象，这是不是能说明，相对于死者来说，案犯的体力和控制力要远强于死者？如果是一个女人作案，单凭一己之力，恐怕很难做到吧，要么还有另外一个案犯。"

他说的不无道理，至少他提出是否为两人作案，的确也不能完全排除。

叶剑锋一直都听着大家热烈的讨论，但没有积极参与其中，更不用说发表自己的意见了。

余世春作为支队长，这么多年也比较了解叶剑锋的行事作风，此刻看到他寡言少语，似乎旁若无人地沉寂在一旁，看来必有缘由。

他忍不住问道："剑锋，你们法医有什么意见？"

叶剑锋停止手中转动的水笔，抬眼看着余世春说："我一直在想一个问题。"

"你说。"

"各位说的似乎都不无道理，但如果死者被人下药了呢？我的意思是，如果死者之前被人骗服下安眠、镇静类药物的话，她就会失去抵抗能力，案犯从容杀死她完全有可能。如果这样的话，案犯为一女性倒可以解释得通。"

"毒化都还没出来，你做这个假设有什么意义呢？"邱建群显然怀疑叶剑锋的假设性推论。

"毒化有结果了吗？"余世春问杜自健。

"一氧化碳定性刚做好，血液里几乎没有碳氧血红蛋白，但其他毒物还在筛查，这几天毒化室忙着调试仪器，还没来得及做。"

"仪器调试不好的话，先送省厅，抓紧做。"余世春交代。

叶剑锋接着说："我不是凭空假设的，我怀疑下药了是有理由的。朱笛生前留着长发，从现场枕头上还残留的极少的头发和卫生间梳子上的头发，还有她房间内的一些生前照片，可以看得出她的发长至少在二三十厘米，而且很浓密。我们可以设想，如果案犯突然用绳子勒住她，后颈部的勒绳也会同时勒住头发，我这样说大家听得懂吗？"

"你的意思就是说，勒绳会将头发也一起勒住了。"邱建群说。

"对，是这个意思，但从朱笛颈部的勒痕看却不是这样，她后颈部的勒痕也是比较清晰的，这说明案犯用绳索勒住她的时候，后面的头发不在索套内，也就是说，案犯用绳索穿过长发与后颈部之间绕了一圈，然后将其勒死。最大的可能就是在朱笛完全失去了反抗能力之后或者无意识的时候，那就不能排除被下药的可能。"

"那也许她之前是被掐晕的呢？"邱建群又问。

"理论上不能排除这点可能，掐痕一般在颈部喉结及以上的位置，还有下颌部，虽然尸体颈部皮肤有些焦黄，但她的皮下组织和肌层并没有明显的出血，如果朱笛之前被人徒手掐颈而至昏厥，力量还是比较大的，而且她也会反抗挣扎，多多少少会留下些损伤。而且还有一点，案犯既然能将死者掐晕，干吗多此一举又用这种方式去勒死她呢？"

余世春觉得叶剑锋说得很有道理，他就问杜自健："现场有发现死者生前喝过水的杯子吗？"

杜自健说："床上残骸里有些杯子的碎玻璃，说不定是被案犯一起烧掉了。"

"很有可能。"朱浩哲也说，"死者的笔记本电脑和手机也在床上被烧毁了，笔记本原来应该在旁边的电脑桌上，明显是被案犯拿到床上的，我看纵火的目的不仅是为了想毁尸灭迹，似乎更像是毁掉电脑和手机里的一些东西，案犯很聪明但做法很愚蠢，因为动作越多，破绽越大，而且纵火也会很快被人发现。"

"不会是'艳照门'吧？"叶剑锋突然想到。

"说不定就是。"高法医怪笑道。

"你别说，还真有可能，还是法医厉害，人体研究多了，联想也丰富。"张仲也觉得这想法不是不可能。

虽然有人窃窃失笑，但没人觉得这是胡乱臆测。

"这样吧，几件事必须立刻解决！"郑阳不苟言笑，突然指示，"第一，抓紧时间将毒化做出来；第二，立刻派人前往朱笛老家调查走访她生前的社会关系、习性；第三，继续加大对萧肖的审讯和调查力度，一定要搞清案发当晚他的活动轨迹；第四，将死者生前关系密切的人包括女性再给我查一遍，尤其是近期交往的。"

邱建群带队立即动身前往朱笛的老家调查。谈到朱笛的情感生活时，亲友几乎都三缄其口，邱建群敏锐地意识到这其中必有隐情，他找到与朱笛高中时代最好的几个同学，凭着三顾茅庐的精神，锲而不舍地追问她们，其中有同学告诉邱建群一个惊天秘密——朱笛很可能是个同性恋。

朱笛是同性恋？

虽然大家对同性恋并不觉得稀奇，但这也不是普遍都存在每个人身边的，对于这一点大家还是出乎意料，所有人凭第一感觉想到的就是同性恋是不是她被害的因素呢？

杀人者如果是女性，可能也是与朱笛有过亲密关系的女性，说不定也是个同性恋，在得到毒物化验结果后，专案组做出了大胆的推断。

因为在朱笛的胃里、血液里确实检测出了三唑仑，这是一种高效迷药。案犯在诱骗朱笛服下三唑仑之后从容地勒死了她，纵火一是为了消除朱笛一些同性恋的体表特征，二是销毁电脑和手机里她们之间不可告人的秘密。

"同性恋会有什么特征？"大家都很感兴趣。

叶剑锋解释道："从生理上看，有些女性同性恋会表现出体格健壮、汗毛较长、胸部发育不良、喉结明显、说话声音低沉等，据我所知主要就这些特征吧，朱笛的体格确实有些健壮，但其他难以看出来。从心理上看，一般这种人的占有欲也极强。"

"是不是一般的女同性恋都有这些特征？我们排查出的一些人没有你说的这些特征啊？"余世春问道。

"没有就对了！"

"什么意思？"

叶剑锋弄得大家一头雾水，他只好用他一知半解的水平进一步阐述："你们可千万别被这个误导啊，朱笛之所以有特征，是因为她是属于同性恋中的男性主动者，犹如两性关系中的男性，而另一方属于女性被动者，犹如女性，这种人和一般女性的生理特征没什么差别，她可以照常与异性结婚生育，也可以与同性保持关系。"

"哦，说白了，其中一个相当于男性，另一个还是女性，是吧？"

叶剑锋点点头："可以这么理解。"

"剑锋，什么时候对这方面有研究了？"郑阳听得一愣一愣的。

"呵呵，郑局，我只是见过这方面的案例报道，近些年因同性恋杀人也不罕见了。"

郑阳说："你说的还是有道理的，我看侦查重点可以先做一个调整。"

根据郑局长的提议，专案组又做了进一步的调整和部署，在近年来与朱笛关系较为密切的女性当中，又排查出一个曾经被忽略的女人。

小区有两个进出口，南侧为正门，西侧为侧门，晚上9点半西侧门就被关闭，南侧正门就成为唯一进出口。案发前进入小区的人员、车辆排查范围太大，一直无果，但是案发后晚上10点多，出小区的人员及车辆并不是太多，相对来说排查范围缩小很多。

案发当晚10点至10点半之间，走出小区的人共有18个，驶出小区的车辆共有15辆。

车内人员面貌模糊，无法分辨，侦查员只有以车查人，再以人查人，如果把每辆车、每个人看成一个点的话，那么能联系在一起的点就变成了一条线，将那些有关联的点和线再交织在一起就变成了一张网，这也是一张法网，必定让案犯无法逃脱。

这其中唯一与朱笛有关联的人叫舒静文。

她曾经在朱笛的服装店做收银员，两年前离开服装店跟现在的男友开了一家小旅社，虽然后来与朱笛交往不多，但看得出时常也有些联系。

邱建群对舒静文与朱笛之间的关系来往进行针对性地询问，察言观色是他这样一个优秀侦查员的特质。邱建群问得越发深入，舒静文越是讳莫如深，几个回合下来，她开始出汗了，有些语无伦次了，对于案发当晚自己的行踪说得更是含糊其词。

坐在审讯室里的舒静文，宛如她的名字一般，看上去安静而又文弱，娇柔的身躯包裹着一颗坚硬的内心。沉默不语，是她现在抗拒审讯的唯一方式。

审讯室的门被推开了，女民警小媛提着几个饭盒从门外走进来，邱建群与她耳语几句后就走出门外。

小媛走到舒静文面前，说："这是你男友送来的饭菜，经过我们领导特许的，吃点吧。"

其实这是张仲特意叫食堂师傅单独做的饭菜。

舒静文看了一眼这几个饭盒，突然泪眼婆娑地望着小媛，问道："他在哪儿？"

"在所里，不肯走。"小媛说。

"我能见见他吗？"舒静文突然哽咽。

"你很爱他？"小媛问。

"我想见见他。"她还是这句话。

"这个我要请示领导。"

小媛对着监控摄像头打出一个手势，随后邱建群走进来。

"邱大，她要见自己的男友。"

"见什么见！态度这么不老实！你以为不说，就能逃避一切吗？"邱建群突然粗暴地吼道。

这几句莫名的呵斥，不要说舒静文了，连一旁的小媛都吓得脸上一阵发白，封闭的审讯室顿时毫无声息，只听见舒静文急促的呼吸声。

沉默了许久，舒静文才低沉地说了一句："我只有最后一个要求，让我见他一面。"

邱建群坐回椅子上，冷若冰霜的脸瞬间变得温和起来，竟又开始对舒静文谆谆教诲："你没有坦白交代，是不可能让你见任何人的，哪怕是你的父母，你的亲人，作为警察是不可能和你谈条件的，但我看你也是一个有情有义、敢爱敢恨的女孩，今天我就破个例，成全你，不过你只能在单向玻璃外看你男朋友几眼，能不能真正见面，还要看你之后的态度了。"

辨认室外，当舒静文隔着玻璃看到室内神情憔悴、双手有些微微发颤的男友时，已经泣不成声，她只能看见他，他却看不到她，他们中间只隔了一面8毫米厚的玻璃而已，却是最远的距离。

"麻烦你告诉他不要再等我了。"舒静文最后一次回头后，对小媛说。

回到审讯室，小媛递给舒静文一杯温水，这次没让邱建群多费口舌。

"朱笛是我杀的！"舒静文泪眼仰天，一声长叹，"她是我的爱人，三年前就在一起了，我原本以为我和她是一样的人，直到后来遇到我现在的男友，才发现他才是我真正想要的人。我向朱笛提出分手，但她一直纠缠着我不放，并威胁我必须和她保持关系，不然就把我的事告诉我男友，告诉我亲戚朋友。她太龌龊，拍了很多我和她之间的照片，她以此一直要挟我，我实在是受不了了，生不如死，我死还不如先让她死！"

说到此处，舒静文语不成句，掩面抽泣，指尖的泪水如同决堤的江水，冲破了她原本坚固的心理防线。

哪里买的三唑仑？如何坐出租车进入的小区？几点在朱笛家楼下蹲守的？在什么情况下看到的萧肖？几点进的房间？怎么进的房间？朱笛当时穿的什么衣服？药是怎么下的？下药后又如何勒死朱笛的？用的什么样的绳索？为何要放火？如何放的火？电脑、手机、玻璃杯的位置是怎样的？几点离开的现场？又是从哪条路线逃离的？几点回的家？等等，一个个需要揭开的谜团，每一个不为人知的细节，在舒静文的坦白下彻底地水落石出了。

舒静文因为涉嫌故意杀人、纵火被刑事拘留，与此同时消除了萧肖的嫌疑，但他还得面临行政拘留处罚，因为最后查出他在当晚找过朱笛之后聚众赌博了。

11 别墅灭门惨案：五条鲜活的生命在黑夜中陨落

这年，腊月严冬，天气格外冷。

白日暖阳下慢慢消融的雪水在寒夜里很快又被冻结，广厦间昏沉的灯光正一点一点地被这冰冷的夜吞噬。这夜，江川市开发区天星花苑，沉睡在被窝的人们怎能想到，一场惨绝人寰的杀戮正在他们身边发生。

这场杀戮就发生在天星花苑一区东南侧A座的一栋3层联排别墅内。

江川市110指挥中心在腊月二十三上午10点38分接到报警。

被杀害的有五人，分别是房屋的户主谢锦天，一个拥有千万产业的私营企业老板；谢锦天的妻子李婧婷，一个聪慧干练的太太；谢锦天的母亲沈芝娥，一个任劳任怨的母亲；谢锦天的妹妹谢静兰，一个即将毕业的研究生；谢锦天的儿子谢豪庭，一个读幼儿园的6岁小孩。

唯一逃过这场灾难的是谢锦天的父亲，因案发当晚，他住在了厂区值班宿舍。事发后，他与李婧婷的父母都已被双方亲属送进了医院观察室。对于这三位半百老人，发生这样的事，活着，已如同死去。

案情上报到省公安厅、公安部之后四个小时，省厅专家组也赶到了现场。此案由公安部督办，省厅指导，市局主办，分局协办，这在江川市历年的命案上是不多见的。

刚刚被任命为江川市公安局刑科所副所长的叶剑锋，没想到在他升职后的第二天就遇到如此的特大杀人案，这也是他职业生涯中遇到的第三次灭门惨案，前两次是一家三口被杀，而这一次是五条人命，令人发指。

随省专家组一同前来的还有叶剑锋的学长，大他11届的省公安厅物证鉴定中心法医损伤科科长、刑侦专家龚宇。

进入不忍直视的现场，每个人的面部肌肉都在微微抽搐，除了与勘查现场有关的谈话和指令，没有一个人多说一句，唯一能做的就是各尽其责，睁大双眼，寻找一切缉拿真凶的线索，寻找一切严惩案犯的证据。

尸体解剖定在下午两点整。

除了市局支队法医叶剑锋和两名开发区公安分局法医，魏东升又从其他三县两区抽调了五名法医骨干，算上省厅的龚宇，共有十名法医参与尸检工作，又是难得一见的历史性时刻。

叶剑锋这次不在主刀之列，他的主要任务是参与协调解剖，负责五具尸体检验解剖情况的汇总工作，然后提交给龚宇和魏东升两位法医专家，再由他二人组织大家进行法医学分析。

分工协作、由简到繁、轮番上阵，经过八个多小时的工作，叶剑锋才勉强整理好五名死者的尸检情况，两位专家还没来得及好好组织大家分析，就接到通知，专案组马上召开一次汇总会议。

一场史无前例的警匪暗战已经拉开了序幕。

第一次案情汇总会，于腊月二十三晚上11点在开发区多媒体会议室召开。

多媒体是向大家传递现场、尸体情况最为直接的方式，会议室西墙上的四方幕布是最为直观的媒介。

长形会议桌两侧，省、市、区三级领导、专家相对而坐，每个人都似乎很冷静，这种冷静显然是被这件惨案所驱动的，这种冷静是一种内心的较量，目的只有一个，就是快速破案。

不知是因为紧张，还是因为愤怒，开发区分局刑侦大队长王文庆汇报案情的时候，声音高亢得有些发颤，几乎不用对着麦克风，每个人都能清晰地听到他吐出的每一个字。

"根据目前的调查，我们所掌握的情况是这样。"他下意识地将桌上的话筒推开一段距离，然后说，"死者谢锦天经营一家丝绵厂，他老婆李婧婷在厂里管理财务，因为快过春节了，工人赶着回家，所以这两天开始结算工钱，厂里会计说工资基本结算完毕，昨天厂里员工聚餐提前吃年夜饭，谢锦天吃完年夜饭和厂里几个管理层人员去KTV唱歌，将近凌晨两点，谢锦天才回到家。"

"其他的人活动轨迹如何？"

"因为谢锦天的妹妹谢静兰前天开始放寒假，李婧婷在当天上午就去上海接她，她们在中午12点多回到谢锦天父母的住处，中午吃完饭后，李婧婷带谢锦天的父母、儿子谢豪庭和谢静兰一起到厂里吃年夜饭，大概吃到晚上7点半又带着他们回到了别墅，但谢锦天的父亲因为酒喝得太多，就睡在厂区自己的宿舍里。他们回到别墅是晚上8点半，后来李婧婷去小姐妹家打了会儿麻将，一直到夜里11点左右才回到家，而谢静兰和几个高中同学去外面喝茶，一直到晚上10点半左右回家，谢锦天的母亲一直在家中带孙子。"

"这期间他家有没有访客？"刚荣升为市局刑侦副局长的余世春问。

"目前还没发现有客人到访的迹象。"

"他们家社会关系如何？"

"谢锦天社会关系很广，但为人处事比较低调，没发现他与谁有什么大的过节，无非就是生意场上有些矛盾。据说谢锦天在外面可能有几个女人，不过这件事情我们还在调查核实。李婧婷除了在厂里帮助管理财务，主要就是在家里相夫教子，平时出去也就是和小姐妹打打麻将，与人也很和善。父母更是与外界接触不多，妹妹因为这些年一直在外读书，除了这边的一些亲戚、同学，基本与外界人员无往来。不过很多情况我们还要深入调查，因为很多死者亲属都处于过度悲伤状态，情绪不稳定，尤其是谢锦天的父亲和李婧婷的父母，都无法很好地配合调查。"

"谢锦天昨天晚上喝了多少酒？又是怎么回家的？"

"听说喝了不少，但这个人酒量很好，还是他自己打电话叫厂里的司机送他的，当时一起走的还有另外一个厂车间主任，他们俩反映谢锦天除了说话有些啰唆以外，思维和走路的步态都比较正常，车子停到他家别墅北面的路边，然后就自己回家了。"

"这个司机和车间主任当时有没有发现什么异常情况？比如听到什么或看到什么？"

"听是肯定没听到，要说异常的话，可能就是别墅北边二楼两个窗户的灯当时是亮着的，估计就是二楼北边卫生间和一个房间的灯。"

王文庆随即在电脑几个文件夹里调出了几张别墅的概貌照片说："应该就是这两个窗户，西面的是卫生间，东面的是卧室。"

"这个卧室就是谢锦天妹妹当时住的房间吧？"余世春问。

"是的。"杜自健在一旁回道。

王文庆接着说："通过访问，死者的隔壁和后排的几个邻居反映，昨天晚上12点多钟听到了孩子的哭声，持续了一两分钟，后来好像听到沉闷的砰砰声，然后再也没听到什么明显的声音了。目前我们仍在深入调查与死者有过一些交往的关系人员，并继续扩大排查范围，加大侦查力度。"

"一起回来的两个人和那个隔壁的邻居调查了没有？"

"司机和车间主任肯定没作案时间，他们一直在一起，送死者回来后就各自回家了。"

"还有，那些与死者有经济关系、男女关系的人，也赶紧排查出来。"

"已经安排下去了。"

"技侦怎么样了？"余世春继续追问。

技侦俞港说："一直在查，目前还没有发现可疑的通话记录，信息量有些大，还要继续甄别核实。"

"抓紧弄！"余世春扭头突然问杜自健，"你们在现场最后发现了几部手机。"

"五部。"

"怎么有五部？"

"谢锦天有两部。"

手机一部也没丢失，看来案犯对手机不感兴趣。

余世春头也没抬，一支笔在笔记簿上"唰唰"地还没写完便问："现场情况？"

如果是一般凶杀案件，现场汇报最多也就是由县区局技术室主任俞港来做，但这次是个例外，如此特大的恶性杀人案由市局支队主办，现场情况自然由刑科所所长杜自健汇报更为合适，法医汇报就非叶剑锋莫属了。

现场与法医汇报要完全依赖电脑，叶剑锋很自觉地跟着杜自健坐到会议室多媒体电脑前，他这样做的目的一是为了方便接下来的法医汇报，二是近距离更全面地了解现场情况，电脑上的图片毕竟比幕布上的清晰很多。

杜自健作为一所之长，业务能力不必多说，不然何以担当整个江川市刑事技术"一哥"的称号。现场分析、痕迹检验是他尤为突出的强项，但他有个很大的弱点，就是语言表达能力稍弱，这也许和他平时内敛沉闷的性格有关，好在他汇报时条理和思路很清晰，外加有一张张图片呈现，所以大家听起来不是太吃力，虽然他自己说起话来有些费劲。

他用很不流畅的普通话，不紧不慢地介绍着。

"案发现场的别墅位于天星花苑一区联排别墅群的东南角，别墅距离东侧小区围墙约3米，围墙高约2.6米，墙内种有桂花树，墙外种有香樟树，距离别墅南大门前15米是宽约30米的河道，河道再往南是另外一个商品房住宅区。通过整个概貌来看，别墅所处的位置相对比较偏，车辆进出别墅只有西侧、北侧两条路，西北侧有车库，而东侧较为隐蔽，也没有路。别墅包括阁楼一共三层，外加一个地下储物间。一楼主要是客厅、餐厅、厨房和一个卫生间，二楼主要是两个主卧和一个次卧，共三个卧室，两个卫生间。顶层阁楼被改建成了一个休闲式的书房、健身房和阳台。"

幕布上有几张别墅概貌照与平面设计图，大家一看就很明白，杜自健也就无须多费口舌，接下来的才是重点。

"一楼窗户都加装有防盗窗，但东墙靠南的厨房窗户的防盗窗和东墙靠北的卫生间窗户的防盗窗上发现有几根钢管上有新鲜的撬压痕和轻微变形，但窗户并没有被撬开。我们分析案犯是用某种撬杠之类的工具试图撬开防盗窗。据死者亲属反映，这个防盗窗的不锈钢管是圆管内置圆钢结构，不锈钢管内加插了钢筋，所以案犯并没有轻易撬开防盗窗，案犯没有从窗户进入现场，而是从三楼楼顶的阁楼进入别墅的内部。"

"三楼？爬上去的？"叶剑锋在一旁看着，感觉不可思议。

"对，就是顺着两家联排中间的窗户和空调外机平台慢慢爬上去的。"

从多方位的现场照片和之前的勘查，大家都一目了然。两家联排别墅中间被一面厚厚的沉重墙体分开，这个墙体南侧向外突出约30厘米，两侧分别为东西两家的一楼客厅的窗户，窗户上装有空调外机的一个平台，平台之上的二楼卧室又装着防盗窗户。进入别墅一楼大门还要经过10级台阶，所以一楼大门距离地面大约还有1.8米的落差，那一楼窗户距离地面至少有2.7米的落差，无论如何，一般人要想徒手从一楼窗户这里爬到高度在十几米以上的别墅楼顶，有些让人匪夷所思，而且还是在寒冬腊月的夜晚，屋檐上还有冰碴，一般人肯定做不到。

但从现场发现的痕迹又不得不让人信服。

杜自健接着说："所以，现在我们至少能分析出，案犯撬压防盗窗的经验和准备不足，他随身携带的工具没有撬开窗户，但却用它凿开了屋檐上的一些冰块，这个人的攀爬能力很强，从这一点也可以说明案犯很可能受到过某种特殊的训练，又或者具有攀爬经验的职业特点。案犯爬上顶楼后，接着用工具撬开了阁楼的移门。"

"特殊训练？莫非是军事训练？"

"那估计是当过消防、武警、特种兵的这类人吧？"

"有些惯偷也有可能。"

"还有那些高空作业的人群也不能排除。"

"我估计是受过特殊训练的人，这不是具有一般攀爬能力的人能做得到的。"

……

对于杜自健刚刻画出的这一点案犯特征，一时让大家的情绪产生了小小的波动，大家忍不住议论起来。

听到议论声，杜自健说道："现在还不能急于确定某类人群，但是之前我和几个专家也就此问题讨论过，基本可以排除像消防、特种兵、特警这些受过徒手攀爬军事训练的人，还有专业的惯偷。理由很简单，这些人破窗能力都很强，工具准备也会很充分。大家都知道，现在像偷别墅群的惯偷都会带有千斤顶破窗，所以这个人要是职业惯偷，不至于连防盗窗都撬不开，非要冒着这么大风险攀岩走壁的。"

"窗户不是有钢筋吗？也许真的很难打开。"叶剑锋说道。

"我们看过，里面只是一般硬度的圆钢，也不是很粗，只要方法、工具使用得当很容易就能破拆掉。"

"案犯进出口处再仔细看看，如果真是从一楼攀爬上去的话，隔壁的那个人基本可以排除嫌疑了。"余世春很快就把现场信息利用到侦查上来。

"余局放心，已经安排好了。"杜自健继续说，"五名死者，有四名死者尸体在二楼，分布在三个卧室内。二楼南面西侧为主卧，内有一卫生间，是谢锦天夫妻所住，房门没有破坏痕迹，门把手上也没有血迹，床头靠西墙，床尾朝东，李婧婷的尸体位于床的外侧，也就是进门的这一侧，身上盖着被褥，头西脚东，呈半侧卧姿势。损伤集中在头部，头部周围的床头墙面有多量密集的溅落血迹，墙面、吊顶还有些少量的抛甩血迹，从尸体的姿势、穿着情况看，死者应该是在睡眠状态下被杀的。而隔壁东侧卧室，也就是楼梯南侧的房间里有两张床，靠外的是大床，里面紧挨着里面一张儿童床，都是床头靠东墙，床尾朝西，大床上是谢锦天的母亲沈芝娥的尸体，尸体头东脚西，整个尸体都被棉被盖着，包括头部，呈睡姿，损伤也是集中在头部，周围有密集的溅落血迹；而小孩的尸体头东脚西斜躺在儿童床与大床之间，与前两具尸体不同，虽然也是整个身体都盖着小棉被，不过有两床棉被，第二层被子头部里面血迹很多，外面很少，第一层只有少量的溅落血迹，小孩致命伤也在头部，但周围几乎没有密集的溅落血迹。"

杜自健介绍到这里，突然"哑言"了几秒钟，只用右手缓慢地翻阅着电脑上的照片，会议室除了一两声咳嗽和一些人的叹息声之外，没人说话。

叶剑锋压抑着沉重的心情，双目一刻也没有从电脑的照片上移走，但他的眼神有些游离，一瞬间，他的脑海里闪现出案犯凶残狰狞的表情和孩子眼中绝望的恐惧。

"而这个房间的外门把手上也没有血迹，门锁也都没有破坏。"一句话将叶剑锋抽离的思绪拉回到现实中。

"楼梯北侧，也就是二楼东北侧的房间，是谢锦天的妹妹谢静兰的卧室。这个门把手上没有血迹，门锁正常，但门上有粗纱手套的血印迹，床头靠西墙，死者头西北脚东南斜躺在床上，两只小腿位于床沿外，被子压在身体下，床边大腿旁边还有一件羽绒大衣，死者颈部有掐痕，头部也有损伤，但床头没有溅落血迹，只在床尾房门附近的地面、墙上有些溅落血迹，床边有一双棉拖鞋，死者足底有些浅层的灰迹，我们分析谢静兰不是在床上被杀，应该是在床边地面被杀然后移尸至床上。"

"李、谢二人有被性侵迹象吗？"余世春身旁一位头发花白的领导问了一句。

这人叶剑锋之前并没有见过，从他所坐的位子看，必定是在场领导级别最大的，桌前的名牌上写着韩继德。

"哦，从现场看外衣还算完整，后来法医尸检中发现有些内衣位置有所变动，案犯究竟有没有和两人发生关系，还要看化验结果。"杜自健说完扭头甩给叶剑锋一个眼神，叶剑锋心领神会，他赶紧说道："这个我提前说一下吧。"

叶剑锋还没说完，白发领导就打断了他，问道："你是法医？"

"领导好，我是市局法医叶剑锋。"

"小叶，这位是省厅刑侦总队的韩总队长。"余世春向他介绍道。

"总队长好。"叶剑锋的心有些忐忑。

韩继德点了点头说："等下再听你的法医汇报吧，杜所你继续吧。"

杜自健继续介绍："二楼西北面是一间卫生间，地面没有明显足迹，但有被清理的痕迹。马桶盖敞开，坐垫是被放下的，马桶旁边的纸篓里有带血的卫生纸、厕纸和卫生巾。唯独谢锦天的尸体在一楼西侧的卫生间内，呈俯卧姿势，也是头部损伤，现场周围除了大量血迹，其他物品几乎没有被动过，没有明显打斗的痕迹，很像是背后突然被袭击，死者几乎没有任何反抗。谢锦天衣服没有更换，应该是刚回到家中。整个别墅只有三个房间的抽屉柜子有撬痕和翻动迹象，其他地方包括房间里的挎包，没发现明显被翻动的痕迹，究竟损失多少物品和财物目前还不是很清楚，但能看得出案犯应该是在杀人后实施了侵财行为，因为这些被翻动的地方或多或少都有一些血迹。还有，从有些抽屉的血手印看，案犯作案时戴着粗纱手套，从抽屉的撬压痕来看，其中有个工具应该是宽3厘米左右的金属撬杠，具体是什么工具还要结合法医尸检的情况。"

杜自健拿起杯子喝完最后一点茶水，又接着说："整个现场从三楼到一楼的地面都被清理过，留下了很多的水渍和污迹，还有些稀释的血迹，看上去处理得很杂乱、很匆忙，但地面痕迹几乎都被破坏了，而且案犯只清理了他去过的地方，这也说明案犯在作案后慌而不乱，心理素质较强，有一定反侦查能力。从清理的痕迹，还可以看出，他在整个别墅内涉及的地方并不多，基本只限于杀人的地方，在大门台阶旁边有一把很脏的拖把，我想这应该是案犯从大门逃离时顺便丢弃的。所有的门把手上都没有血手印，但有些重叠的新鲜指纹，刚刚比对出来几个，基本上都是死者自己家里人的，从这一点我们分析过，案犯可能没用持有凶器或沾有血迹的手开门，又或者是其他没有杀人的案犯开的。"

"房间门锁一点都没被破坏？"韩继德问道。

"没有。"

王文华这时插了一句："之前问过谢锦天的父亲，他说除了儿子儿媳妇卧室和女儿卧室会锁门外，其他人睡觉没有锁房门的习惯，有时候会虚掩着。"

韩继德指示："虽然现场被处理过，也没发现明显指纹，但还是要加深勘验，尤其是外围，而且要扩大范围。"

"外围也是我们明天勘查的重点。"

杜自健说完这句，关闭了文件夹，然后打开另一个文件夹，双击照片说道："这个就是东边围墙的现场照，我们在围墙顶部发现了细微的纱线和血迹，这外面的灌木丛也有踩踏的痕迹，有朝内折断的，也有朝外折断的，所以这应该是案犯进入小区和最后的逃离路线。"

"地面上能找到足迹和血迹吗？"

"地面的土冻住了，看不出明显的足迹，也没有滴落的血迹。"

"案犯在现场应该都清洗处理过了。"余世春解释道。

韩继德说："逃离路线的监控要一个个地查，还有那个警犬搜索得怎么样了？"

余世春摇摇头："狗鼻子不灵啊，估计和白天的天气有关，监控一直在查，只是这边没有高清摄像头，晚上很模糊。"

韩继德没再说话，余世春环顾四周："大家还有什么疑问？没有的话接下来就是叶法医了。"

"我想问下五部手机最后通话和最后关机是什么时间？"余世春话音刚落，叶剑锋就抢着问道。

王文庆翻开记录本说："只有沈芝娥的手机关机了，时间是在昨天晚上8点50分，谢锦天其中一部手机最后通话是在半夜12点55分，谢静兰手机最后发的一条短信是在11点05分，李婧婷最后通话是在10点40分。"

叶剑锋快速地记下来这几个时间，刚停笔他又问道："杜所我想再看下二楼卫生间纸篓里的厕纸情况。"之前叶剑锋现场看得太匆忙没注意到这些，现在他觉得这里不寻常。

听到叶剑锋的这个问题，很多人感到有些莫名其妙，有些人在想，这叶法医对尸体的情况还没汇报，问题倒不少，只有省厅法医龚宇露出难得的一丝微笑，他和身边的魏东升耳语道："看来我这个学弟挺有想法啊。"

"听他说些什么。"魏东升不动声色。

当然这些话，叶剑锋是听不到的，他紧盯着电脑里刚翻出来的厕所纸篓照片，用光标指了指其中一张照片，然后问道："这是不是最上面的几张？"

"是的。"杜自健说。

"再放大看看，这一张！"看着唯一一张细目照，叶剑锋沉思了十来秒，突然说，"我怀疑上面几张纸可能是案犯留下的。"

"案犯？何以见得？"余世春问。

显然，在座的很多人都有疑问。

叶剑锋又翻开之前几张照片说："纸篓上面几张卫生纸都沾有大便，而下面是几张沾有很多血迹的卫生纸和一片卫生巾，下面这几张应该是死者谢静兰的，因为她正好处于生理期，而且是谢静兰睡觉之前最后换上去的，因为谢静兰内裤上的卫生巾是夜用型的，下面带血的卫生纸折叠方式与上面沾有大便的卫生纸折叠方式完全不一样，谢静兰用过的卫生纸折叠得很规则，而上面的不很规则，擦完屁股，很随意地扔掉了，显然这是其他人在谢静兰最后一次上过厕所后才扔进去的。"

"那是不是死者母亲或李婧婷用过的？"王文庆问。

"李婧婷的房间有卫生间，不会是她用的，而她的母亲沈芝娥，经过法医解剖，她的膀胱有约110毫升的尿液。这里我说明一下，一般人在睡觉之后平均一个小时会产生大约60毫升的尿量，这足以说明沈芝娥睡觉之后直到被杀这期间没有上过厕所，当然这涉及死亡时间问题，这点等会儿再细说。最重要的一点是——"

叶剑锋又将刚才那张细目照放大，然后说："上面几张纸的大便发黑，尤其从大便较多的这张纸上来看，这个人的大便有些干燥，还有一丝便血，上面好像还粘附有一根肛毛，从医学的角度来分析，这个人可能有肛裂，而肛裂好发于青年人，老年人较少，而且沈芝娥肛周围有些大便渍，偏黄，肛门也没有血迹。我就是基于以上几点才认为这个可能是案犯留下的。"

叶剑锋说话语速有些快，等他说完，有些人还没彻底搞明白，都在小声议论着，龚宇轻声对魏东升说："名师出高徒啊。"

"哪有，这小子就是说话不严谨，有些张扬，凭几张照片，就说案犯有肛裂。"

"在我看，这是胆大心细，毕竟还年轻啊，很有想法。"

这位省厅来的法医专家总是帮他这个徒弟说话，魏东升心里还是高兴的。

余世春看了下手表，已经凌晨两点多钟了，也等不及其他人再发问了，便说："剑锋你就汇报一下尸检情况吧。"

叶剑锋把一个U盘插入电脑USB接口，开始汇报工作。

"因为时间紧迫，我也是刚刚把五具尸体的尸检情况初步整理出来，我介绍一些重点的情况。五个人中，除了谢锦天以外，其余四人均穿着内衣或睡衣，李婧婷外面的睡裙位置倒算正常，也没有破损，里面的胸罩和内裤也都没有破损，但位置都有明显移位，胸罩位于乳上，内裤位于裆部；还有谢静兰，她的衣着也很完整，只有胸罩的位置在乳上，内裤只是褪到阴毛的位置，内裤里有一片带血的卫生巾。现在从这两人的衣着情况来看，有没有被强奸还不能确定，但肯定有被抚摸猥亵的行为，体表没有发现血手套印迹，我怀疑案犯是脱了手套徒手抚摸过，而且从现场情况看，是在死后。老人和孩子的衣着都很正常。"

"DNA要抓紧时间做。"韩继德急着插进一句话。

"已经在做了。"余世春说。

叶剑锋等领导说完，继续介绍："谢锦天裤子拉链敞开，保暖裤和短裤褪在裆部，上面还有些尿迹，从现场和衣着的状态情况来看，他是在小便的时候遭到袭击。首先就损伤来说，除了谢静兰，其他四名死者损伤都集中在头部，其余部位均无损伤，包括抵抗伤和威逼伤在内；而谢静兰除了头部有损伤之外，颈部、口鼻部也有些轻微的损伤，双手也有些擦挫伤，右手小指的指甲断裂，这些都显示她有些抵抗的动作，且不能排除她抓伤了案犯。谢锦天头部被打击的次数不少于7下，主要集中在右颞枕部；谢静兰有3下，集中在前额部；沈芝娥有4下，集中在左额颞部；李婧婷有5下，集中在右额颞部；谢豪庭有3下，集中在左额颞。其次是死亡原因，除了谢静兰主要是因为掐颈致机械性窒息外，其他四人均死于严重的颅脑损伤。最后是致伤工具问题，我们综合五人头部损伤的一些共同特征，分析出其中一种工具应该是直径在2.5厘米的螺纹钢。"

"2.5厘米的话，那就是规格为25毫米的螺纹钢了，能确定吗？"韩继德问。

叶剑锋本想一带而过，但领导这么在意，他就多说了几句。

"大家都知道螺纹钢又叫带肋钢筋，它的表面通常带有两道纵肋和很多均匀分布的横肋，这种特殊形态的工具打击在皮肤上会留下与之相应的损伤特征。"叶剑锋指着几张损伤照片说，"就像这些损伤，在一些挫裂创的边缘都伴有均匀分布的横行损伤，在法医上学我们就可以认为符合螺纹钢所形成。为什么我们认定规格是25毫米，因为颅骨上有些凹陷性骨折的宽度都在2~2.5厘米左右，我查了一下资料，2~3厘米的螺纹钢规格一般只有20毫米、25毫米、32毫米三种，这个最接近直径为25毫米。"

"那看来刚才你说的现场的撬杠，是否可能是这种螺纹钢类的工具？"余世春问杜自健。

"很有可能。"杜自健解释道，"如果把2.5厘米的螺纹钢一端锻造轧扁，宽度基本上在3厘米多，完全可以改制成撬杠，我只能说从现场防盗窗、抽屉上的痕迹分析，这种撬杠的直径、材质都还是比较吻合的。"

工具的推断，让几个在座的领导眼前一亮，这是一条很重要的线索，在他们窃窃私语之后，余世春问："还能看出有其他的工具吗？"

"像有些重叠的损伤，因为多次打击发生变异无法判断，还有谢豪庭头部的损伤确实没有螺纹钢的明显特征，而且其头颅损伤有外轻内重的特点，这也许和打击方式有关系，所以目前我们也不能确定只有一种。"

叶剑锋话音刚落，龚宇进行了补充说明。

"我们法医推断工具有个一元论的原则，宜少不宜多，也就是说能用一种或一类工具解释的损伤，一般避免用第二种，当然这不是说绝对排除第二种。"

看到省厅专家亲自解释，余世春委婉地笑了笑说："一元论？看来法医学真是深不可测啊，都上升到哲学的高度了。"

"接下来我再说一下死亡时间。"等这个问题翻篇了，叶剑锋才继续说，"根据环境温度、尸温变化，各具尸体所处现场，结合死者最后一餐胃内食物消化程度，还有前面提到的膀胱尿量，再参考侦查情况，综合得出的五名死者的死亡时间为：谢锦天就是在回家之后即被害，他的死亡时间可以确定在凌晨2点10分至2点30分，而其他四人是在晚上12点到12点半。"

对于法医给出的死亡时间，大家都没有太多疑问，但两个杀人阶段的间隔时间却引发了一系列激烈的讨论。

第一个对这一点发表看法的就是余世春，他沉思了半分钟说："杀死前四人之后两个多小时，案犯再次杀死刚刚回家的谢锦天，那不得不让我们去思考，案犯第一次杀死四人后为何在现场逗留了两个多小时？而且我还注意到一点，谢锦天头部被打击次数和损伤程度明显多于其他人，刚才法医也说了，至少打击了7下，我也仔细看过头部的损伤照片，有多次重叠打击的损伤，头部都几乎有些塌陷了，这几点很不寻常，这是否意味着案犯对谢锦天有着特别的仇恨？另外，案犯对两名年轻的女子又进行了猥亵，结合这一点看，此案可能因男女关系而引起，但是从案犯劫取财物的行为来看，又像是因财而起，这两点似乎都能说得通，不过我觉得现在至少能搞清楚到底是谋人、谋财，还是谋性？"

"我来说两句。"魏东升作为江川市局的省刑侦专家，必须也要说说自己的看法了，"从现场来看，案犯在第一阶段杀死四人之后，没有理由在现场逗留两个多小时，就算处理现场和翻找财物，也完全没必要花费两个小时，我想最大的原因就是没有达到他最初的动机，杀谢锦天才是他最终的目的。刚才余局提到一个主要理由是谢锦天的损伤，这一点我也同意，从谢锦天头部的损伤程度和打击次数反映出了案犯有明显的泄愤行为，与其相对的是其他四人的损伤，明显没有那么严重，尤其是谢锦天母亲和儿子的尸体头面部还被棉被遮盖，从犯罪行为学的角度解读，这是一种愧疚行为。我个人理解案犯可能与这家人有些关联，并且对谢锦天的母亲和小孩有恻隐之心，所以在杀死他们之后有这种愧疚的心理。"

"两位的意思，案犯的动机主要是谋人，另外魏政委还提到了一点，案犯可能与死者家里有些关联，也就是说关系人作案。龚科长，你有什么看法？"韩继德想听听龚宇的意见。

龚宇说："我看谋人寻仇的可能性很大，法医的东西我暂且不说了，我就越俎代庖一下，杜所不要见怪啊。"

杜自健也不知这位省厅专家想说什么，应声道："您说，您说。"

龚宇接着说："我是这么考虑的，案犯从东侧围墙翻越进来，如果只是为了盗窃，他在第一次没撬开死者家中的窗户后，完全可以去尝试撬隔壁家里的窗户。案犯如果为劫财，完全可以在杀死四人之后拿走财物，并迅速逃离现场，没必要逗留如此长的时间杀死谢锦天，这也不符合一般劫财杀人的行为和心理。从尸检和现场看，他并没有威逼挟持谢锦天，而是趁其不备杀死了他，我个人觉得他显然与谢锦天有过节，所以我倾向于寻仇的可能，至于是不是熟人或者说与死者家中有关系的人，我基本同意老魏的分析，但也不能说案犯一定认识死者家里人，也许只是本身就不忍对老人和幼儿下手，最终下了毒手后也会有愧疚心理，当然，不管如何，目前关系人是首要调查的范围。"

"自健，你看呢？"韩继德又问了杜自健。

杜自健原本想，大家都说了，他还有啥好说的呢，不过既然领导点将了，他还是要表达一下看法的。

"案犯杀人后有足够长的时间去寻找更多的财物，但是他只是撬了抽屉、简单地翻动了衣柜，我感觉案犯拿走财物，只是杀人后顺手牵羊的行为，人都杀了，有钱不拿白不拿，贪财毕竟也是一个常人的心理，所以我也是倾向于仇杀。至于是不是与死者家有关系或熟人作案，这个肯定是重点侦查的方向，但是目前来看也不能绝对，之前调查到谢锦天外面有女人，如果是因情寻仇，那也不能排除案犯是哪个女人的老公或男朋友，他也许与死者或者其家人并不熟悉。"

杜自健的话与魏东升之前所分析的有些不同，这点倒让叶剑锋灵光一现。

"小叶，你汇报了这么多，你有什么看法？"

叶剑锋听到总队长突然点他的名字，先是一惊，然后很快又镇定下来，本来他也是有很多话要说的，不过现在大家说了这么多，可以省去很多废话了。

他挪了挪屁股，挺直了腰板，说："刚才政委提到的愧疚心理，我和龚科长的意思差不多，为什么这个案犯单单对这一老一小有种心理，除了是认识的，我想是否还有另一种可能，这个案犯并不认识他们，只是不忍对老人和孩子下手，也许是因为他也有年龄相仿的母亲和孩子。"

叶剑锋知道自己说这话有些感情用事，因为他自己就有年龄相仿的父母和孩子，案犯既然有一丝愧疚，那么说明他还有那么一丝人性，这丝人性可能就来自一个既做儿子又做父亲的人，哪怕他是残忍的凶手。

韩继德点点头，他看似没什么意见，其实更想听到新颖的想法或建议，他看了叶剑锋一眼，刚要开口问"还有什么要说的"时，没想到叶剑锋先开口了，而且谈到了一个和他不谋而合的想法，就是关于作案人数的问题。

这是一个很关键、很棘手的问题，作案人数是刻画案犯、侦破案件的重要条件，必定要给一个意见。其实对所有的命案现场分析来说，首先要分析的就是作案人数，只不过这次是案发后信息的初步加工，所以零零碎碎的信息汇总到一起，并不是一定会按部就班。

但这个问题刚提及，龚宇突然说："小叶，先等等。"他转而又对杜自健说，"自健，把现场小孩尸体的照片调出来。"

众人不知这位省厅大法医葫芦里卖的什么药，不过大家知道肯定有意外发现。

杜自健指着电脑，让叶剑锋把这几张照片找了出来。

"把盖在小孩子头部的被子上的血迹放大。"龚宇指着幕布说。

放大之后，龚宇问："这被子还在现场吗？"

"已经提回来了。"

魏东升说："自健，你叫人把被子拿过来。"

被子是开发区刑科室赵主任拿过来的。

"找个敞亮的地方摊开。"魏东升说。

"那就在门口吧。"

会议室门外是电梯前的门厅，足够大。

赵主任找来几张报纸垫在地砖上，然后将被子整整齐齐铺在上面，领导们都围拢过来。

被子的一头有一片干枯的血迹，已经被剪下一小块送去做DNA检验了，龚宇指了指这里问："盖在头部的外层是这里吗？"

"是。"

"看看这里，像螺纹钢印痕吗？"龚宇指着有血迹的地方说。

赵主任捏着被角，里里外外翻了翻，在血迹稀疏的地方，依稀看到疑似螺纹的血印痕，但若有似无。

"是吗？不太像。"

"有些像。"

"应该是的，衬垫打击。"魏东升一句话终结了嘀嘀咕咕的议论声。

"政委是说小孩也是被螺纹钢打的，只不过是用被子捂着头部后打的，而且可能已经沾染了别人的血迹。"余世春脑子转得很快。

"对！"魏东升说，"所以这几处血迹，要多剪几块送检，越多越好，可能不止一个人的血迹。"

"这样好了。"杜自健当机立断，"赵主任，你直接把被子拿到DNA室，和徐主任一起弄，抓紧做。"

"别忘了，还有那张大便纸。"叶剑锋急忙补充一句。

虽然已经是凌晨3点了，但对于专案组来说，哪有黑夜与白昼之分，无论是侦查员、技术员，包括大大小小的领导，都像打了鸡血一样，不是不想停，而是不敢停，怕稍有懈怠，会贻误战机，命案是当前压倒一切的工作，为了早日破案必须争分夺秒。饿了，开水泡面，困了，桌椅上打盹，然后继续战斗。

看完被褥，大家并没有立即回到会议室，而是自由活动时间，抽烟的抽烟，上厕所的上厕所，吃泡面的吃泡面，讨论的继续讨论。叶剑锋则跟着龚宇、魏东升和杜自健在一旁开了一个小会，这是叶剑锋难得一次最直接向专家学习的机会。

重新集结后，龚宇代表法医发表了最后的意见。

"刚才我们几个就技术碰了一下头，我们的意见是一个人完全有条件、有能力杀死这五个人，当然，这里主要指完成杀人行为的人数。首先，从目前来看，案犯所用的工具只有同一根或同一种类的螺纹钢；其次，案犯作案的这个时间段正是死者熟睡之际，一个案犯完全有能力将他们依次杀害，只是在这个杀人过程中出现了一些意外而已，比如隔壁邻居在12点多钟听到孩子哭喊，我们分析是在案犯先后杀死孩子的母亲李婧婷和奶奶沈芝娥之后，孩子的哭喊可能激怒了案犯，让他痛下杀手。"

"等等，你的意思是第一个被杀的是李婧婷？"韩继德突然问道。

"对，我们分析孩子是在案犯杀奶奶的时候被惊醒而哭闹的，如果先杀奶奶，那孩子的哭闹声可能会惊醒其他人，那李婧婷就不是在睡梦中被杀了，案犯最有可能是先杀李婧婷，再杀沈芝娥惊醒了孩子，而孩子的哭声极可能惊动了北面房间的谢静兰，所以她便起床查看，同时她开灯开门也惊动了案犯。谢静兰看到案犯估计大叫了一声，案犯迅速捂住她的嘴，将她掐死在房间的地上。然后用钢棍在她头部补了几下，这是一种加固行为，最后再将尸体移到床上。根据现场清理痕迹来看，案犯活动范围也不大，这点也符合一人作案的特点。还有一点，能攀爬这么高的房屋，又拿着一根规格25毫米的螺纹钢，连续杀死四人，体格、臂力肯定很强。"

韩继德记下几个要点，放下笔，然后说："就是说，目前基本肯定案犯是一个携带25毫米螺纹钢、体格强壮、善于攀爬的成年男性。"

"对，可以这么说。"龚宇说得底气十足。

就这么几个特征的刻画，却耗费了几乎一夜的时间，耗费了十几个技术员的精力。搞技术，尤其是法医的道路上没有什么捷径可言。

一代军事名将，他可以在虚实迷雾的战场上敏锐地抓住敌人的弱点，给予致命一击。同样的道理，一个刑侦专家，他可以在扑朔迷离的凶杀案件中精准地捕捉到案犯的信息，让真凶无所遁形。

但这只是开始，还远远不够。

开发区虽然已经安排了住宿，但很多人困得都懒得动弹了，躲在会议室、办公室里，找个有座的地儿就可以睡上好几个小时了，仅有的几张皮沙发必然要让给年长的专家和领导了。

只休息了四个多小时，所有人就陆陆续续投入到新的一天中。

对于法医来说，如果现场还有什么值得去研究的，那就只有尸体周围那些还没有被清洗、处理的血迹。

龚宇每到一处，都会站在尸体头部的位置，除了和魏东升偶尔小声地交流几句之外，几乎默不作声，有时候他也会做几个打击动作。这两位专家在一点一点地重现现场，一点一点地拼凑起案发时的情景。叶剑锋有如战斗机群里的僚机一般，虽只起辅助作用，但是其扮演的角色、担当的任务绝对重要，虽然与两位专家交流不多，但他一刻也没有停止思考，他和龚宇、魏东升一样，为了求证一个关键的信息。

镶边状挫伤裂创，是棍棒类皮肤组织损伤的一个重要特征，创口沿着棍棒长轴呈条状，而在创口两侧一般会伴有边界清楚整齐的皮下出血与表皮剥脱，即称为镶边状挫伤带，有些挫裂创的创角会出现与受力方向一致的撕裂。金属棍棒打击所形成的镶边状挫裂创更为典型。

镶边状挫裂创两侧的挫伤带如果宽度相近，说明棍棒是垂直打击，如果挫伤带宽度不一致，或者说一侧宽一侧窄，那说明棍棒是倾斜打击，方向从宽的一侧到窄的一侧。

五名死者头部均有这种镶边状挫裂创，有几处创口创缘两侧有宽窄不等的镶边状挫伤带，还有几处创口创角也是撕裂的，毋庸置疑，这些都提示死者是被倾斜打击的，但它的深层意义不止于此。

仅看现场肯定不够，直到复查尸体损伤时，叶剑锋才完全洞察包含的一切信息。

这是一个大胆的推论。

根据李婧婷头部有几处损伤的打击方向是向头顶部倾斜，再结合现场状态判断，当时案犯手持棍棒站在靠房门一侧的床边击打了李婧婷头部，也就是在她身体的左侧，那么案犯挥舞棍棒倾斜打击的方向近似从上往下。此外，沈芝娥头部几处损伤的打击方向是向面部倾斜，再根据现场状态判断，当时案犯应该站在沈芝娥头部的右侧，案犯的打击方向同样近似从上往下。还有袭击谢锦天后枕部一些相对孤立的损伤，也是同样如此，近似从上往下。

这是一个假设性推理，可以设身处地地想象，如果案犯当时是右手拿着工具集全力打击一个物体，除垂直打击之外，他挥舞棍棒的倾斜方向和他们三个人伤口反映出来的方向是相反的，但如果是左手，则恰恰吻合。

由此可见，更符合一名案犯左手持械，这说明他习惯用左手，他是一个左利手，即左撇子。

制造这场罪恶血腥的人最终被专案组大智大勇的专家们刻画出来。

"男性，一个手持用螺纹钢锻压成撬杠的人，一个善于攀爬的人，一个习惯用左手的人，一个患有肛肠疾病的人。他也许是一个好儿子、好父亲，但是他因仇恨一连杀死五人，这其中还包括一个老人和一个孩子，他又是一个极度凶残、极度偏执、极度狭隘、不计后果、不负责任的人。"龚宇将法医最后的意见呈现给了专案组。

"还有，根据他对两名女性的猥亵行为分析，他可能还是一个长期性压抑的人或者是一个有生理障碍的人，这种缺陷也许造成了他人格上的缺陷。"魏东升又补充了一句。

四警合一，警务联动。

这是江川市公安局侦破和处理重特大案件和事件的一种工作模式。四警,指刑侦、治安、交警、巡特警四大不同工作性质的警种,专案组决定全面依托四警合一模式,依靠各警种、各部门的工作特点来侦破此案。

案发已经四天了,专案组基本上将与死者家里有关系的人都排查了一遍,但是仍然一无所获。

距离春节越来越近,街头已经张灯结彩,人们乐此不疲忙于采购年货。节前一定要拿下此案,这个坚定的目标都不用领导开口,早已经烙在大家内心深处。从大局看,节前破案,对于整个江川市,甚至是南江省都意义非凡,这关乎春节期间社会的稳定、人民的安康。从个人看,节前破案,大家都可以和家人吃一顿热乎的年夜饭,可以骄傲地和亲友谈笑风生。

大决战的时刻,专案组的指挥员们根据目前的处境做出了最后的决策。

案犯可能并不是死者关系圈之内的人,无论这个人是否还藏匿在江川市,专案组的领导们都决定来个铺天盖地的全城大清查,各个村落社区有民警排查走访的足迹,各个大街小巷张贴有提供线索的悬赏通告。打草惊蛇、引蛇出洞也是不错的战术。

过街老鼠人人喊打,犯下如此滔天罪行的恶人,每一个有良知的老百姓都不会放过他,发动群众、依靠群众又是一个明智的举措。

但如此一来,也会产生不小的负面影响,老百姓肯定会产生恐慌情绪,社会也会产生不安因素。专案组的每个人都背负让人喘不过气来的压力,每个人面部肌肉似乎都已僵硬,冷冷的表情犹如冷冷的冰雪。

茫茫人海,到哪里去寻找凶手?

"剑锋,上次我叫你帮忙去上海找个肛肠科的专家,有消息了吗?"阿姨突然打来一个电话。

"哦,还没呢,有消息我就告诉你。"

挂完电话,叶剑锋突然把心提到了嗓子眼,因为这个电话让他脑海里闪现出一个人,这个人是他阿姨的儿子,他的表弟李元坤。

阿姨曾经让他帮忙找个上海肛肠科专家，就是为了给表弟治疗经常复发的痔疮。有痔疮，也可能会并发肛裂。

表弟还是个左撇子，虽然现在以开出租车为生，不过两年前他还是个高空作业的电焊工，之前常年跑工地，只是因为有一次由他造成的意外失火，让他丢掉了这份工作。他还是一个善于攀爬的人，小时候爬树他最快，长大后爬山攀岩也是他的最爱。

六年前他与刚结婚一年多的妻子离了婚，离婚真正的原因至今亲友们都不是很清楚，此后他没再谈过恋爱，也没有孩子，孤身一人。他这个表弟性格内敛，不喝酒不抽烟，平时与人很少发生争执，在叶剑锋印象里他是一个沉闷的老实人。

阿姨家经济条件不算很差，他家与死者家里人无任何交集，叶剑锋想不出这个表弟有任何理由和动机犯下此案，最重要的是，这个表弟在案发前一天去上海待了两天，他在上海的住处还是叶剑锋打电话叫自己的同学预订的，叶剑锋在公安网上查到，李元坤是在案发后第二天上午退的房间。

作案人应该不会是表弟，但是他这个表弟却与专案组刻画的案犯特征不谋而合，会有这么巧合的事吗？

想到这里，叶剑锋内心就惴惴不安，于公于私叶剑锋都觉得还是应该将表弟的情况反映给专案组，他最大的想法还是希望借此排除表弟的嫌疑。

任何一个机会，任何一个可能，任何一个线索，专案组都不可能放过。

得到叶剑锋提供的情况后，专案组迅速行动，四个小时后赶赴上海的一名侦查员很快反映李元坤案发当天确实是没有退房，但也没有住在上海的宾馆里，直到第二天上午10点多才进入了宾馆并退房。

李元坤就这样被定为重大嫌疑对象。

后续的法医检验工作，叶剑锋已经申请了回避，他一直在等待DNA的结果。

一天以后，负责做DNA比对的司徒爱喜在电话里十分遗憾地对叶剑锋说了几个字："锋哥，对上了。"

"能再对一遍吗？"叶剑锋说话的声音与他的双手一样在颤抖！

"这是第二遍了，徐主任也亲自审核过了。"司徒爱喜不知如何安慰叶剑锋，她在电话那头沉默了一会儿说，"锋哥，别太难过了。"

他如何不难过？他都不知道如何将这一结果告诉阿姨、姨夫和父母，阿姨全家如果得知此事，不知道能否承受得住这突如其来的打击？

自从李元坤被带走后，阿姨整日以泪洗面。叶剑锋带着自己的父母和阿姨的女儿一家来到了阿姨家里，为了以防万一，叶剑锋还特意给市二院的同学打了一个电话，问他是否有空闲的急救车，如果有，等会儿有事的话就打他们医院的急救电话。

果然不出所料，阿姨听到叶剑锋带来的结果后当场昏厥，好在叶剑锋准备及时，120急救车很快就赶到了。

得知专案组要带着表弟去指认现场，经领导同意后，叶剑锋跟着侦查员一起在看守所见到了表情扭曲、双眼无神的表弟，他剃着光头、穿着囚服，叶剑锋本想给他几个巴掌，痛骂他一顿，但等到真正见到他时，突然不知要说些什么。

见面是极其短暂的，李元坤更是一句话也没说，没敢看叶剑锋一眼。在侦查员将李元坤带上车的时候，他突然跪在叶剑锋面前，哭喊了一句："哥，帮我照顾我爸我妈。"

"照顾你爸妈是应该的，别给我下跪，要跪应该跪你父母，应该跪那五条人命，跪死者家人！你去现场磕三个头吧。"

是什么让李元坤突然变得如此凶残，犯下如此滔天罪行？

在这个案件中，叶剑锋的身份是特殊的，作为案犯的亲属，他一直没有问李元坤的犯罪动机，也不会有人主动去告诉他，这是他内心最大的疑惑，叶剑锋最终还是找机会看到了审讯笔录。

原来李元坤患有比较严重的生理障碍，这种事只有他自己的父母和姐姐知道，其他亲友一概不知，虽然寻遍名医名药，但治疗效果并不太好，这就是他离婚的原因，同时也让他背上了沉重的心理包袱。生理上的致命缺陷导致了李元坤心理和人格的缺陷，人也变得焦虑、敏感、暴躁、压抑、自卑。

案发前三天，李元坤的出租车上来两个30多岁、满身酒气的男人，其中一个英俊帅气的男人居然和朋友大谈泡妞心得，期间他还放声大笑地说这个女人的老公是如何不能满足她，简直就是废物、太监。

这个人就是谢锦天，这些话深深地刺激了李元坤，也彻底激活了他早已驻扎在内心的恶魔。

多次踩点之后，李元坤确认了谢锦天的住处。他找以前的工友打造了一根长300多毫米、宽25毫米的螺纹钢撬杠，并假装前往上海，制造不在场的证据。那天他偷偷从上海回到江川，晚上12点多钟趁天黑翻入小区围墙，准备撬窗而入，但是由于经验不足外加有些紧张，他没成功。当年他曾在这个小区的工地干了一年多的活儿，对房屋的结构了如指掌，凭着自己善于攀爬的优势，他迅速爬上了楼顶，潜入死者家中。

借着别墅外透进来的微弱光线，他摸到主卧室，见到床上有人，他带着紧张、恐惧、仇恨的复杂心态，挥舞起手里的螺纹钢棍棒，打完后才知那只是谢锦天的老婆。他又来到隔壁房间，没想到这扇被推开的房门吱吱作响，惊醒了睡梦中的小孩子，小孩子开始哭闹，而沈芝娥还以为孩子尿床了，顺手按亮了床头灯，灯一亮却看见床边站着一个人，这个老太太吓得居然呆傻了几秒，等她反应过来时已经晚了，李元坤第一棒子就让老太太没了任何反应，就几下而已，老太太就没了气息。李元坤自己交代，他原本没想杀老人，更没想杀孩子，但孩子看到了他杀人的一幕，被吓得大哭，这让李元坤变得狂躁起来，更是为了灭口，他拿起被子盖在孩子的头上，狠狠地砸了三下，他自己都记得是三下。

这一切惊动了北面房间的谢静兰，谢静兰起床、开灯、开门也惊动了李元坤，谢静兰大叫了一声，准备关房门，但已经来不及了，李元坤已经冲了进来，掐住了她的脖子直到她倒地不动，然后李元坤找到掉在地上的螺纹钢，补了几下。

这时他意识到自己犯下了惊天罪孽，他知道自己也难逃一死了，此时他感到从来没有过的害怕，这也让他突然感觉肚子疼痛、肛门下垂，便秘了两天的他赶紧跑到厕所。

反正是个死，那就一不做二不休，必须杀死谢锦天，一切都是由他而起。等候谢锦天回家是一个痛苦的过程，看到了豪华的装修，李元坤有了搞点财物的想法，随便撬了几个抽屉，里面居然有20多万元现金。看了李婧婷和谢静兰姣好的面容、丰满的身材，激发了他压抑很久的欲望。

最终他等来了谢锦天。谢锦天又是满身酒气，进门后他摇晃着来到一楼卫生间，可惜他永远都走不出这个卫生间了。

除夕之前，市政府大礼堂召开了这次特大杀人案件侦破庆功暨表彰大会。所有专案组的官兵、参与案件的人员都参加了，唯独没见到叶剑锋的身影。

五条鲜活的人命，包括那个6岁的孩子，一夜间葬送在阿姨儿子手里，这是叶剑锋一时难以接受的，闭上眼，满脑子都是这场血腥的杀戮。无论如何，这五人的死与他的这个家族已经脱不了干系了，这一切，叶剑锋都无法释怀。

一度的焦虑与压抑，让叶剑锋心神不宁，他很想到一个安静的地方去。

腊月二十九，叶剑锋来到魏东升的办公室请假，看到叶剑锋阴沉萎靡的神态，魏东升打开电脑里一个Excel表说："你看。"

"这是什么？"叶剑锋看着表里一些名单，很不解地问。

"这是从我做法医第一天起直到现在所验过的所有死者的姓名，当然也包括无名尸体，也包括有些未破的案件。"

"多少个？"

"2348人，最小的是刚出生只有几分钟的新生儿，最大的是一个90多岁的老人。"

叶剑锋愣愣地看着电脑显示器，欲言又止。

"你是不是在想，记下这些名单干什么？"魏东升接着说，"他们都是不该逝去的人，他们含冤横死，无法开口诉冤，而我们就是帮他们申诉雪冤之人。我记下他们的名字不仅是因悲悯他们，也是因疾恶如仇，更是为了记住自己的责任和使命，不管死者是谁、案犯是谁，作为法医，你必须面对这一切，不要将这一切禁锢在自己的情感中，压抑在自己的情绪中。别忘了，我们代表的是正义，我们不只为死者说话，更要对得起活着的人，我们内心应该更阳光，罪恶在社会最阴暗的地方，只有正义的阳光才能消除它。"

对，罪恶就像窗外阴暗角落里凝结的冰碴，但正义是永恒的，正如那耀眼的阳光一样，璀璨而又温暖，哪怕在这寒冷的冬日，都能温暖那些洋溢着幸福的人们。

叶剑锋走出市局大楼，抬头是耀眼的阳光，身后是斜长的背影，他决定到日照最长的地方去看看。